AF304532

Andrea Instone kam in Bonn am Rhein zur Welt, wo sie heute auch wieder wohnt. Und schreibt. Wenn man sie lässt. Lässt man sie, so schreibt sie historische Fantasy, unblutige Kriminalromane und Hommagen an Jane Austens Geschichten. Damit ist sie sehr gut beschäftigt. Zu gut, findet der Haushalt. Aber auch Wollmäuse haben ein Recht auf Leben. Oder?

ANDREA INSTONE

MORD IN NIZZA

EIN FALL FÜR ELIZABETH TEAGUE

Erstausgabe Mai 2021

© 2021 dp Verlag, ein Imprint der dp DIGITAL PUBLISHERS
GmbH

Made in Stuttgart with ♥
Alle Rechte vorbehalten

Mord in Nizza

ISBN 978-3-96817-692-5
E-Book-ISBN 978-3-96817-664-2

Covergestaltung: Vivien Summer
Umschlaggestaltung: ARTC.ore Design
Unter Verwendung von Abbildungen von
Shutterstock.com: © Elena Zlatomrezova, © ivangal, © AliceFoster,
© Aleutie und © Serge Zimniy
Lektorat: Lektorat Reim
Satz: dp DIGITAL PUBLISHERS GmbH
Druck und Bindung: Books on Demand GmbH, Norderstedt

Burning Bridges

17. März 1921

Am 17. März vor vier Jahren erreichte mich die Nachricht, die ich seit Ausbruch des Krieges befürchtet hatte: Per Telegramm teilte mir ein Lieutenant-Colonel Merriweather zu seinem tiefsten Bedauern mit, mein Ehemann Captain Thomas Daniel Davies sei auf dem Schlachtfeld in Frankreich gefallen.

Ich stand in der Haustür, vor mir der Postbote, der etwas von Gott, Vaterland und Ehre murmelte, als ob das irgendetwas besser machte. Und wie all die anderen, die diese Nachricht erhielten, wusste ich auf seine Frage, ob er warten solle, nichts Besseres zu entgegnen als: »Keine Antwort, vielen Dank.« Was sollte ich dem Lieutenant-Colonel auch erwidern?

Ich erinnere mich gut, wie ich die Türe leise schloss und George, den alten Butler der Davies', bat, Tee für meine Schwiegereltern aufzubrühen und im Salon zu servieren.

Ich wartete in der Halle, bis er zurückkam; ohne ihn und das nachmittägliche Ritual von *Earl Grey, scones* und *clotted cream* hätte ich kein Wort herausgebracht. Erst als ich vor Frederick und Lavinia stand, begriff ich, dass Thomas niemals wieder mit mir sprechen, lachen und tanzen, mich niemals wieder in die Arme nehmen und küssen würde. Das war unerträglich und doch gelang es mir, seinen Eltern das Unvermeidliche beizubringen, ohne vor Kummer zusammenzubrechen.

Meine Sorge um Frederick verhinderte das. Ihn liebte ich, wie ich meinen eigenen Vater geliebt hatte, und er sah in mir vom Augenblick unserer ersten Begegnung an die Frau, die seinen Sohn glücklich machte. Wir verstanden uns. Meist reichte ein Blick, ein kleines Wort, und schon zwinkerten wir uns zu und lachten über Dinge, die nicht einmal Thomas verstand.

Und auch jetzt begriff Frederick, weshalb ich so ruhig blieb. Er nickte, stand auf, nahm mich in den Arm und verließ das Zimmer, schleppend, mit gebeugtem Rücken. Bis zum Abend blieb er in seinem Büro, wo er Stunde um Stunde Fotografien seines Sohnes betrachtete und in dessen alten Schulheften blätterte. Gelegentlich hörte ich ihn auflachen, öfter vernahm ich sein Schluchzen. Als er endlich herauskam, setzte er sich ins Wohnzimmer und bat seine Frau und mich zu sich. Wir sprachen über Thomas und die Dinge, die er geliebt hatte. Bittersüß war das und ich hielt tapfer an mich. Wäre ich in Tränen ausgebrochen, Frederick hätte diesen Tag kaum überstanden. Mein Schwiegervater und ich waren uns Halt und Trost.

Lavinia aber verzieh mir meine scheinbare Ruhe nicht, obwohl sie mich doch in den Jahren zuvor bei jeder Gelegenheit kritisiert hatte für meine mangelnde Zurückhaltung. Von Anfang an fand sie mich zu laut, zu wild, zu wenig damenhaft. Sie hatte sich für ihren einzigen Sohn mehr erhofft; wenigstens einen Adelstitel hätte ich mitbringen müssen, wenn ich schon nicht reich und schön war. Sie scheute sich nicht, Thomas einmal im Beisein meiner Großmutter vorzuschlagen, er solle sich von mir trennen. Thomas war so wütend, er wäre in derselben Nacht noch mit mir davongegangen, hätte ich ihm nicht weisgemacht, mir bedeute die Missachtung seiner Mutter nichts, solange ich nur seine und Fredericks Liebe hätte. Dass Lavinia sein Verbleiben nur mir zu verdanken hatte, hat sie nie begriffen.

Wir blieben also, doch zogen wir zwei Straßen weiter in unser eigenes Häuschen. Was natürlich meine Schuld war, davon war Lavinia nicht abzubringen. Überall erzählte sie, es sei meine Habgier, die nach einem eigenen Haushalt verlangte, obwohl die Geschäfte der Familie nicht mehr so gut liefen. Ihr Zorn auf mich ging so weit, dass sie zugab, weniger Geld zu haben als noch vor einigen Jahren – wer Lavinia kannte, staunte. Und wer Thomas und mich kannte, schüttelte still den Kopf und ging seiner Wege. Allein die Vorstellung, Thomas nähme mehr von seinem Vater als das Gehalt, das er als Leiter der Brauerei verdiente, war absurd. Vater wie Sohn waren bescheiden in ihren Ansprüchen und alles erarbeiteten sie sich hart; nichts wollten sie sich schenken lassen.

Frederick Thomas Davies hatte aus einem nicht eben üppigen Erbe genügend erwirtschaftet, um sich und seiner Familie ein bequemes Leben in Penzance zu ermöglichen; er hatte investiert in die Eisenbahn ebenso wie in die umliegenden Kupfer- und Zinnminen und er hatte eine Brauerei gegründet, die schon im Sommer 1910, da Thomas und ich heirateten, als einzige Einnahmequelle verblieben war. Eine Quelle, die nur noch schwach tröpfelte, nachdem der Krieg ins zweite Jahr ging. Was Frederick nicht daran hinderte, Geld für Lazarette zu spenden und einen Verein für Kriegswaisen zu gründen, den er großzügig unterstützte. Lavinia sonnte sich in der Anerkennung, die er dafür erhielt, warf ihm aber dennoch Tag für Tag vor, er würde sie der Armut überantworten. So lange klagte und schimpfte sie, dass ich meinen Mann während seines vorletzten Fronturlaubs vor vollendete Tatsachen stellte: Ich hatte das Häuschen gekündigt und war zurückgezogen in die Davies'sche Villa, was für uns alle billiger kam. Was Lavinia wieder nicht recht war – nun behauptete sie, ich sei mir zu fein gewesen, um mit nur einer Küchenhilfe meinen kinderlosen Haushalt zu führen.

Wie ich es auch versuchte, es gelang mir in elf Jahren nicht, von meiner Schwiegermutter nur ein einziges Lob zu erhalten. Das Leben mit ihr war eine Qual.

Weshalb ich nun – am 17. März 1921 – am Bahnsteig stand und auf den morgendlichen *Cornish Riviera Express* wartete, der mich in sieben Stunden nach London bringen würde. Ich hielt es keinen Tag länger unter Lavinias Dach aus, obwohl ich kaum wusste, wie ich mich durchbringen sollte. Widerwillig hatte sie mir gestattet, meinen Schmuck behalten zu dürfen. Schmuck, der mehr sentimentalen denn finanziellen Wert hatte. Meine beiden Koffer hatte sie in ihrem Misstrauen mehrfach kontrolliert, zuletzt heute Morgen, als Mr Jones bereits mit seinem Brauereikarren auf mich wartete. Ich denke, sie war maßlos enttäuscht, nichts darin zu finden, was nicht mir gehörte. Wortlos hatte sie sich umgedreht.

In meiner Börse ruhte all mein Geld in Höhe von fünf Pfund Sterling, zwei Shilling und einem Penny. Geld, das bei äußerster Sparsamkeit und billigster Unterkunft vier Wochen hinreichen würde. Dazu besaß ich neben meinem Schmuck ein Frisierset aus Perlmutt, zwei Abendkleider, fünf Paar Schuhe, zwei Mäntel, vier Tageskleider, vier Blusen, zwei Röcke und eine Sammlung Wäsche und Strümpfe; alles hoffnungslos veraltet und ein wenig abgetragen. Das war mein gesamter Besitz und der sollte mich nach Nizza bringen. Ich hätte vor Sorge vergehen müssen und doch hatte ich mich lange nicht so frei und zuversichtlich gefühlt. Fort von Penzance zu kommen, war mir vieles wert.

Was sollte mich hier auch halten? Als Frederick vor vier Wochen endlich von seinem Leid erlöst worden war, hatte Lavinia mir in aller Deutlichkeit klargemacht, welche Belastung mein Anblick für sie sei. Eine Stelle solle ich mir suchen, sie könne mich keinesfalls länger unterhalten. Und ich versuchte mein Glück überall, bot mich als Lehrerin an, als Verkaufskraft oder Sekretärin. Aber den einen war ich zu jung, den anderen zu alt und allen zu unerfahren. Ich war kurz davor, das einzige Angebot anzunehmen, das ich erhalten hatte, und mich als Haushälterin bei einem Vikar in St. Ives für kaum mehr als Kost und Logis zu verdingen, als ein Brief aus Frankreich eintraf. Meine frühere Pensionatskameradin Florence schrieb mir aus Nizza und bat mich, sie zu besuchen. Ich sei die Einzige, der sie vertrauen könne, und unbedingt bedürfe sie einer Gefährtin wie mir.

Florence Ward, verheiratete Smith-Babington, glaubte Anlass zu haben, an der Treue ihres Mannes Albert zweifeln zu müssen. Sehr ausführlich beschrieb sie ihre

Lebensumstände und besonders detailliert ging sie auf die Peinlichkeit ein, die sie würde durchleben müssen, sollte sie wahrhaftig eine betrogene Ehefrau sein. Aus diesen Zeilen sprach weniger enttäuschte Liebe als verletzter Stolz.

Ich staunte, dass sie ausgerechnet mich angeschrieben hatte, denn wir waren niemals enge Freundinnen gewesen. Flossie war als junges Mädchen eine recht anstrengende Person, die mit übertriebener Munterkeit von ihrem mangelnden Interesse an anderen Menschen ablenkte. Mit ihr ließ sich hervorragend feiern, aber dann sehnte man sich nach guten Gesprächen und Stille, die in Flossies Nähe nicht zu erwarten waren. Unter anderen Umständen hätte ich diesen Brief mit einigen tröstenden Floskeln beantwortet, beiseitegelegt und vergessen. So jedoch, Lavinias ständigen Vorwürfen ausgesetzt, erschien mir die Aussicht auf einen Aufenthalt an der Riviera verführerisch. Flossies Angebot, Anreise und Hotel zu bezahlen, tat alles Weitere. Ich schrieb noch am selben Tag, ich würde mich auf den Weg machen, sobald ich die Zugtickets in Händen hielte, und wahrhaftig trafen diese per Kurier schon fünf Tage später bei mir ein. Flossie hatte sich nicht lumpen lassen: Sie hatte mich auf den *Calais-Mediterranée Express* gebucht, und das Erster Klasse.

Mit lautem Tuten und Schnaufen fuhr der *Cornish Riviera* ein und mich packte ein längst vergessenes Reisefieber. Als meine Eltern noch lebten, hatte ich einiges gesehen von der Welt; ich hatte es geliebt, mit Mama und Papa Meere, Berge und Städte zu entdecken.

Später malten Thomas und ich uns aus, wie wir all diese Plätze gemeinsam aufsuchen würden, wenn seine Arbeit nur endlich die Zeit dafür ließe. Nach Paris wollten wir, nach Venedig, wir wollten Florenz besuchen und Wien und Madrid, von einer Schifffahrt auf dem Rhein träumten wir und von den griechischen Inseln, Troja und den Pyramiden. Doch nie hatten wir es weiter geschafft als bis nach London und Edinburgh. Immerhin das.

Als ich in meinem Abteil saß und die Landschaft an mir vorbeiraste, nahm ich mir vor, einen Weg zu finden, all diese Orte zu besuchen. Das hätte Thomas gefreut. Vielleicht hatte ich Glück und fand eine von diesen überkandidelten Amerikanerinnen, die glaubten, sie müssten eine Gesellschaftsdame bei sich haben, um in Europa angemessen auftreten zu können. Oder eine reiche Familie, die eine Chaperone für ihre halbwüchsige Tochter suchte. In Nizza tummelten sich längst wieder all jene, denen Krieg und Wirtschaftsnot nichts hatten anhaben können. Oder die dank dieser Katastrophen überhaupt erst ihr Vermögen gemacht hatten. Unter diesen Menschen musste irgendwer sein, der die Dienste einer äußerst respektablen Witwe von dreißig Jahren benötigte, zumal diese Witwe gesegnet war mit umfassenden Kenntnissen in Kunst, Literatur und Sprachen und, wenn auch verarmt, wusste, wie man sich in der guten Gesellschaft zu benehmen hatte.

Ich ahnte nicht, auf was ich mich einließ.

Unter strömendem Regen erreichte der *Cornish Riviera Express* pünktlich um vier Uhr zehn den Bahnhof London Paddington. Es wimmelte von Geschäftsleuten,

Bankiers, Kirchenmännern und Arbeitern; es drängten sich vornehme Damen neben Stenotypistinnen und abgehetzte Hausfrauen beäugten muntere Chormädchen. Dazwischen sorgten Bahnwärter und Gepäckträger dafür, dass alle und alles an den richtigen Ort kamen, was sie mit deutlicheren Worten taten, als es unser Bahnhofsvorsteher in Penzance für angemessen hielte. Ich kann gar nicht sagen, wie sehr ich mich freute, hier zu sein. Sicher, ich war müde nach der Reise und die beiden Sandwiches, die ich eingepackt hatte, hatten meinen Hunger kaum gestillt, aber in diesem Trubel spürte ich endlich wieder, was es hieß, zu leben. In dieser Stadt mochte alles Mögliche geschehen!

Und es geschah. Leider. Der liebenswürdige Gepäckträger, der meinen Koffer aus dem Waggon hob, stellte sich keine drei Sekunden später als gemeiner Ganove heraus, der ohne ein weiteres Wort umdrehte und davonraste. Mit meinem Koffer! Ich kam mir albern vor, wie ich wahrhaftig die banalsten Worte hinter ihm herrief, die mir in den Sinn kamen: »Haltet den Dieb! Haltet ihn!«

Es drehten sich zwar einige Menschen nach mir um und ein junger Herr unternahm sogar den Versuch, dem Räuber mein Gepäck abzujagen, aber der ließ sich nicht beirren, rannte eine beleibte Dame um und verschwand in der Menge. Vermutlich wäre ich in Tränen ausgebrochen, hätte ich nicht bemerkt, *welchen* meiner Koffer der Dieb erwischt hatte. Es verdutzte den an meine Seite geeilten Bahnhofsangestellten sehr, mich lachen zu hören; er befürchtete, er habe es mit einer Wahnsinnigen zu tun. »Madam, ich bitte Sie, nehmen Sie sich diesen Vorfall nicht zu Herzen. Ein Schlückchen Sherry sollte Ihnen guttun, wenn Sie mit mir kommen wollen?«

»Wie überaus freundlich von Ihnen, vielen Dank. Aber es besteht kein Grund zur Sorge.«

Misstrauisch musterte er mich von oben bis unten. »Ein Schock, Madam, kann –«

»Nun, einen solchen dürfte den Dieb erwarten. Was meinen Sie: Wird er wohl meine Strümpfe stopfen und seiner Freundin schenken?« Wirklich fand ich die Vorstellung erheiternd, wie der Ganove meine Vorkriegsabendkleider und ein löchriges Hemdchen aus dem Koffer ziehen mochte.

Damit drückte ich mein verbliebenes Gepäck an mich und gab es nicht mehr aus der Hand, bis ich gute zehn Minuten später an der Rezeption des *Great Western Royal* Hotels nach dem Zimmer fragte, das Flossie für mich gebucht hatte. Wieder erwies sich meine Schulfreundin als großzügig, denn sie hatte nicht nur ein Zimmer reserviert, sondern auch gleich Dinner und Frühstück geordert und dazu eine Nachricht für mich hinterlegt, in der sie mich aufforderte, es mir so gut gehen zu lassen, wie ich nur wolle; sie ahne ja, dass ich in zumindest unsicheren finanziellen Verhältnissen lebe.

Damit verblüffte sie mich ein weiteres Mal: Ausgerechnet Flossie machte sich Gedanken um einen anderen Menschen als sich selbst? Und woher wusste sie von meinen Schwierigkeiten? Oder glaubte sie nur deshalb an finanzielle Schwierigkeiten, weil sie im Hinblick auf Vermögen und Status die bessere Partie gemacht hatte? Die Smith-Babingtons hatten ihre Finger seit Jahrzehnten in allem, was Geld brachte, und wenn der alte Smith-Babington auch nicht mehr als ein

Baronet war, so war das doch immerhin ein Titel, den niemand in der Familie Davies hatte erringen können. Flossies Albert war ein ziemlicher Trottel und alles andere als eine Schönheit, aber gewiss hielt sie ihn für bedeutender, als sie es meinem Thomas zugestanden hätte – ein stiller, kluger Mann mit freundlichen Augen und einem drolligen Gesicht zählte nicht viel, wenn er kein Vermögen mitbrachte; da mochte er noch so warmherzig, witzig und wohlgesinnt sein.

Aber da war noch etwas anderes: Vielleicht war ich überempfindlich, aber in Flossies Zeilen glaubte ich nicht nur die lässige Großzügigkeit einer Frau zu lesen, die mehr Geld hatte, als sie ausgeben konnte. Klang da nicht auch die Erwartung heraus, ich sei mit Annahme dieser Geschenke der Geberin verpflichtet? Ging es hier wirklich nur um Kameradschaft? War ihr ein Gespräch unter vier Augen so viel wert? Oder war ich durch Lavinias jahrelange Nörgelei zu sehr daran gewöhnt, keine Freundlichkeit zu erwarten?

Mein Essen ließ ich mir auf dem Zimmer servieren und gegen neun Uhr schon löschte ich das Licht. Das Rattern der Nachtzüge schlich sich in meine Träume von Reisen und Abenteuern. Bester Laune schwang ich mich am nächsten Morgen aus dem Bett. Mein Zug sollte um drei Uhr vom Bahnhof Charing Cross abfahren und so brach ich früh genug auf, um mein Gepäck dort abzuladen und die *National Gallery* zu besuchen; eine Gelegenheit, die ich mir nicht entgehen lassen wollte, hing dort doch ein Gemälde meines Vaters.

Die Fahrt nach Dover war dank des Erste-Klasse-Abteils um ein Vielfaches bequemer, als es die Fahrt nach

London gewesen war. Spät am Abend legte die Fähre ab und auch die Überfahrt nach Frankreich verlief ohne jegliche Unannehmlichkeit; Seekrankheit kannte ich nicht und so schlief ich auch in dieser Nacht tief und fest. So fest, dass ich nicht einmal mitbekam, wie wir im Morgengrauen anlegten.

Von Calais aus ging es in einem eleganten Salonwagen weiter nach Paris, wo wir gegen elf Uhr nachts eintrafen. Bis hierher hatte ich mich von Mitreisenden ferngehalten; ich wollte ungestört genießen, was ich sah und hörte, aß und trank. Es war kaum zu glauben, dass wir alle vor weniger als drei Jahren noch einen schrecklichen Krieg erlebt hatten, dem die meisten von uns bittere Opfer hatten bringen müssen. Die Damen und Herren in diesem Kompartiment waren teuer gekleidet und tranken Champagner, sie lachten und scherzten und unterhielten sich über Nichtigkeiten. Nur gelegentlich fiel einmal der Vorname eines Mannes, eine Stimme bebte, jemand seufzte und eine Sekunde lang herrschte Stille zwischen denen, die so sehr versuchten, ihr Leben neu einzurichten. Und ich saß äußerlich unbewegt auf meinem Platz und hoffte, es würde niemals vergessen werden, wie viel Unglück ein Krieg in unseren modernen Zeiten mit sich bringen würde. Das sei der Krieg gewesen, der alle Kriege beenden würde, so hieß es immer. Unsere Liebsten seien nicht umsonst gestorben, nie wieder würde die Welt es zulassen, so auseinandergerissen zu werden. Daran wollte ich mit aller Kraft glauben.

Hinter mir saß ein junges Paar in seinen Flitterwochen; er Franzose, sie Deutsche. Wenn *das* möglich war, wenn zwei Menschen glücklich werden konnten, obwohl sie aus so lange miteinander verfeindeten Nationen kamen, dann musste der ewige Frieden wohl gelingen. Ich wandte mich ab und las bis Paris in der Zeitschrift, die ich mir am Bahnhof hatte holen lassen.

In Paris hatte ich eine halbe Stunde, um in den *Calais-Mediterranée* umzusteigen; ein Schlafabteil von unbeschreiblichem Luxus wies mir der sehr charmante Zugbegleiter zu. »Et voilà, Mademoiselle, ich hoffe von ganzem Herzen, Sie werden eine so angenehme Nacht verbringen, wie sie einer Schwester der Aphrodite zusteht. Oder vielleicht einer Jüngerin der Musengöttin?«
Reichlich perplex starrte ich ihn an.
»Mademoiselle befinden sich gewiss auf dem Weg zu einem Engagement? Oder in den wohl verdienten Urlaub?« Er zwinkerte mir zu. »Auf der Flucht vor allzu aufdringlichen Verehrern? Das ist das Schicksal aller schönen Frauen, die über das Je ne sais pas quoi verfügen. Aber seien Sie versichert, ich passe gut auf Sie auf. Oder erwarten Mademoiselle den Besuch eines Bekannten?«
Ich weiß nicht, wie die französischen Männer es machen, aber hätte mir ein englischer Schaffner ähnliche Komplimente gemacht, ich wäre alles andere als geschmeichelt gewesen. Die Aufmerksamkeit seines französischen Kollegen hingegen bewirkte etwas Erstaunliches: Ich spürte zum ersten Mal seit Thomas' Tod, dass ich eine Frau war und dazu noch nicht zu alt, um auf Bewunderung oder sogar Liebe hoffen zu dürfen. Nicht, dass ich mich noch einmal verheiraten wollte, aber ein kleiner Flirt würde mir gefallen.

In dieser Nacht träumte ich von all dem, was ich seit vier Jahren vermisste: von Tanz und Liebe. Es waren schöne Träume und doch waren sie mir am nächsten Morgen peinlich; es kam mir so vor, als verriete ich Thomas. Vielleicht saß ich aus dieser Verlegenheit heraus mit gesenktem Kopf im Speisesalon und sah nicht links und nicht rechts, als befürchte ich, man sähe mir meine Sehnsucht an. Albern, natürlich.

Nun, ich saß also beim Frühstück, blätterte in der Zeitschrift und blickte gelegentlich hinaus in das trübe Grau, das mehr an London erinnerte denn an Südfrankreich. Das allerdings noch Stunden entfernt lag; durch Lyon fuhren wir. Was ich sah, gefiel mir. Vermutlich hätte mir alles gefallen, was nicht Penzance war. Obwohl Penzance eine sehr hübsche Stadt ist. Ich hätte mit ziemlicher Sicherheit kein gutes Haar an Paris gelassen, hätte ich dort mit Lavinia leben müssen. Leise lachte ich auf. Ich war wirklich und wahrhaftig fortgegangen. Ich war frei!

»Sie haben ein reizendes Lachen, Mademoiselle. *Absolument ravissante.*«

Ich schrak zusammen. Da saß ein Herr an meinem Tisch und ich hatte ihn nicht bemerkt, bis er mich ansprach. Ich glaube, ich machte ein sehr britisches Gesicht, denn er erhob sich ein wenig, zückte einen unsichtbaren Hut und amüsierte sich sichtlich über meine Verwirrung. »Wenn ich mich vorstellen darf, Mademoiselle? Perrier, Gaston Perrier.«

»*Enchantée*, Monsieur Perrier. Mrs Thomas Daniel Davies mein Name.«

Er setzte sich. Lachte. »Engländerin, das dachte ich mir gleich.«

»Cornish, nicht englisch.«

»Sagen wir, Sie sind Britin. Es ist so typisch, dass Sie sich mit dem Namen Ihres Gemahls vorstellen. Eine Französin täte das nur, wenn sie kein Interesse daran hätte, meine Komplimente entgegenzunehmen.«

Er flirtete mit mir! Nahm ich an, sicher war ich nicht, mir fehlte die Erfahrung. Aber er sah mir unverwandt in die Augen, lächelte und wartete auf Antwort. Sehr französisch sah er aus, ganz wie die Zeichnungen in den Modeblättern für den eleganten Herrn: ein kleines schmales Bärtchen über der Oberlippe, das dunkle Haar sorgfältig gescheitelt, die Kleidung tadellos und dennoch nicht steif.

War er attraktiv? Die Frage wagte ich mir nicht zu beantworten. War er von sich überzeugt? Zu sehr, fand ich. Und fragte daher, ob er sich nicht vorstellen könne, dass auch ich keinerlei Interesse an seinen Galanterien habe.

»Das kann ich mir in der Tat nicht denken. Ich bin ein Mann, den die Damen mögen.« Er biss sich auf die Oberlippe. »Sie finden mich gewiss arrogant? Aber wäre Ihnen ein dummer Mann lieber, der nicht weiß, was man von ihm hält? Ich bin amüsant und ein hervorragender Gesprächspartner. Über kurz oder lang werden Sie feststellen, wie reizend auch Sie mich finden, und dann ist es womöglich zu spät.«

»Zu spät?«

»Wir haben noch gute zwölf Stunden Fahrt vor uns. Die können wir damit zubringen, uns zu langweilen, oder aber wir nutzen die Zeit, uns besser kennenzulernen.«

Das Verrückte war, ich fand ihn sympathisch, obwohl ich Arroganz nicht ausstehen kann. Und es war doch arrogant, sich selbst als Liebling der Frauen zu bezeichnen? Als amüsant und guten Gesprächspartner? Ein solches Lob überließ man besser anderen. Ich räusperte mich und nippte an meinem Kaffee.

»Madame, ich sehe es genau, Sie sind schon überzeugt. Lassen Sie Ihren Blick durch diesen Waggon schweifen und sagen Sie mir, ob es auch nur eine andere Person gibt, mit der Sie lieber zusammensitzen wollten.«

Unwillkürlich sah ich mich um und hätte ehrlicherweise zugeben müssen, dass er recht hatte. Ein englisches Paar mittleren Alters saß schräg auf der anderen Seite des Abteils, starrte stumm aus dem Fenster und zuckte schmerzlich zusammen, wann immer eines der Kinder der französischen Familie am Nebentisch sprach. Hinter mir hatten zwei Herren aus Spanien Platz genommen, die sich leise über ihre Geschäfte unterhielten, und gerade eben hatte eine bekannte Opernsängerin samt ihrer Entourage den Speisewagen verlassen.

Mein Gegenüber beobachtete mich, lächelte und hob die Hände, wie es nur die Franzosen können. »Ah, ich habe nicht gesagt, die Konkurrenz sei groß. Erzählen Sie mir, Mrs Thomas Daniel Davies, wo ist Mr Thomas Daniel Davies?«

Ich hatte nicht erwartet, über meinen Verlust zu sprechen, und ich weiß nicht, weshalb ich es tat; es hätte ein knapper Hinweis auf meine Witwenschaft gereicht. Doch ich hatte noch nie mit irgendjemandem darüber gesprochen, was Thomas' Tod für mich bedeutete.

Sicher, ich hatte mit meinem Schwiegervater über seinen Sohn geredet. Aber er sprach über dessen Kindheit und Jugend, seine Streiche und die Erfolge in Schule und Sport. Ich hörte meistens zu, lachte oder weinte und bestätigte, welch ein wunderbarer Mensch Thomas gewesen sei. Über meine Ehe und meine Einsamkeit sprach ich nicht, das war nichts für einen auch noch so geliebten Schwiegervater. Und die zwei Freundinnen, die ich hatte – nun, vielleicht hatte ich kein Talent für enge Freundschaften oder vielleicht war ich zu speziell, um in einer so kleinen Stadt wie Penzance die Frauen zu finden, die zu mir passten. Wir trafen uns alle Wochen zum Tee, wir strickten und nähten gemeinsam, wir lachten über den neuesten Tratsch und behielten eine jede für sich, was sie belastete.

Monsieur Perrier war in der Tat ein hervorragender Gesprächspartner. Er hörte aufmerksam zu und auch der kleinste Funken Spott war aus seiner Miene verschwunden. Recht bald schob er mir ein Taschentuch über den Tisch und bestellte eine heiße Schokolade mit Rum – meinen Einwand, es sei noch nicht einmal Mittag, ließ er nicht gelten und obwohl ich mit Alkohol nicht allzu viel anfangen kann, spürte ich doch, wie wohl er mir tat, als ich hemmungslos ausbreitete, was sich in den letzten vier Jahren angestaut hatte. Monsieur Perrier sagte nicht viel dazu und gab mir dennoch zu verstehen, ich müsse mich für nichts schämen.

Eine gute Stunde lang sprach ich und fühlte mich mit jeder Minute mehr von einer unerträglichen Last befreit. Ich erzählte von dem Abend, an dem ich Thomas kennenlernte und mich augenblicklich in ihn verliebte, von seinem Antrag, unserer Hochzeit und unserem

Alltag, wie wir gemeinsam Rätsel lösten, uns aus unseren Lieblingsbüchern vorlasen und von unseren Spaziergängen, ja, sogar von unserem ersten Kuss und wie sehr ich es vermisste, ihn neben mir zu wissen, wenn ich einschlief.

Als Monsieur Perrier fragte, ob Thomas ein guter Liebhaber gewesen sei, war ich nicht empört, so selbstverständlich hatte sich diese Frage ergeben und so behutsam wurde sie gestellt.

»Ich denke schon«, antwortete ich nach kurzem Zögern.

»Sie wissen es nicht?«

Ich blieb still. Nicht, weil es mir peinlich war, über diese Dinge mit einem fremden Herrn zu reden – und es hätte mir peinlich sein sollen! –, sondern weil ich die Antwort nicht wusste. Wenn wir uns liebten, fühlte ich mich wohl, das unbedingt, aber mehr noch genoss ich die Augenblicke danach, wenn ich mich auf die Seite rollte und Thomas minutenlang meinen Rücken streichelte. Dann sprachen wir über unsere Träume für die Zukunft. Und auch das erzählte ich Monsieur Perrier. Er war ein Fremder, der mir guttat und den ich niemals wiedersehen würde, was machte es also aus?

Was er allerdings entgegnete, das stach: »Ihr Thomas war ein guter Mann und sein Tod ist ein Verlust für uns alle; es braucht solche Männer wie ihn, die wissen, was gut und richtig ist. Aber weshalb sprachen Sie nur von der Zukunft und lebten nicht die Gegenwart? Auf was wollten Sie warten? Wollten Sie die Pyramiden besuchen, wenn Sie kaum noch die Kraft haben würden, die Reise durchzustehen?«

»Seine Arbeit –«

»Nein, das ist eine Ausrede. Ihr Schwiegervater hätte seinem Sohn alles möglich gemacht, was er wollte, davon bin ich überzeugt. Und Sie wären lieber gestern als heute aufgebrochen. Das stimmt doch?«

Was Monsieur Perrier sagte, war genau das, was ich mir seit zehn Jahren nicht eingestehen wollte. Ich dachte zurück: Wir waren frisch verheiratet und Frederick hatte Thomas angeboten, ihn für ein halbes Jahr freizustellen, damit wir auf Reisen gehen könnten, bevor wir nichts als Arbeit und Familie kannten. Doch Thomas war der Meinung, es sei der falsche Zeitpunkt; die Brauerei brauche gerade seine Aufmerksamkeit. Und so war es weitergegangen, immer war etwas zu erledigen gewesen, immer drängte ein Konkurrent auf den Markt, musste eine Anlage erneuert, ein Rezept verbessert oder ein Arbeiter ersetzt werden. Schon die Fahrten nach London und Schottland hatte Thomas nur mühsam unterbringen können und kamen wir zurück nach Penzance, so nickte er jedes Mal zufrieden und meinte, daheim sei es eben doch am schönsten.

Sachte legte sich Monsieur Perriers Hand auf meine und ernsthaft entschuldigte er sich, wenn er mir Kummer gemacht haben sollte mit seiner Bemerkung. »Aber sehen Sie, Madame, ich denke, Sie sind eine Frau, die mehr vom Leben braucht als Kreuzworträtsel und Kameradschaft. Sie brauchen Leben und Liebe. Und beides sollte aufregend und kraftvoll sein.«

Das war zu viel. Das war unverschämt, das war anmaßend, das war zu persönlich! Ich stand auf. Gemessen und beherrscht. »Ich danke Ihnen, Monsieur Perrier, für die Mühe, mich zu unterhalten. Ich –«

»Gehen Sie nicht, Madame. Wenn Sie es für nötig erachten, entschuldige ich mich. Aber ich werde Sie nicht in Ihr Abteil gehen lassen, wenn ich weiß, Sie werden weinen und sich mit der Vergangenheit quälen.«

»*Sie* halten eine Entschuldigung also nicht für nötig?«

»Ich halte es für nötig, dass Sie nach vorne sehen und werden, wer Sie sind.«

»Sie kennen mich nicht. Weder wissen Sie, was gut für mich ist, noch sind Sie für mein Wohlergehen verantwortlich.« Ich weiß nicht, weshalb ich mich wieder setzte, da ich doch nichts lieber wollte, als in mein Abteil zu gehen. Um dort genau das zu tun, was er gesagt hatte: weinen und mich mit der Vergangenheit quälen, die ich nicht länger in gänzlich rosigen Tönen sehen konnte.

»Madame, ich entschuldige mich nicht für das, was ich denke, aber ich hätte es nicht jetzt schon sagen sollen. Dafür bitte ich um Verzeihung.«

»Sie liegen völlig falsch. Sie scheinen zu glauben, ich hätte weder Leben noch Liebe gehabt. Das stimmt nicht.« Obwohl es mir sonst leichtfiel, ruhig zu bleiben, hatte ich jetzt Mühe, nicht laut zu werden.

»Sie hatten es nicht in dem Maße, wie Sie es brauchen. Ich glaube, dass Ihr Schwiegervater Sie wie seine Tochter geliebt hat, und ich glaube, dass auch Ihr Gemahl Sie mit all der Leidenschaft geliebt hat, der er fähig war. Aber Sie ...« Er brach ab. Lächelte. »Nein, ich sollte das nicht fortführen. Ich möchte Sie lachen sehen, lassen Sie uns über etwas anderes sprechen, *oui?*«

Ich nahm die Menükarte auf; es ging auf Mittag zu und trotz des reichhaltigen Frühstücks verspürte ich unbändigen Hunger. Ich ließ mir Zeit, die Karte zu studieren. Zeit, die ich vor allem brauchte, um meine widerstrebenden Gefühle zu verstehen. Was Monsieur Perrier gesagt hatte, schmerzte. Weshalb ich fortwollte von ihm. Aber dann wieder spürte ich, wie ich nun vielleicht die Chance hatte, von vorne zu beginnen, wenn ich mir nur eingestehen würde, was ich tief in mir lange schon ahnte: Dass es vor allem tiefe Freundschaft war, die ich für den besten Menschen in meinem Leben empfunden hatte. Natürlich hatte ich Thomas geliebt, ich tat es noch, aber es war nie das gewesen, was ich mir unter Leidenschaft vorgestellt hatte. Nicht, dass ich das erwartet hätte, kaum eine junge Frau aus guter Familie hatte mehr von ihrer Ehe erwartet als Respekt, Zuneigung und eine sichere Versorgung. Von Liebe träumte man, man erhoffte sie und las mit Staunen über ihre mitunter fatalen Auswirkungen. Es waren andere Zeiten gewesen, völlig andere Zeiten, die weiter entfernt waren, als die zehn Jahre Unterschied uns weismachen wollten. So viel hatte ich sogar in Penzance mitbekommen, dass etwas im Gange war, dass Frauen heute anders dachten und handelten, da dieser Krieg uns all unserer Ideale und Traditionen beraubt hatte. Ideale und Traditionen, die nicht sonderlich bewahrenswert gewesen waren, sah man einmal genauer hin.

»Worüber denken Sie nach, Mrs Davies?«

Ich hatte die Karte sinken lassen und Monsieur Perrier war offenbar in der Lage, meiner Miene so manches abzulesen. Aufrichtig interessiert sah er aus und ich glaubte, etwas wie Mitleid in seiner Stimme zu hören. Aber Mitleid wollte ich nicht, das hatte ich nie gewollt. »Ich dachte darüber nach, wie anders Frauen nun leben werden.«

Er lachte, nahm die Speisekarte auf und winkte dem *garçon.* »Madame und ich nehmen das Gratin und einen Bordeaux. Das Zitronensorbet bitte als Erstes, ein wenig Käse zum Abschluss.«

Ich widersprach nicht; in der Tat hatte ich mich für dasselbe entschieden.

»*Alors,* wie werden Frauen in diesem neuen Jahrzehnt leben? Lassen Sie mich überlegen ... Ich denke –«

»Wir werden es miterleben. Was wollten Sie eben sagen?«

»Das Gratin in diesem Zug ist hervorragend und –«

»Sie sagten, mein Mann habe mich geliebt. Ich aber tat was?«

»Ich möchte Sie nicht noch einmal verärgern. Noch immer haben wir zehn Stunden vor uns und –«

»Woher wissen Sie, dass ich nicht in Marseille aussteige? Oder in Cannes?«

»Alle Engländer fahren nach Nizza.«

»Ich bin nicht alle Engländer.«

»Ich sah Sie gestern Nacht, als Sie mit dem Zugbegleiter sprachen. Ihr Abteil ist bis Nizza gebucht.« Er wartete, bis der Kellner das Sorbet abgestellt und sich entfernt hatte. »Ich beschloss, mir die Reisezeit mit Ihnen zu vertreiben.«

»Weil ich so unwiderstehlich bin.«

»Weil Sie ein Rätsel sind. Sie sind eine hübsche Frau, die traurig und selbstbewusst zugleich wirkt, das machte mich neugierig. Sie besteigen einen der mondänsten Züge und tragen Kleidung, die augenscheinlich von einer Schneiderin ohne modischen Ehrgeiz gefertigt wurde. Sie haben einen einzigen Koffer, Ihre Schuhe sind ein wenig abgetragen und doch bewegen Sie sich, als wären Sie mit dieser Art zu reisen vertraut, um dann wieder staunend in die Landschaft zu schauen, als erlebten Sie ein Wunder. Ich konnte in der Tat nicht widerstehen und ich bereue nicht, mich Ihnen aufgedrängt zu haben.« Er probierte vom Sorbet, nickte zufrieden. »Ich bedauere nur, Sie verärgert zu haben. Es hat mich mitgerissen. Das Sorbet ist vorzüglich, finden Sie nicht auch?«

»Das ist es. Was also hatten Sie sagen wollen?«

»Sie möchten es wirklich hören?«

Ich nickte. Und hörte, was ich selbst vor wenigen Minuten erst erkannt hatte: Monsieur Perrier war überzeugt, ich hätte aufrichtige Freundschaft mit der Liebe verwechselt, die Frau und Mann zusammenführt. »Oder zusammenführen sollte. Vielleicht ist es ein englisches Problem? Eine gewisse Kühle, eine seltsame Zurückhaltung auf beiden Seiten?«

Doch nun, da ich mich bestätigt sah, hatte ich keine Lust mehr auf eine Unterhaltung, die meine Ehe zum Gegenstand hatte. »Monsieur Perrier, Sie haben von sich behauptet, amüsant zu sein. Beweisen Sie es.«

Er lachte und zurück war der leise Spott in seinen Augen, um seine Mundwinkel. Er strahlte. »Ich laufe zu Bestform auf vor einem kritischen Publikum.«

Das tat er wahrhaftig. Er war mokant, spitzfindig, gebildet und interessiert an allem, was die Welt zu bieten hatte. Er ging auf jede meiner Anmerkungen ein, war abwechselnd ernst, melancholisch gar, um dann alles von der heiteren Seite her zu betrachten. Über was genau wir uns unterhielten, kann ich nicht mehr sagen, auf alle Fälle lachten wir herzlich über Lavinia, die mit jeder Meile, die ich mich von ihr entfernte, unbedeutender und alberner zu werden schien. Es verging mir die Zeit so angenehm wie lange nicht mehr. Er hatte nicht zu viel versprochen und ich fragte mich, ob ich ebenso empfunden hätte, hätte er sich nicht zuvor so gnadenlos offen über meine Ehe geäußert.

Take It With a Grain of Salt

20. März 1921

In Nizza verabschiedeten wir uns, ohne auch nur daran zu denken, Adressen auszutauschen. Tat es mir leid, ihn gehen zu sehen? Darüber dachte ich nicht nach, ich war viel zu gespannt auf Flossie, von der ich annahm, sie würde mich am Bahnsteig erwarten.

Doch niemand rief meinen Namen, niemand hielt nach mir Ausschau. Ich überlegte, wohin ich mich wenden könnte, sollte Flossie entschieden haben, meine Hilfe sei nicht mehr von Nöten. Erst jetzt erinnerte ich mich daran, wie oft sie zu Pensionatszeiten ihr Herz an etwas gehängt hatte, um das Interesse zu verlieren, nachdem es in greifbare Nähe rückte. Ungeniert posaunte sie ihre Wünsche hinaus; uns alle machte sie verrückt, wenn sie etwas wollte. Mr Jeffreys beispielsweise: Was hatte sie nicht alles getan, um unseren Klavierlehrer auf sich aufmerksam zu machen! Immerzu sprach sie davon, wie sie keinesfalls länger leben könne, ohne seine Liebe und einen Kuss zu erringen. Was war der arme Mann am Ende verliebt in sie. Verliebt und vor die Tür gesetzt! Und Flossie hielt es nicht einmal für nötig, sich von ihm zu verabschieden. Sie blieb auf ihrem Zimmer, versuchte sich an einer neuen Frisur und meinte, er habe ihr nie wirklich gefallen.

Andererseits: Das war fünfzehn Jahre her und wir alle waren nichts als törichte Backfische gewesen, die keine

Lust hatten, sich wie unsere Mütter und Großmütter verheiraten zu lassen. Wir schwankten zwischen Bewunderung für Emmeline Pankhursts *Women's Social and Political Union* und unserem Wunsch nach eleganten Kleidern und schicken Gentlemen. Wir waren sehr naiv und immer zu Albernheiten aufgelegt und es wäre unfair von mir, die junge Flossie in der erwachsenen Frau zu vermuten.

Zu diesem Schluss war ich eben gelangt, als eine glockenhelle Stimme über den Bahnsteig tönte und meinen Namen rief: »Lizzie! Lizzie Teague, du wunderbares Wesen! Tingelwingel Gattatu!«

Tingelwingel Gattatu! Wie hatte ich unseren Schlachtruf nur vergessen können? Niemand wusste, wie er entstanden war, aber Generationen hoffnungsfroher Absolventinnen der *Sherrington-Akademie für junge Damen der Gesellschaft* stießen ihn begeistert aus, wenn sie einander trafen. Ich hatte ihn seit Jahren nicht gehört, denn es trafen sich diese Absolventinnen nicht in Penzance, sondern in den Ballsälen und Salons der mondänsten Orte.

Wie dem auch sei, ich fühlte mich augenblicklich zurückversetzt in meine Jugend und so fiel ich Flossie in die Arme, als ob wir eben doch die besten Freundinnen gewesen seien. Sie drückte mich fest an sich, verpasste mir einige Schmatzer auf Wangen, Stirn und Nase, hakte mich unter und eilte mit mir durch die Bahnhofshalle. Draußen angelangt, bugsierte sie mich in einen funkelnagelneuen feuerroten Citroën und warf sich mit Schwung auf den Fahrersitz.

Sie war eine grottenschlechte Fahrerin und hätte sie mir nicht gesagt, wir führen kaum vier oder fünf

Straßen weiter zu meiner Pension, ich hätte sie gebeten, mich ans Steuer zu lassen. So aber hielt ich tapfer durch und ermahnte sie, doch bitte nicht auf mich, sondern auf die nur schwach beleuchtete Fahrbahn zu achten. Flossie lachte und chauffierte den Wagen gänzlich unbekümmert um die Kurven. Immerhin schaute sie nun nach vorne, was mir die Gelegenheit gab, sie genauer zu betrachten.

Sie hatte sich nicht verändert: Noch immer erweckte sie den Eindruck von Schönheit, obwohl die Natur sie nur bescheiden bedacht hatte. Sie besaß eine gute Figur, eine fantastische Haltung, makellose Haut und glänzendes Haar, aber das besaßen andere auch. Früher als diese anderen hatte sie jedoch verstanden, wie die richtige Kleidung sie attraktiver erscheinen ließ als wesentlich schönere Frauen, die über weniger Stil verfügten. Dazu lächelte sie immerzu, da fielen die etwas große Nase, die schmalen Lippen und das leicht fliehende Kinn nicht auf. »Ich muss sagen, Flossie, du hast dich kaum verändert. Oder doch, du siehst noch besser aus als damals. Wirklich, ich bewundere dich ausnehmend.«

»Oh, aber Liebste, wie reizend von dir! Wie heißt es doch stets: Nur das Kompliment einer Frau zählt wirklich und deines ist mir besonders wertvoll. Balsam für meine Seele und all das.« Einen kritischen Blick warf sie mir zu. »Die Dreißig sieht man dir auch nicht an.«

Nein, die sah man mir vielleicht nicht an. Das aber machte mich noch lange nicht zu einer bewunderten Salonschönheit.

Flossie bremste scharf, sprang aus dem Wagen und schnappte sich meinen Koffer. Ohne anzuhalten, zog sie mich hinter sich her und bog in eine winzige Gasse ein, in der man nicht einmal die Arme nach beiden Seiten ausstrecken konnte. *Ruelle Saint André* stand auf einem Schildchen, das konnte ich eben noch entziffern, bevor sie mich weiter voranschubste. »Liebste Lizzie, ich hoffe, du wirst es in dieser bescheidenen Hütte aushalten?«

Wir standen vor einem schmalen Haus, das sicherlich niemals bessere Zeiten gesehen hatte. Ich nickte, ohne mir meine Enttäuschung anmerken zu lassen. Ich hatte mehr erwartet, nachdem ich dermaßen bequem hatte anreisen dürfen.

Eine schäbige Anrichte diente als Rezeption; ein Schlüssel und eine Notiz lagen darauf. Nach beidem griff Flossie und ging mir voraus durch einen kurzen dunklen Gang, eine enge Stiege hinauf und in ein winziges Zimmer direkt am Treppenabsatz. Eine Kakerlake huschte über den Boden, ein Spinnennetz wehte am offenen Fenster auf und ab.

»Sehr gemütlich.«

Flossie nahm meine Hand. »O Liebste, ich hoffe, du nimmst es mir nicht übel. Aber ich wusste mir nicht anders zu helfen. Und sieh dich an, ich hatte recht – *so* kannst du dich nicht blicken lassen.«

Das war nun nicht ganz, was ich erwartet hatte. Eben noch hatte sie mich mit Küssen überschüttet und nun schämte sie sich meiner und schob mich in dieses Drecksloch ab?

Sie zog mich neben sich auf das Bett. »*Goodness*, Lizzie, was musst du nur von mir denken! Lass es mich erklären.«

Ich war neugierig wie nie.

»Du musst mir helfen. Ich glaube, Albert will mich verlassen. Und was soll dann aus mir werden? Ich meine, natürlich liebe ich ihn und all das, aber ich bin Realistin. Wenn ich ihn nicht halten kann ...« Sie seufzte. »Ich komme nun langsam in das Alter, in dem es nicht mehr so leicht ist, noch einmal einen Mann wie ihn zu finden.«

Damit hatte sie natürlich recht, wenn ich den Grund auch nicht bei ihr suchte. Männer waren nach diesem grauenvollen Krieg Mangelware und solche, die ein ähnliches Vermögen besaßen wie Albert, waren noch schwieriger aufzutun.

»Wenn er sich von mir scheiden lässt, dann bleibt mir nur das kleine Erbteil meiner Tante, um mich zu erhalten. Du bekommst ja immerhin deine Witwenrente, nicht wahr, und bestimmt hast du gelernt, wie man Bücher führt oder Brauereikutschen fährt und all so etwas. Ich meine, du hast gelernt, bescheiden zu sein, und du weißt, wie man arbeitet. Aber ich? Ich kann ja nichts, ich bin ja verwöhnt und dann sitze ich da und habe kaum noch die Mittel, mich angemessen zu kleiden.«

Das *kleine* Erbteil ihrer Tante umfasste immerhin ein rentables Gut in Yorkshire, einige Anteile an Eisenbahn-, Schifffahrts- und Hotelgesellschaften und mehrere Schatullen voller Schmuck, der es glatt mit den Kronjuwelen aufnehmen könnte. Für zwei oder drei bescheidene Pariser Modellkleider pro Saison würde das locker hinreichen, ohne dass sie hungern müsste.

»Lizzie, Liebste, hilf mir. Ich bin sicher, wer immer das Weibsstück ist, das ihm schöne Augen macht, sie ist nur hinter seinem Geld her. Und bestimmt wird sie ihn überreden, mir keine Abfindung zu zahlen.«

»Wenn er sich einer anderen wegen scheiden lässt, ist er der schuldige Teil und muss dich versorgen.«

»Ja, aber ich denke, er wird es so drehen, dass ich die Schuldige bin, und dann gehe ich leer aus.«

»Wie sollte er das zuwege bringen?«

»Oh, das weiß ich nicht, deswegen bist du hier. Du findest heraus, wer diese Person ist, dann kann *ich* die Scheidung einreichen und *ihn* als den Schuldigen benennen.«

»Du willst deine Ehe gar nicht retten?«

»Das wäre mir am liebsten, natürlich, aber was soll ich tun, wenn ich ihm nicht mehr gefalle? Ich darf mich nicht von meinen Gefühlen leiten lassen, ich muss tun, was das Klügste ist. Und wenn er wirklich eine andere liebt, dann soll er glücklich werden. Denkst du nicht auch?«

Ich stimmte zu, wenn ich auch glaubte, es wiege für Flossie der Verlust ihres Mannes nicht sonderlich schwer, solange sie vermögend aus der Sache herauskäme. Was *ich* allerdings dazu tun sollte, war mir ein Rätsel.

Aufgeregt ergriff sie meine Hände. »Schau, du hast Albert damals sehr gefallen, erinnerst du dich? Ehrlich, ich hatte schon geglaubt, er würde dir einen Antrag machen und mich vergessen.«

Das war mir neu. Ich hatte während unserer wenigen Begegnungen nicht bemerkt, dass ich ihn sonderlich beeindruckt hätte.

»Aber doch, ganz gewiss. Er nannte dich wahnsinnig klug und sagenhaft hübsch.«

Außer Thomas und meiner Familie hatte niemand mich jemals klug und hübsch genannt; wild, vorlaut und besserwisserisch fanden mich meine Lehrerinnen und ich hatte all die Jünglinge verschreckt, mit denen ich während meiner ersten Saison zusammentraf. Und jetzt war ich eine Frau, die auf fremde Franzosen traurig wirkte ...

»Auf alle Fälle hält er viel von dir und wenn du ihm nun zufällig begegnest und ihm erzählst, wie schön es ist, ihn zu sehen, dann wird er dir bestimmt bald vertrauen und dir sagen, was er vorhat.«

Das erschien mir absurd. Weshalb sollte ein Mann, der seine Gemahlin betrügt und sie verlassen möchte, das ausgerechnet ihrer Freundin mitteilen?

»Aber du bist ja nichts weiter als eine frühere Schulkameradin, wir haben uns doch seit Jahren nicht gesehen! Und damit keiner merkt, dass ich von deiner Ankunft weiß, musst du heute Nacht hier schlafen. Ich denke es mir folgendermaßen: Morgen früh gehst du los und stattest dich anständig aus. Lass dir die Haare ein wenig kürzen, trage Puder und Lippenstift und hülle dich in Samt und Seide, ich zahle alles.« Womit sie in ihre Manteltaschen griff und mir eine Unmenge an französischen Francs in den Schoß warf. »Zähle es nach, es sollten viertausend Francs sein. Ich glaube, es sind etwa –«

»Neunzig Pfund.« Ich starrte auf die Scheine.

»Kein Grund zu flüstern, liebste Lizzie. Es kostet halt, wenn man als Frau in unserem Alter nach etwas aussehen will. Und das musst du. Du musst wirken, als wärest du eine von uns, die reisen kann, wie sie mag und möchte.«

»Flossie, bitte. Du hast mich kommen lassen, damit ich Albert etwas vorspiele und ihn aushorche? Ich dachte, du bräuchtest Trost.« Mir kam ihr Plan ausgesprochen kindisch vor.

»Aber das wäre mir Trost.« Sie plinkerte mich mit feuchten Augen an. Räusperte sich. »Und da sind noch zwei Frauen in unserer Gruppe. Vielleicht ist sogar eine von ihnen die schamlose Person, die mir meinen Albert wegnehmen will. Du musst ihnen gegenüber so tun, als hieltest du nicht viel von mir. Das schaffst du doch?«

Das schaffte ich höchstwahrscheinlich mit Leichtigkeit, wenn Flossie weiterhin solchen Unsinn redete. »Ich bitte dich, das ist –«

»Überlege doch einmal, welch ein Spaß das wird! Weißt du noch, wie wunderbar du die Desdemona gespielt hast mit Dottie als Hamlet?«

»Othello. Nicht Hamlet.«

»Jaja, das ist ja unwichtig, du warst großartig! Und als dieses Fräulein in diesem Stück von diesem Mann – wir haben Tränen gelacht! Wie hieß es noch? Die Sache mit dem Koffer und dem Tagebuch?«

»Oscar Wildes Bunbury? Ich habe die Gwendolyn gespielt und –«

»Genau. Nun sage mir, dass dir das kein Vergnügen bereitet hat. Anders ist es jetzt auch nicht! Wirklich, liebste Lizzie, ich bin verzweifelt, das schwöre ich dir, und wenn ich nicht immerzu so tun müsste, als sei alles in Ordnung, so würde ich weinen. Aber ich muss gleich zurück und Alice und Myrtle würden es gleich merken, wenn ich mit rotverquollenen Augen hereinkäme.«

Flossie nahm meine Hände und schaute mir so flehentlich ins Gesicht, dass mir ihre Idee gar nicht mehr so lächerlich vorkam, zumal ich wirklich sehr gerne auf der Bühne gestanden hatte. Bei allen Schulaufführungen hatte ich eine der Hauptrollen erhalten und wer weiß: Hätte ich Thomas nicht kennengelernt, so wäre ich nun womöglich der gefeierte Star des Londoner West Ends. Großmutter hätte das gefallen.

»Ach, ich wusste, du hilfst mir. Darauf ein dreifaches Tingelwingel Gattatu!«

»Flossie, ich bin nicht sicher, dass es so laufen wird, wie du dir das vorstellst. Selbst wenn Albert sich an mich erinnern sollte, heißt das noch lange nicht, dass er mir in der nächsten Sekunde sein Herz ausschüttet.«

»In der nächsten Sekunde? Damit rechne ich gar nicht, Liebste. Lass dir nur Zeit, wir bleiben ja bis Ende Mai hier. Auf dich warten doch keinerlei Verpflichtungen?«

Zehn Wochen sollte ich hierbleiben? Ich sah mich um und schauderte.

»Dummerchen, nicht in dieser Bruchbude. Sobald du deine Einkäufe erledigt hast, leihst du dir ein Automobil und – oh, aber du kannst doch fahren?«

»Ich schon. Wann willst du es endlich lernen?«

Flossie nahm mir die Spitze nicht übel. »Ich lebe noch. Also, du leihst dir einen Wagen, machst eine nette kleine Spritzfahrt und kommst gegen vier Uhr zurück. Du steigst natürlich im *Negresco* ab. Das ist zwar nicht mehr so gut besucht wie vor dem Krieg, aber es ist noch immer recht angenehm. Wir werden beim Tee sitzen, Albert sieht dich, freut sich und ab da läuft es wie von selbst.«

»Aber –«

»Ich weiß, was du sagen willst. Keine Sorge, ich bezahle natürlich. Du eröffnest morgen Vormittag ein Konto und zahlst ein, was von deinen Ausgaben übrig bleibt. Das wird nicht lange hinreichen, natürlich nicht, doch sobald du im *Negresco* wohnst, lege ich dir alle zwei Tage einen Umschlag aufs Zimmer und das Geld gibst du in die Bank. Perfekt.«

»Ich kann nicht gut alle zwei Tage mein Bankkonto befüllen. Man wird mich am Ende für eine Dame von zweifelhaftem Ruf halten.«

»Unsinn. Sie werden höchstens denken, dass du gut Karten spielst oder davon lebst, etwas zu verkaufen.«

»Ja, das ist, was ich meine: Sie werden denken, ich verkaufe meinen Körper.«

»Kunst. Du verkaufst Kunst. Behaupte, du seist Kunsthändlerin, das ist in Nizza eh bald jeder Zehnte. Und Myrtle und Alice können einen Monet nicht von einem Manet unterscheiden.« Flossie beugte sich vor und küsste meine Wangen. »Lizzie, ich werde dir auf ewig dankbar sein und ich hoffe, du wirst eine herrliche Zeit hier verbringen. Du musst ja nicht ständig um Albert herum sein, du kannst tun, was immer du möchtest, wenn du mir nur hilfst.«

Gegen eine schöne Zeit in südlichen Gefilden hätte ich nichts, doch ich bin nun einmal eine Frau, die den eigenen Vorteil nicht vornan stellt. »Flossie, wenn ich zehn Wochen bliebe und kein Ergebnis vorzuweisen hätte, dann hättest du sehr viel Geld ausgegeben, das du im Falle einer Scheidung gut gebrauchen könntest.«

»Ach, das passt schon, mach dir keine Gedanken.« Mit einem Seufzer schaute sie sich noch einmal im Zimmer um und riet mir, besser auf der Bettdecke zu schlafen als darunter und auch Mantel und Handschuhe anzubehalten. »Aber es ist nur diese Nacht, du wirst es überstehen, ja?«

Nun, ich überstand es. Konnte ich sonst auch stets und überall schlafen, so galt das nicht hier: Immer, wenn ich ein wenig einnickte, hörte ich das Trippeln der Kakerlake, die betriebsam durch den Raum lief. Als ich weit nach Mitternacht begriff, dass mindestens drei von diesen Kreaturen herumrannten, kauerte ich mit angezogenen Knien auf meinem Bett, den Kopf gegen die Wand gelehnt, und konzentrierte mich auf das Schöne, das mich erwartete. So dämmerte ich vor mich hin, bis die Sonne durch das trübe Fensterglas schien und einen Tag versprach, der die Nacht vergessen machen würde.

Notdürftig wusch ich mich – dieses Etablissement verfügte nicht über warmes Wasser und das abgestoßene Emaillebecken mit dem von Rost angefressenen Wasserhahn ekelte mich mehr, als ich zugeben mochte. Ich packte meine Sachen zusammen, kontrollierte mit spitzen Fingern, dass sich keine Kakerlake oder anderes Krabbelgetier in meinen Koffer geschmuggelt hatte, und ging hinunter. Wie gestern schon war niemand zu sehen. Flossie hatte die Rechnung bereits beglichen; so legte ich meinen Schlüssel hin und verließ das Haus. Es war gerade einmal halb acht an diesem Montag, als ich aus der Gasse trat und Ausschau hielt nach einem Bistro, das ein gutes Frühstück zu einem ebenso guten Preis anbot. Recht bald wurde ich fündig. Ich setzte mich ans Fenster und beobachtete bei einem *café crème* und einem *brioche*, wie die Stadt erwachte. Ehe ich mich versah, schwelgte ich in Erinnerungen.

Ich war neun Jahre alt, als ich mit meinen Eltern den Winter hier verbracht hatte. Damals war Nizza *die* Stadt der Hocharistokratie, die der ungemütlichen Kälte ihrer Heimat entgehen wollte – sogar Queen Victoria und die russische Zarenfamilie reisten regelmäßig an und blieben über Monate. Ich erinnerte mich gut, wie ich die prachtvollen Roben der Damen bewunderte und ihre kunstvoll verzierten Frisuren. Dass wir hier sein konnten, das hatten wir nur Papas Talent zu verdanken: Er war ein ausgezeichneter Porträtist, dem es gelang, Wunsch und Wirklichkeit so zu vereinen, dass sowohl die dargestellte Person glücklich war wie auch diejenigen, die das Konterfei mit dem Original verglichen und mehr Ähnlichkeit fanden, als üblicherweise bei solchen Auftragsarbeiten zu erwarten war.

Ein schöner Winter war das gewesen, sorglos und angenehm. Und ich denke, gerade dieser Aufenthalt unter all den berühmten Menschen in ihrem unermesslichen Reichtum sorgte dafür, dass ich bis heute neidlos auf andere blicken konnte, ohne mich über meine relative Armut zu grämen.

Nun, ich war zwar bescheiden in meinen Ansprüchen, dennoch freute ich mich sehr auf meine Einkaufstour. Ich überlegte, was eigentlich die Dame von Welt zurzeit trug, welche Farben *en vogue* waren, welche Frisur? Ich hatte keine Ahnung. Wie auch? Ich hatte mich seit Jahren darum gekümmert, Frederick aufzumuntern und Lavinia nicht zu verärgern. Ich hatte den Haushalt geführt, gelesen, gezeichnet und gestrickt, ich war oft mit meinem Fahrrad unterwegs oder zu Fuß und wenn ich gelegentlich einmal ausging, in ein Museum, zu einer Lesung oder sogar ins Theater, so kam es mir mehr auf das an, was ich tat, als darauf, wie ich aussah. Monsieur Perrier hatte es erkannt auf den ersten Blick: Ich hatte vergessen, wie es war, eine Frau zu sein, die eigene Wünsche und Vorstellungen vom Leben hatte.

Ich war nervös, als ich das Geschäft einer Schneiderin betrat, deren Angebot sich an die Frauen richtete, die mit ihrem Geld haushalten, aber dennoch gut aussehen mussten. Bei ihr erstand ich ein sportliches Kostüm, das ich gleich anbehielt und in dem ich mich in das von Flossie empfohlene Modeatelier wagen wollte, das deutlich andere Ansprüche sowohl an seine Kreationen wie auch seine Kundinnen stellte. Ich hätte mich nicht hineingetraut in meinem langweiligen Rock und dem selbst gestrickten Cardigan. Und selbst in dem neuen Kostüm drehte ich noch einmal um und suchte zunächst einen ungemein vornehmen Frisiersalon auf.

Maître Auguste war ein drolliger Mann mit Begeisterung für seinen Beruf. Ich kam nicht dazu, ihm zu sagen, was ich wollte; er drückte mich auf einen Stuhl, schob mich vor den Spiegel und löste mein aufgestecktes Haar, das er seidig, herrlich glänzend und jungfräulich nannte. Er zupfte hier, er kämmte dort, er nahm es hoch und lobte dann meinen zarten Teint und meine dunklen Augen, bis mir schwindelig wurde. Mit festem Blick sah er mich an und erklärte, es müsse mein Haar abgeschnitten werden, wolle ich Anspruch auf Chic und Eleganz erheben.

Ich überließ mich ihm. Er versprach, ich würde die Schönste der Schönen, sein Meisterwerk, die Krönung seines Tuns sein. Drei Mal klatschte er und schon saß links und rechts jeweils ein Fräulein, das sich meiner Fingernägel annahm, während er eine goldene Schere ergriff und seine Aufgabe anging. Ausführlich erklärte er, wie er arbeitete, detailliert zählte er auf, wie ich mein Gesicht pflegen und welche Farben ich verwenden müsste. Bald schon versetzten mich die schlaflose Nacht und seine sanfte Stimme in eine Art Trance, aus der ich erst wieder erwachte, als duftender Puder in meiner Nase kribbelte und zum Niesen reizte.

Maître Auguste hatte viel versprochen und vieles gehalten. Die Schönste der Schönen – nun, das würde niemand geschafft haben, aber wie meine schulterkurzen Haare in weichen Wellen hinter die Ohren fielen, das war in der Tat chic und elegant. Jünger sah ich aus, frischer, strahlender. Vor einer Woche noch hielt ich all das Getue um Frisur und Gesicht für oberflächlich; ich hatte nicht geahnt, wie belebend eine solche Schönheitskur auf Körper, Geist und Seele wirkte.

Mit neuentdecktem Selbstbewusstsein betrat ich das *atelier des modes*. Die Direktrice kam lächelnd auf mich zu und fragte mit einem Blick auf Kostüm und Koffer, ob ich eine angenehme Reise gehabt hätte.

Ich bejahte dankend und erklärte wahrheitsgemäß, man habe mir mein Gepäck gestohlen, was Madame Agnès mit einem indignierten Kopfschütteln zur Kenntnis nahm.

»Eine Bekannte hat mich mit dem Nötigsten ausgestattet, aber es fehlt doch an allem. Wollen Sie so gut sein und mir eine Garderobe zusammenstellen?«

Flossie hatte mir das richtige Geschäft empfohlen. Zwei Stunden lang legten mir die Direktrice und ihre Verkäuferinnen Kleider, Röcke, Mäntel, Blusen und Pullover vor. Kleidung für morgens, mittags, abends, für den großen Empfang und das intime Diner, für die Autofahrt, das Tennisspiel, den Fünf-Uhr-Tee und die Oper. Dazu kam eine Flut an Strümpfen, Stricksocken, Schals und Charmeusehemdchen. Ich war beeindruckt, wie Madame Agnès mit sicherer Hand meine liebsten Farben gewählt und alles so zusammengestellt hatte, dass ich blind in den Schrank greifen konnte und dennoch perfekt gekleidet sein würde.

Für eine Engländerin sei das der einzige Weg zur Eleganz, meinte sie; die Damen der Insel seien nicht in der Lage, zwischen vornehm und langweilig zu unterscheiden. Ich widersprach nicht und bezahlte schweigend; die Summe hatte mir die Sprache verschlagen.

Mit dem Rest von nicht einmal tausend Francs begab ich mich zur nächstgelegenen Bank, eröffnete ein Konto und ließ durchblicken, ich würde dieses regelmäßig befüllen, da ich in Geschäften unterwegs sei. Dann bat ich den Direktor um Hilfe bei der Anmietung eines Automobils und genoss es sehr, von diesem Herrn mit äußerster Zuvorkommenheit umhegt zu werden. Er kümmere sich nur zu gerne darum, mich in *jeglicher* Hinsicht bestens zu versorgen, so ließ er mich wissen. Selbst für mich Schaf war offensichtlich, dass er nichts dagegen hätte, mich auch des Nachts zufriedenzustellen. Dieses unausgesprochene Angebot ignorierte ich und belohnte seinen etwas zu innigen Handkuss mit einem frostigen Lächeln. Was ihn nicht störte; ich denke, er schob meine Zurückhaltung auf meine britische Natur und verstand darin eine Herausforderung an seinen Charme. Das konnte mir nur recht sein; so war er vielleicht mehr an meinem Erscheinen interessiert als an der Quelle meines Geldsegens.

Mit einem flotten Renault HD, der wahnsinnige fünfundneunzig Kilometer in der Stunde zurücklegen konnte, fuhr ich gegen ein Uhr aus Nizza heraus und brauste am Meer entlang. Es war herrlich. Zwar herrschte auch daheim in Cornwall ein mildes Klima, doch hier war es wärmer und weniger windig; es wuchsen die Palmen höher und das nahende Frühjahr mit seiner südlichen Hitze war bereits zu erahnen. Ich fuhr nach Antibes, wo ich eine Kleinigkeit zu mir nahm und aus einer Laune heraus eine Postkarte an Lavinia schrieb, auf der ich ihr versicherte, es gehe mir gut. Ob ich sie damit ärgern oder beruhigen wollte? Beides vermutlich, denn ich wollte gerne glauben, dass meine Schwiegermutter doch genug für mich übrig hatte, um von meinem Wohlergehen mit einer gewissen Erleichterung zu erfahren.

Pünktlich um viertel vor vier parkte ich den Renault vor dem Hotel *Negresco*. Ich bin nicht leicht von Prunk und Pomp zu beeindrucken, aber dieser weiße Palast und das Wissen, wer hier vor dem Krieg aus- und eingegangen war – nun, das ließ mich zumindest tief Luft holen. Schon eilte ein Page auf mich zu. Wenn er sich über meinen schäbigen Koffer und die vielen Kartons wunderte, so verbarg er das ebenso geschickt wie ich den Umstand, dass ich an solche Dienstfertigkeit nicht gewohnt war. Doch ich denke, ich wuchs in meine Rolle der Dame von Welt hinein, als ich mit langen Schritten und hocherhobenem Haupt dem Pagen in die runde Halle folgte.

Den Empfangschef – einen Monsieur Guilbert – bat ich so lässig um ein Zimmer, als logierte ich immerzu in solchem Luxus. Wie lange ich bleiben wollte, fragte er. Und ich antwortete nonchalant, das werde sich noch zeigen, aber mein Aufenthalt könne sich durchaus einige Wochen hinziehen.

Er hob die Brauen und lächelte. »Erwarten Madame weitere Gäste? Wollen Madame vielleicht eine Suite oder zwei angrenzende Zimmer beziehen?«

Ein Zimmer sei ausreichend, erklärte ich und erblasste, als er mir überaus diskret eine Preisliste zuschob. Wollte ich nicht in seiner Achtung und vor allem in der von Flossies Gesellschaft sinken, so verbat sich das günstigste Zimmer von selbst. Ich wählte die dritte Kategorie und schob den Gedanken beiseite, wie lange ich von dieser Summe woanders würde leben können.

»Eine sehr gute Wahl, Madame. Zimmer 203 hat einen wunderbaren Seeblick. Haben Sie bereits Pläne für den Abend oder darf ich Sie auf die Gästeliste unseres Restaurants setzen? Vielleicht möchten Sie, dass ich Karten für die Oper buche?«

Eingedenk meiner Aufgabe erwiderte ich, ich wolle mich jederzeit gerne an ihn wenden, für den Augenblick jedoch wäre mir eine Tasse Tee das einzige Bedürfnis.

Er verbeugte sich. »Ich lasse Ihr Gepäck und die Einkäufe auf Ihr Zimmer bringen und empfehle Ihnen, unsere Bar aufzusuchen.« Er klingelte und gab dem Pagen die Anweisung, mich zu geleiten. Er strahlte mich an. »Wir schmeicheln uns, dass unsere britischen Gäste dort ein wenig Heimat finden.«

Ich verstand, was er meinte, als ich die Bar betrat, die ebenso gut ein *tea room*, ein Pub oder ein Londoner Club hätte sein können: Die Wände waren mit Holzpaneelen verkleidet, karierte Portieren hingen vor den Fenstern, ein dichter Teppich dämpfte jeden Schritt und im Gegensatz zur strahlend hellen Halle herrschte hier ein Dämmerlicht, wie ich es von verregneten Nachmittagen in Edinburgh her kannte.

Viel Zeit allerdings hatte ich nicht, das Interieur zu betrachten, denn ganz wie Flossie es vorhergesehen hatte, kam ein hochgewachsener Mann mit roten Haaren auf mich zu, die Arme ausgestreckt und den Kopf prüfend zur Seite geneigt. »Miss Teague? Miss Elizabeth Teague? Aus Penzance?«

Ich musste die Überraschte nicht spielen, denn es verblüffte mich wahrhaftig, dass Albert sich meiner erinnerte. »Damit liegen Sie richtig, mein Herr. Seien Sie mir nicht böse, aber –«

»Natürlich, natürlich, keine Frage, Sie erinnern sich nicht. Habe ich nicht erwartet. Himmel, nein, wie könnte ich. Smith-Babington mein Name. Albert, wenn ich so frei sein darf. Sie erinnern sich bestimmt an Ihre Schulfreundin Florence, ja?«

»Albert, aber sicher! Wann hatten wir uns zuletzt gesehen? Das ist Jahre her.«

»Das sieht man mir an, leider. Ihnen überhaupt nicht, kein bisschen.«

»Wie liebenswürdig. Wie geht es Flossie? Ist sie auch hier?«

Vielleicht bildete ich es mir ein, aber sein eh schon schiefes Gesicht verzog sich noch weiter. Dann nickte er und bot mir seinen Arm. »Ich darf doch, ja? Ich bringe Sie an unseren Tisch. Flossie wird Augen machen. Seit wann sind Sie in Nizza? Wohnen Sie hier? Was haben Sie vor? Sie bleiben doch ein Weilchen?«

»Seit heute, ja, noch nichts und ja.«

Er blieb stehen, grinste. »Ich bin ein Trottel, das sagt Flossie immerzu und sie hat leider recht. Da überfalle ich Sie mit all meinen Fragen und wahrscheinlich gehe ich Ihnen jetzt schon auf die Nerven. Das ist mein Schicksal, ich plappere einfach drauf los, wenn ich mich freue, und ich muss sagen, ich freue mich wie … wie … ja, ich weiß es gar nicht, wer ist denn bekannt dafür, sich wie verrückt zu freuen?«

»Da fällt mir auch niemand ein.«

»Na, auf alle Fälle freue ich mich, Sie zu sehen. Mächtig guten *Earl Grey* haben die hier und ein ganz passables Früchtebrot. Ich darf doch, ja?« Er winkte nach dem Kellner und bat ausgesucht höflich darum, ein weiteres Gedeck für Miss Teague zu bringen und – so es der Küche möglich sei – einige frische *scones.* »Nicht wahr, Elizabeth, Scones mögen Sie?«

Albert hatte in diesen nicht einmal zwei Minuten mehr mit mir gesprochen als bei unseren Begegnungen zuvor und ich konnte mir nicht helfen: Ich fand ihn weniger idiotisch als damals. Er hatte sich verändert, schien mehr im Reinen mit sich zu sein. Die hellste

Kerze auf der Torte war er vermutlich nicht, aber seine unverstellte Begeisterung und das Fehlen jeglicher Arroganz standen einem so reichen Mann gut zu Gesicht. Gar so befremdlich erschien es mir nicht mehr, dass Flossie ihm eine Geliebte zutraute, und es sollte mich nicht wundern, wenn sie ihn doch noch zurückgewinnen wollte.

»Ich muss sagen, es ist sehr nett, so freundlich empfangen zu werden, wenn man alleine reist.«

»Alleine? Eine Frau wie Sie?« Er schüttelte den Kopf, als sei eine Frau ohne Mann in diesen Zeiten ungewöhnlich. Dann stöhnte er. »Ich bin doch wirklich ein Trottel. Hatten Sie nicht auch geheiratet? Ein halbes Jahr nach uns? Sagen Sie nichts, ich erinnere mich. Das heißt doch nicht etwa, Ihr Mann ist …?«

»Das heißt es leider.«

Er nickte, tätschelte meine Hand. »Es sind immer die Besten, die zu früh gehen. Aber wir werden Sie schon aufmuntern.«

Die Gesellschaft hatte am Fenster hinter einer Säule Platz genommen. Neben Flossie saß ein Herr von höchstens dreiundzwanzig Jahren, der alle Anzeichen rasender Verliebtheit zu erkennen gab. Er hielt die Hand meiner Freundin an seine Brust gedrückt und behauptete, es könne keine Dame größeren Anspruch auf Charme und Witz erheben als sie. Anzug, Artikulation und Attitüde wiesen ihn als Amerikaner aus. Einen, der noch nicht viel von der Welt gesehen hatte.

Flossie entzog ihm die Hand mit Nachdruck. »Mr Lexington, wie oft muss ich es Ihnen noch sagen? So werden Sie Mademoiselle Dupont nicht erringen. Charme und Witz, ich bitte Sie! Das ist einer Französin so selbstverständlich, dass sie dafür kein Lob erwartet. Und dann Ihre Dackelaugen – was denken Sie, wie oft sie genauso angeschaut wird? Myrtle, sage du es ihm: Wollen wir Dackelaugen? Will Mademoiselle Dupont Dackelaugen? Das will sie nicht.« Als sei sie müde, ließ Flossie sich nach hinten in ihren Sessel sinken, drehte sich jedoch sofort um, als Albert ihren Namen rief und von einer Überraschung sprach. »Nein! Kann es wahr sein? Lizzie? Du hier? Komm her, altes Haus, in meine Arme!«

Ich stürzte auf sie zu. »Tingelwingel Gattatu!«

»O ja, dir auch ein herzliches Tingelwingel!« Sie zog mich an sich, flüsterte, ich sei fantastisch, dann wirbelte sie mich herum und stellte mich den beiden Damen am Tisch vor. »Myrtle, Alice, das ist meine Freundin Lizzie aus Cornwall. Mrs Elizabeth Davies, um korrekt zu sein. Seid lieb zu ihr, ja?«

Eine Hand streckte sich mir entgegen. »Alice Baxter. Willkommen bei uns, Lizzie. Sie sind hoffentlich trinkfest?« Sie war, was man eine pikante Brünette nannte. Auf Mitte zwanzig schätzte ich sie und ich hätte mich nicht gewundert, wäre sie Tänzerin oder Sängerin in einem Londoner Jazzclub – genau wie sie stellte ich mir diese Frauen vor: hübsch, unabhängig und alles andere als traditionsgebunden. Mir gefiel sie, aber wenn ich Albert auch nicht gut kannte, so zweifelte ich doch, sie sei sein Typ. Sie wirkte einfach nicht englisch genug, war zu einfach, zu modern, zu kosmopolitisch.

Myrtle Grant hingegen war Flossie in ihrer Erscheinung nicht unähnlich: Sie war so blond und schlank wie diese, eine klassische *English Rose* mit zartglühenden Wangen und milchiger Haut. Doch wo Flossie lachte und strahlte, da lächelte sie nur milde und gab sich melancholisch. Was ihr so gut stand, dass ich überzeugt war, sie arbeitete hart an diesem Eindruck. Jedes Wort hauchte sie, ihr Blick war samtweich und ihre Bewegungen sanft.

Mr Lexington stand auf, verbeugte sich vor mir und griff nach meiner Hand, deutete einen Handkuss an. »Jonathan Lexington, zu Ihren Diensten, Ma'am.«

»Sehr erfreut, Mr Lexington.«

»O bitte, sagen Sie bloß Jack zu mir, Mr Lexington ist mein Vater und an den will ich nicht denken müssen.«

Flossie versetzte ihm einen Schlag auf den Oberarm. »Mademoiselle Dupont fände Ihren alten Herrn reizend. Jede kluge Frau möchte doch in gesicherte Verhältnisse einheiraten und die hat Ihr Papa nun einmal zu bieten.«

Der junge Mann ließ den Kopf hängen und murmelte, es sei hoffnungslos. Er murmelte es so laut, dass man es bis zur Promenade hätte hören können. »Madeleine will mich nicht. Sie schaut mich kaum an, dabei verehre ich sie glühend!«

»Aber das tut Signore de Luca auch und er tut es melodischer als Sie. Sie quäken wie ein Frosch und wenn Sie dann noch mit schwitzigen Händen nach ihr greifen – *goodness*, was soll das arme Ding dann tun? Sehen Sie es ein, Sie sollten ihr sagen, wie viel Geld Sie auf dem Konto haben. Und mit ihr schwimmen gehen.«

»Schwimmen?«

»Unbedingt. Neben Ihnen sieht Signore de Luca aus wie ein Schwächling. Was wollen Sie mit all den Muskeln anfangen, wenn Sie sie nicht herzeigen? Sie können Mademoiselle Dupont nicht auf dieselbe Art erobern, wie es ein Europäer täte, das wirkt lächerlich. Stehen Sie dazu, ein Amerikaner zu sein. Seien Sie laut, kraftstrotzend und reich!«

»Aber –«

»Wenn Sie sich zu fein sind, Ihr Geld sprechen zu lassen, dann schlage ich vor, packen Sie Ihre Sachen, fahren Sie nach Cannes oder Deauville und suchen sich ein anderes Mädchen. Mademoiselle Dupont ist schön. Sie hat es nicht nötig, auf das Gerede eines liebeskranken Mannes zu hören, wenn der ihr nicht auch eine Zukunft bieten kann.«

»Sie tun so, als sei Madeleine geldgierig, dabei ist sie ein Engel.«

»Das ist sie auch. Ein kluger und vorsichtiger Engel. Ich wünsche Ihnen viel Erfolg bei ihr. Und nun will ich nichts mehr über Mademoiselle Dupont hören.« Damit wandte Flossie sich zu mir und schob mich auf ihren Sessel, sodass nun ich statt ihrer zwischen Jack und Albert saß. Sie selbst nahm zwischen Myrtle und Alice Platz. Ich konnte nur bewundern, wie sie damit den Anschein erweckte, es sei Jacks Liebesleid der Grund für diesen Tausch und nicht etwa ihr Wunsch, ich möge Albert näherkommen.

Eine Stunde etwa saßen wir beisammen. Was erfuhr ich in dieser Zeit? Zum einen, dass Tee und *scones* so gut waren, wie Albert angekündigt hatte, und zum anderen, dass Alice und Myrtle sich als genau die Art von Frauen erwiesen, die ich mir vorgestellt hatte: Sie waren kaum mehr als lose Bekannte, die keine besondere Zuneigung zu Flossie zu erkennen gaben. Allerdings auch nicht zu Albert. Dennoch waren sie amüsant und mir durchaus nicht unsympathisch, obwohl beide recht unverhohlen auf der Suche nach einem reichen Mann waren und Alice die schockierende Ansicht vertrat, es müsse nicht unbedingt einer zum Heiraten sein. Erst einmal wolle sie das Leben genießen und Spaß haben, wobei sie Jack so tief in die Augen sah, dass er ihr willenloses Spielzeug hätte sein müssen, hätte er die Offerte verstanden. Mademoiselle Dupont musste von umwerfender Schönheit sein, wenn er um ihretwillen ein so verführerisches Angebot ablehnte.

Alice schien es ihm nicht übel zu nehmen, sondern mahnte ihn nur, nicht alles auf eine Karte zu setzen. »*Blimey!* Weißt du, mein lieber Junge, es kann leicht sein, dass du nächste Woche schon trauerst, weil ich einen anderen gefunden habe.«

»Ich habe einfach kein Glück in der Liebe«, jammerte er, »du verlässt mich nun sogar schon, bevor ich überhaupt weiß, was du von mir willst.«

Recht trocken warf Myrtle ein, dass, wenn er das nicht wisse, es kein Wunder sei, wenn er Mademoiselle Dupont nicht beeindrucken könne. »Signore de Luca lässt keinen Zweifel an seiner Leidenschaft, und das ist bei all ihrer kühlen Klugheit genau das, was sie fasziniert. Stammelnde Einfaltspinsel kennt sie zur Genüge.«

»Aber Mrs Smith-Babington sagte doch, ich solle sie nicht belästigen mit –«

Flossie ächzte laut. »*Gosh*, Sie sind ein Esel. Kein Wort mehr über Mademoiselle Dupont, nicht heute Abend. Lizzie, du siehst, wir brauchen dich dringend, es fehlt uns an neuem Gesprächsstoff. Erzähl uns etwas von dir.«

Mich so in den Mittelpunkt zu schubsen, fand ich wenig klug, denn jetzt drehte sich die Unterhaltung um mich, die ich doch mehr von Albert erfahren sollte. Ich sprach von Thomas und erfuhr so, dass Myrtles Ehemann ebenfalls in Frankreich gefallen war, was ihr jedoch keinen Kummer bereitete. Mr Grant sei ein eifersüchtiger Choleriker gewesen, der ihr im Tode mehr Glück bescherte als zu seinen Lebzeiten. Dieses Glück bestand aus mehreren Mietshäusern in London und einem ansehnlichen, wenn auch nicht unerschöpflichen Barvermögen, das sie gerne durch Heirat vermehren wollte. Es war erstaunlich, wie sie die schlimmsten Dinge vom dahingegangenen Mr Grant sagen konnte, ohne dabei ihre Stimme zu erheben. Sanft schmachtend wünschte sie ihm das ewige Höllenfeuer und fragte mich voller Liebenswürdigkeit, ob mein Mann mir genug hinterlassen habe, um sorglos in die Zukunft zu blicken. Sie schien bereit, auch Thomas der Verdammnis zu übergeben.

Da Albert wahrscheinlich wusste, wie es um den Reichtum meiner Familie bestellt war, musste ich diese Frage leider verneinen und die Geschichte von meinem Kunsthandel auftischen. Das ging mir leichter über die Lippen, als ich befürchtet hatte; bislang war ich der Meinung gewesen, das Lügen läge mir nicht. Vermutlich hatte mein Zusammenleben mit Lavinia dieses Talent zur Entfaltung gebracht. Nun war ich die Tochter eines Künstlers und oft hatte ich mich mit den Biografien großer Maler und Malerinnen beschäftigt, sodass ich jetzt von Katalogen, Galerien und Käufern sprach, als wären diese mein täglich Brot. Niemand in der Runde erwies sich als Experte, kein Zweifel wurde laut. Allerdings boten mir sowohl Albert wie auch Jack an, etwas zu kaufen, was zwar freundlich war, mich aber unter Druck setzte. Vor allem Jack begeisterte sich für die Idee, unter die Kunstsammler zu gehen, und bat mich, ihm etwas zu verschaffen, das zu ihm passe. »Wäre famos, wenn es Madeleine gefällt, dann sieht sie, dass ich nicht der grobe Klotz bin, für den sie mich hält. Mrs Davies, machen Sie einen Kenner aus mir!«

Was blieb mir übrig, als in den nächsten Tagen auf die Suche nach einem unentdeckten Talent zu gehen? Es stand fest: Ich war Mrs Davies, Kunsthändlerin auf Arbeitsurlaub. Hätte ich geahnt, welche Folgen diese Schwindelei haben würde, ich wäre auf der Stelle abgereist.

Um halb sechs etwa schlug Flossie vor, wir sollten uns auf die Zimmer begeben und ausruhen, dann könnten wir heute Nacht länger feiern. »Es ist doch ein unglaublicher Zufall, dass wir uns hier wiedertreffen nach all den Jahren. Du darfst auf keinen Fall gleich wieder abreisen, du bleibst wenigstens drei Wochen, ja?«

Albert stimmte ein und fragte, ob ich gerne Tennis spiele oder Lust auf eine Radtour hätte. Er wäre begeistert, mich als Partnerin zu haben, da die liebe Flossie es mit dem Sport nicht so habe. Es traf sich, dass ich für beides ein Faible hatte und daher nur zu gerne zustimmte, am nächsten Vormittag eine Tour mit ihm zu unternehmen.

Myrtle schüttelte den Kopf. »Albert, du wirst Mrs Davies auf die Nerven fallen mit deinem dauernden

Drang nach Bewegung. Will denn keiner deiner Freunde dich besuchen?«

Ich nahm an, genau das war der Grund, weshalb sie in Flossies Gesellschaft blieb: Sie hoffte auf einen von Alberts reichen Freunden. Meine Einschätzung bestätigte sich, denn als er entgegnete, er sei einem solchen heute unverhofft begegnet und erwarte ihn zum Abendessen, da strahlte sie auf, als wollte sie einem Kronleuchter Konkurrenz machen. »Wer ist es denn? Wie sieht er aus, was tut er? Ist er verheiratet?«

Albert feixte. »Für dich ist er nichts, liebe Myrtle.«

»Weshalb denn? Ist er zu hässlich?«

»Zu arm.«

»Was verstehst du unter arm? Wie viel hat er?«

»Das wirst du ihn schon selbst fragen müssen.«

»Aber wie sähe das aus?«

»Da weiß er doch wenigstens gleich, woran er bei dir ist.«

Alice kicherte. »Das würde ihr aber nicht gefallen.«

Ein wenig verlor sich die Sanftheit ihrer Stimme, als Myrtle die Freundin angiftete, es würde sich so mancher Mann lieber auf eine Frau mit Sinn fürs Geschäftliche einlassen als auf ein Flittchen.

»Das wage ich zu bezweifeln, liebste Myrtle.«

»Ich bin mir dessen sicher, liebste Alice.«

»Fragen wir doch die Herren. Albert, für wen würdest du dich entscheiden?«

Verschreckt zuckte Albert zurück. »Ich habe ja Flossie.«

Das klang nicht nach einem Mann, der eine Affäre unterhielt. Und wie er zu ihr hinsah, meinte ich, zu gleichen Teilen Verunsicherung wie Zuneigung in seinem Blick zu lesen.

»Und du, Jack? Was sagst du?« Alice stupste den Amerikaner an, der nicht einmal ahnte, wovon sie sprach. »Nimmst du das leichtfertige Mädchen zur Frau oder die geldgierige Schlange?«

»Sprich nicht so von Madeleine! Sie flirtet halt mit diesem Italiener, da ist doch nichts dabei. Und Mrs Smith-Babington sagt, es ist klug, wenn eine Frau die Finanzen im Kopf behält!«

Die Damen lächelten fein ob des Missverständnisses. Flossie stand auf. »Lizzie, ich begleite dich auf dein Zimmer, Erinnerungen austauschen und all das, ja?«

Albert sprang ebenfalls auf, küsste meine Hand und verlangte von seiner Gattin, mich zum Diner einzuladen. »Lass nicht locker, Darling, Elizabeth brauchen wir unbedingt.«

»Darling nennt er mich. Ist er nicht entzückend?« Ein wenig bitter hörte Flossie sich an und wenn es nicht Schuldbewusstsein war, was ich in Alberts Miene las, dann kannte ich die Menschen nicht.

A Penny for Your Thoughts

21. März 1921

Bis wir mein Zimmer im zweiten Stock erreichten, sprach Flossie von unserer Schulzeit; niemand hätte vermutet, wir stünden im Einvernehmen. Kaum aber schloss sich die Türe hinter uns, da jubelte sie und nannte mich ihre Retterin, eine begnadete Schauspielerin, eine Freundin, wie es keine zweite gäbe.

Ihr Überschwang irritierte mich; eine Leistung hatte ich bislang nicht erbracht. Dass es so gelaufen war, wie sie es sich gewünscht hatte, war allein ihr zuzuschreiben – sie kannte ihren Ehemann offenbar sehr gut. Das sprach doch für innige Vertrautheit? Ich fragte, was sie wirklich wolle: Scheidung oder Ehe?

Sie hob die Arme in ratloser Verzweiflung. »Ich weiß es nicht. Gerade eben hätte ich schreien mögen, als er mich *Darling* nannte. Das sagt er seit Wochen immerzu und ich kann mir nicht erklären, weshalb er es tut.«

»Das ist aber bitte nicht der Grund, weshalb du eine andere Frau vermutest?«

»Jetzt erwartest du Beweise von *mir*, da ich *dich* doch bitte, mir solche zu verschaffen?« Rastlos durchquerte Flossie den Raum, warf sich auf mein Bett, schloss die Augen.

Ich wartete geduldig. Endlich setzte sie sich auf und fragte, welchen Eindruck Albert auf mich gemacht habe.

»Ich fand ihn sehr herzlich.«

»Wie fandest du sein Aussehen? Sein Auftreten? Seine Kleidung?«

»Nun, er sah recht gut aus.«

»Besser als früher, ja?«

»Schon, doch.«

»Und das ist nicht verdächtig?«

»Das ist erwachsen, würde ich meinen.«

»O Lizzie, er trägt seidene Socken und Wäsche aus ägyptischer Baumwolle! Er verwendet ein neues Rasierwasser! Er pomadiert seine Haare! Er rasiert sich zweimal täglich!«

»Aber –«

»Seine Geschäftsessen gingen zuletzt bis weit nach Mitternacht! Und auch hier ist er immerzu unterwegs. Immerzu!«

»Flossie, das kann alles ganz harmlos sein.«

Nun weinte sie. Bitterlich weinte sie. Ich nahm sie in die Arme, redete ihr zu, zählte auf, was hinter ihren Beobachtungen stecken mochte. Endlich beruhigte sie sich. »Ja, das habe ich mir auch alles gesagt. Und dann fand ich eine Karte in seinem Zimmer.«

»Eine Karte?«

»Eine Grußkarte, widerlich kitschig und nach billigem Parfum riechend. Sie lag unter seinen Socken.«

»Den seidenen?« Ich unterdrückte ein Kichern.

»Den seidenen Socken, ja.«

»Und was stand darauf?«

»Nichts.«

»Das nenne ich keinen Beweis, liebe Flossie.«

»Es war eine Karte, wie Liebende sie sich senden. Ein Paar, das sich küsst, dazwischen ein Herz und Ringeltauben, die ein Spruchband mit den Schnäbeln halten.«

»Es mag sein, die Karte gefiel ihm und er hat sie für dich gekauft.«

»Weil ja Ehemänner Geschenke für die Gattin in der Sockenschublade ablegen.«

»Hast du ihn gefragt, was es damit auf sich hat?«

»Dann hätte er gewusst, dass ich in seinem Zimmer war.«

»Aber ist das alles, was dich glauben lässt, er sei dir nicht treu?«

»Lizzie, bitte! Hättest du es nicht gemerkt, hätte Thomas dich betrogen?«

»Du weißt, was ältere Frauen dir raten würden, wenn du ihn behalten willst: Ignoriere es und warte ab.«

»Aber dafür ist es zu spät. Ich kann ihm nicht mehr vertrauen!«

»Ich finde es etwas übertrieben, ihm nur auf einen Verdacht hin dein Vertrauen zu versagen.«

Sie richtete sich hoch auf. »Bitte, halte mich nicht für wahnsinnig, das bin ich nicht. Ich sage es dir, wie es ist: Früher war er ein Stoffel in der Öffentlichkeit, aber verrückt nach mir. Jetzt gibt er mir vor allen Koseworte und fasst mich nicht mehr an, wenn wir alleine sind.«

»Ihr seid seit fast elf Jahren verheiratet und du erwartest Leidenschaft wie am ersten Tag?«

Sie seufzte. »Lizzie, du bist naiv. Aber bitte, wenn du mir nicht glaubst, dann mach dir eine schöne Zeit und fahr heim, wenn du dich erholt hast. Nimm es als Geschenk.« Flossies Unterlippe zitterte, ihre Hände strichen fahrig über die Bettdecke und meinem Blick wich sie aus. Eine weitere Träne kullerte über ihre Wange. »Ich danke dir, dass du gekommen bist, mehr konnte ich nicht erwarten.«

»Du glaubst, ich lasse es mir auf deine Kosten gut gehen?« In mir stieg eine Wut auf, die ich jahrelang unterdrückt hatte. Eine Wut, die Lavinia galt, das war mir bewusst. Aber jetzt auch von Flossie für eine Schmarotzerin gehalten zu werden, das war zu viel. »Wenn ich es könnte, ich zahlte dir augenblicklich alles zurück, was ich dich gekostet habe. Du wirst einige Jahre warten müssen, aber jeden Penny bekommst du. Ich hoffe, die Kleider passen dir, ich werde sie nicht anrühren.«

»Lizzie! Sprich doch nicht so, ich meine es ganz ernst, ich schwöre es dir! Und es ist ja meine Schuld, ich hätte dir deutlich schreiben sollen, was ich von dir erhoffe, aber ich hatte Angst, dass du nicht kommst! Und jetzt bist du hier und ich verlange solche Dinge von dir! Entschuldige, aber lass mich nicht allein, bleib einfach hier und hör mir zu und sei bei mir und wenn dir etwas auffällt, ganz vielleicht, dann sage es mir. Ist das in Ordnung? Ja? Bitte sag, es ist in Ordnung.« Sie umfasste meine Hände, sie warf sich gegen mich, sie hielt und drückte mich. »Ich bin so unglücklich, ich weiß ja nicht, was ich tue.«

Ich schob sie von mir. Sie brachte mich durcheinander. Ich schwankte zwischen Verärgerung, Mitleid und noch etwas anderem, was mir entsetzlich peinlich war: Ich war begeistert davon, gebraucht zu werden. Hier war ich in Nizza in einem teuren Hotel und es war Flossie, die schöne, muntere und sorglose Flossie, die mit all ihrem Geld und all ihrem Einfluss *meine* Hilfe erbat. Das tat unendlich gut. »Weißt du, ich glaube nicht, dass du dir um Albert Sorgen machen musst, aber ich kann verstehen, weshalb du es tust. Wenn du es wirklich möchtest, dann bleibe ich gerne für ein oder zwei Wochen und –«

»Oder auch länger, wenn es nötig ist?«

»Nun ja, wenn es wirklich etwas gibt, was nicht stimmt, und ich helfen kann, dann bleibe ich auch länger. Aber ich denke, wir werden bald feststellen, dass du dich umsonst geängstigt hast.«

»Das wäre schön, aber …«

Prüfend sah ich sie an und fragte nach einer kleinen Weile, ob sie Albert liebe. »Du willst nicht doch lieber die Scheidung?«

»Du fragst mich das ständig und ich weiß die Antwort nicht. Ist das so wichtig? Können wir nicht erst herausfinden, ob mein Gefühl mich getrogen hat oder nicht?«

Das schien mir vernünftig, wenn ich auch insgeheim beschloss, sie mit Albert zu versöhnen. Ich fand, sie passten sehr gut zusammen; eine Frau wie Flossie brauchte einen Mann, der sie gewähren ließ und stolz darauf war, sie errungen zu haben. »So machen wir das. Sag, du kennst nicht zufällig einige unentdeckte Talente hier? Ich muss ja nun wahrhaftig zur Kunsthändlerin werden für diesen Mr Lexington.«

Bedauernd zuckte sie die Achseln. »Ich schaue mir Bilder gerne an, aber erkennen, ob sie künstlerisch wertvoll sind oder einfach nur schauderhafter Kitsch, das kann ich nicht. Und Jack hat morgen längst vergessen, was ihr abgemacht habt.« Sie lächelte. »So, wir müssen uns sputen, wir essen um acht Uhr.«

Ich war froh, dass Flossie mich unter ihre Fittiche nahm, denn das Abendkleid, das mir heute Vormittag so gefallen hatte, erschien mir nun zu freizügig. Wenn man es genau nahm, so war dieses Kleid nichts weiter als ein riesiges Quadrat aus dunkelblauer Seide, das von zwei hauchdünnen Trägerchen gehalten und an der Hüfte zu einer bis auf den Boden fallenden Kaskade zusammengerafft war. Ich befürchtete, es wolle jeden Moment an mir herabfließen. Flossie nahm mir die Befangenheit; ihr Kleid war kaum weniger offenherzig und sie trug es mit einer Selbstverständlichkeit, die mich beeindruckte.

Es saßen nicht viele Gäste im Speisesaal; der Tourismus befinde sich im Umbruch, erklärte Albert. Man fände es nicht mehr schick, hier zu überwintern; heutzutage suche man die Riviera lieber im Sommer auf, um sich zu bräunen. »Aber Flossie verträgt die Hitze nicht und der Londoner Winter gefällt ihr ebenfalls nicht. Die Jahreszeit jetzt hat ihre Vorteile – es ist nicht so voll. Was sagen Sie, Elizabeth?«

»Ich hätte gegen etwas mehr Trubel nichts einzuwenden.«

»Sicher, Sie müssen ja Kundschaft finden. Dann bleiben Sie gewiss bis zum Sommer hier?«

»Das kann ich noch nicht sagen. Was sind Ihre Pläne für die nächsten Monate?«

Er blickte zu Flossie, die eben Myrtle und Alice begrüßte. Er zögerte. »Ich weiß es noch nicht. Das hängt von vielen Umständen ab.«

Auch Jack steuerte jetzt auf unseren Tisch zu und setzte sich neben Flossie. »Mrs Smith-Babington, wissen Sie, was ich getan habe? Ich habe Madeleine besucht und sie für morgen Mittag eingeladen, eine Bootstour mit mir zu unternehmen. Loben Sie mich?«

»Weshalb sollte ich das tun?«

»Madeleine fragte, welch ein Boot es wäre, und ich sagte, ich würde eine Segeljacht chartern. Sie fragte, ob ich mir das leisten könne, und ich sagte ja. Und sie meinte, sie habe keine Lust zu segeln, aber wenn ich wolle, dann dürfe ich sie nach Antibes fahren und zum Essen ausführen. Nun?«

Geradezu mütterlich klopfte Flossie seine Wange und lobte ihn. Er nahm ihre Hand, küsste sie, lachte und erzählte seine Geschichte noch einmal von vorne, wobei er dieses Mal Madeleines Schönheit in jeder Einzelheit beschrieb. Er war ein ausgesprochen enthusiastischer junger Mann, dessen Einfalt uns alle amüsierte, sah man von Alice ab, die etwas säuerlich dreinblickte. Sie hatte sich wohl doch mehr von ihm erhofft und missmutig stocherte sie in ihrem Salat, bis Albert auf einmal aufsprang, davoneilte und mit einem eleganten Herrn zurückkehrte.

Einem Herrn, der kein anderer war als Gaston Perrier. Im ersten Moment war meine Freude groß, doch gleich darauf überlegte ich, was genau ich ihm alles erzählt hatte. So weit ich mich erinnerte, hatte ich nicht darüber gesprochen, was ich in Nizza vorhatte und wen ich besuchte. Wenn er nun damit herausplatzte, dass ich nicht erst gestern und schon gar nicht mit meinem Renault und in modischer Ausstattung hier angekommen war, dann stünde ich wie eine Hochstaplerin vor Alice, Myrtle und Albert. Das mochten Menschen sein, mit denen ich nie wieder zu tun haben würde, aber dennoch zählte ihre gute Meinung. Was sollte ich tun?

Nun, zunächst einmal wunderte ich mich, denn Albert stellte ihn vor als seinen lieben alten Freund, den Comte du Bazal. Still blieb ich sitzen und wartete ab. Noch hatte er mich nicht bemerkt, noch verbeugte er sich vor Flossie und küsste ihre Hand, machte ihr Komplimente. Dann verlangten Alice und Myrtle seine Aufmerksamkeit und auch ihnen begegnete er mit charmanter Höflichkeit.

Wann er eingetroffen sei und wo er logiere, wollte Myrtle wissen. Sie sah ihn von unten her an, als wäre er derjenige, der sie aus Trauer und Einsamkeit befreien könne.

»Ich komme eben aus Paris und freue mich, sagen zu können, ich wohne ebenfalls in diesem Haus, das so reizende Damen beherbergt. Ein Glückspilz bin ich.«

Ach was, eben erst wollte er angekommen sein? Monsieur Perrier hatte offenbar ebenso viel zu verbergen wie ich. Jetzt war ich gespannt, wie er auf mich reagierte.

Nun, er lächelte strahlend und folgte Albert, der mich vorstellte. »Mrs Davies ist ebenfalls heute eingetroffen und wie es der Zufall will, ist sie eine frühere Schulkameradin meiner Gattin. Hat sich nicht im Geringsten verändert, ich habe sie gleich erkannt.«

Monsieur Perrier nahm auch meine Hand und führte sie an seine Lippen. Tief verbeugte er sich und zwinkerte mir zu. »*Enchanté*, Madame. Wie ich sagte, ich bin ein Glückspilz.«

Und obwohl ich mich in einer prekären Lage wähnte, konnte ich es nicht lassen. »Ein Glückspilz? Sagte Albert nicht, Sie seien Graf?«

Jetzt lachte er und drückte meine Hand ein wenig. »Ich bin vieles zugleich, Madame. Ein Talent, das wir vielleicht teilen?«

»Eher nicht. Ich bin Mrs Davies, wohin ich auch gehe.«

»Sie gestatten?« Er setzte sich auf den Stuhl neben mir. »Albert hat mich eingeladen, mit Ihnen zu dinieren, wenn die Herrschaften nichts dagegen haben?«

Jack lachte laut auf. »Ein echter Graf, ja? Muss man Majestät zu Ihnen sagen?«

»Sagen Sie Gaston, das reicht völlig.«

Über den Tisch hinweg reichte er dem Amerikaner die Hand, die dieser heftig schüttelte. »Jack. Jack Lexington aus Boston.«

»Eine hübsche Stadt, habe ich sagen hören.«

»Ist schon in Ordnung, aber hier fühle ich mich wohler.«

»Ah. Weswegen?«

Jack errötete. »Mein alter Herr ist nicht hier, dafür aber haufenweise schöne Frauen.«

Flossie korrigierte: »Augen hat er aber nur für eine.«

»Heißt nicht, dass ich die anderen nicht sehe!«

»Das heißt es doch«, warf Alice ein, wobei sie Gaston Perrier ansprach. »*Blimey*, ich leide entsetzlich, weil ich niemanden habe, der mit mir spielt.«

»Das dürfte sich leicht ändern lassen.«

Alice rutschte näher heran. »Was spielen französische Grafen denn so?«

»Ah, ich, Mademoiselle, spiele nicht. Ich nehme alles unglaublich ernst.«

»*Blimey.* Sie lügen bestimmt?«

»Sehe ich aus, als könnte ich lügen? Was sagen Sie, Mrs Davies: Kann man mir trauen? Wie heißt es bei Ihnen in England: Es braucht einen Lügner, um einen Lügner zu erkennen?«

Was immer er mir damit sagen wollte, es war Alice, die reagierte. »Oh, aber ich lüge nur dann, wenn der andere genau weiß, dass ich lüge. Sie verstehen? Ein ›Ich liebe dich‹ sagt sich leicht im Spiel und es steigert das Vergnügen. Und manche Männer haben es nicht besser verdient; sie interessieren sich immer nur für das eine und es ist ihnen völlig gleich, was Frauen denken und fühlen.«

»Alice, bitte.« Myrtle seufzte. »Glauben Sie Ihr kein Wort, Comte, sie möchte sich nur wichtigmachen, aber im Grunde ist sie harmlos und nicht halb so leichtfertig, wie sie sich gibt.«

»Dafür bist du doppelt so geldgierig, als dir guttut.«

»Monsieur le Comte, was müssen Sie nur von uns halten?«

»Ich halte Sie für Freundinnen, die sich gerne necken.«

»Und Sie also sind ein Freund von Albert? Woher kennen Sie sich?«

»Das interessiert mich auch«, warf Flossie ein. »Ich kann mich nicht entsinnen, jemals von Ihnen gehört zu haben.«

»Ah, wenn Albert mich als seinen alten Freund vorstellt, dann meint er damit *mein* Alter und nicht das unserer Freundschaft. Eine Kriegsgeschichte ist es, was auch sonst? Aber wollen wir uns mit diesen Erinnerungen den Abend verderben? Ich habe die Vergangenheit hinter mir gelassen.«

Ich hörte ihm zwar zu, beobachtete jedoch mit einiger Verwunderung Albert. Der nämlich atmete laut auf und lehnte sich entspannt zurück, als seine Frau Gaston zustimmte, obwohl sie neugierig sei, wieso ihr Gatte die Bekanntschaft eines so charmanten Herrn verborgen habe.

Gaston dankte. »Am Ende hat er mich verschwiegen, weil er befürchtete, ich könne Ihnen gar zu gut gefallen. Das würde mir schmeicheln.«

»Mein Mann neigt nicht zur Eifersucht und er hätte auch nicht den geringsten Grund dazu. Das weiß er genau. Nicht wahr, Albert?« Wieder nahm Flossies Stimme einen bitteren Klang an und ich befürchtete, es müssten nun alle begreifen, was sie befürchtete: dass im Gegenteil *er ihr* Grund zum Misstrauen liefere. Niemand aber reagierte und da nun die Suppe serviert wurde, wandte sich die Aufmerksamkeit den Speisen zu.

Alle aßen mit Appetit und eine Zeit lang ruhte das Gespräch. Ich dachte nach. Hatte Gaston Perrier mich eine Lügnerin genannt und dabei zugegeben, selbst einer zu sein? Oder nahm er an, dass wir beide harmlose kleine Geheimnisse vor den anderen verbargen, über die man sich nicht länger den Kopf zerbrechen sollte? Ich spürte gelegentlich seinen Blick auf mir ruhen, wagte aber nicht, ihn zu erwidern. Heute weiß ich, dass ihm das seltsam erscheinen musste, so als ob mehr hinter meiner kleinen Lüge steckte. Allerdings dachte ich weniger über seine Einschätzung meiner Person nach, sondern mehr darüber, was es mit ihm auf sich hatte. Ein Mann, der so schnell Sympathien zu erringen vermochte, war höchst verdächtig, wenn er innerhalb eines Tages unter gleich zwei Namen auftrat, zumal wenn einer davon mit einem Adelstitel versehen war. Wessen genau ich ihn verdächtigte, konnte ich nicht sagen, doch als Alberts Freund – einer, von dem Flossie nie zuvor gehört hatte! – schien er mir ein ganz anderer zu sein als der Herr, mit dem ich mich gestern so offen unterhalten hatte. Ja, gerade dass ich mich ihm ohne Weiteres anvertraut hatte, das machte ihn für mich zu einem Mann, dem ich nicht über den Weg traute.

Nun, ich hätte Gaston sofort darauf ansprechen sollen, aber im Nachhinein ist man stets klüger und es wäre mir selbst gegenüber nicht gerecht, wollte ich alles, was ich in diesen Wochen erlebte, mit meinem jetzigen Wissen beurteilen. In der Rückschau neige ich vielleicht zu sehr dazu, mir eine Vorahnung einzureden, aber wirklich hatte ich an diesem Abend das vage Gefühl, ich befände mich in einem Schauspiel, das nicht gut enden würde. Immer wieder sah ich mich in dieser Runde um und kam nicht dahinter, weshalb ich das glaubte.

Da war Jack Lexington, der sich den Platz neben Flossie erkämpft hatte und sie alle Minuten befragte, wie er Madeleine Dupont beeindrucken könne. Obwohl diese Mademoiselle nicht bei uns saß, war sie doch als eine Art Gespenst anwesend, so ausdauernd sprach er von ihr.

Auf seiner linken Seite saß Myrtle, die nur Augen für Gaston hatte und sich bemühte, mehr von ihm zu erfahren, ohne dabei zu deutlich zu werden. Sie nahm den Umweg über die französische Geschichte und lernte so, dass die du Bazals aus der Gegend um Toulouse herum stammten, dort ein bescheidenes *château* und ein Weingut besaßen und in Paris in einem *hôtel* aus dem 17. Jahrhundert logierten, in dem es alles andere als komfortabel war. In ihren Versuchen, seine finanziellen Verhältnisse zu ergründen, wurde sie jedoch immerzu von ihrer Freundin gestört.

Alice nämlich, die ihr gegenüber und direkt neben Gaston saß, gab eine schlüpfrige Anekdote nach der anderen zum Besten und rutschte immer näher an ihn heran, ohne damit allerdings einen Sieg erringen zu können. Zwar lachte er über ihre Scherze, doch wich er vor ihren Berührungen immer weiter zurück, bis ich mich gezwungen sah, auch meinen Stuhl wieder und wieder nach rechts zu rücken, bis ich die Lücke zu Myrtle geschlossen hatte.

Am interessantesten erschienen mir allerdings Albert und Flossie. Auf mich machte Albert den Eindruck eines fürsorglichen Gatten, denn er lauschte ihren Worten und reichte an, was immer sie wünschte. Weder schaute er sehnsüchtig auf Alice oder Myrtle noch auf seine Taschenuhr. Er erkundigte sich, ob es Flossie schmecke, sorgte sich, sie könne frieren, und war so aufmerksam, wie man es sich nach Jahren der Ehe nur wünschen konnte. Sicher, wenn er das zuvor nie getan hatte, mochte dieses Verhalten ein Hinweis auf seine Untreue sein, aber je länger ich ihn beobachtete, umso unglaubhafter erschien mir das.

Flossie sprach ihn nur selten an, wenn sie ihm auch gelegentlich ein Lächeln schenkte, das jedoch weniger ihm als ihrem Ruf als glückliches Ehepaar galt. Hätte ich entscheiden müssen, wer wem mehr zugetan war, so hätte ich gesagt, es sei Albert, der nach Liebe suchte, wo keine zu finden war.

Ich hatte ihn wohl recht lange beobachtet, denn plötzlich sah er zu mir hin, als habe er meine Blicke gespürt.

Er lächelte. »Ich muss sagen, ich freue mich wie verrückt auf unsere Tour morgen. Neun Uhr passt Ihnen?«

Ich nickte und beschloss, ihm bei der ersten Gelegenheit zu sagen, wie glücklich Flossie sein müsse, ihn zu haben. Bestimmt brauchte es nicht mehr als ein offenes Gespräch zwischen den beiden, um sie zu versöhnen. Ein Gespräch, wie ich es mit Gaston geführt hatte.

Und eben der riss mich aus meinen Überlegungen, als er sich näher beugte und flüsterte: »Gefällt Ihnen Mr Smith-Babington so gut, dass Sie uns alle mit Nichtachtung strafen müssen? Und mit alle meine ich mich. Wie sagte Mademoiselle Baxter: Ich leide entsetzlich.«

»Obwohl Alice Sie am liebsten anknabbern würde?«

»Sie würden mich ihr zum Fraße vorwerfen? So grausam sind Sie nicht. Oder doch? Was haben Sie mir verschwiegen?«

»Eine Frage, die ich Ihnen mit gleichem Recht stellen dürfte.«

Gaston schmunzelte. »Sollte mein lieber Freund Albert Sie mit seiner Radtour nicht zu sehr erschöpfen, so freue ich mich auf eine Partie Schach am Nachmittag mit Ihnen. Würde sich das einrichten lassen?«

»Das scheint mir machbar.«

»Und Sie versetzen mich nicht?«

Das versprach ich. Ohne sein Wohlwollen würde es mir vielleicht schwerfallen, Alberts Vertrauen zu erringen. So es überhaupt gelang, denn sicherlich sprach ein

Mann lieber mit seinem Freund als mit der Freundin der Gattin über seine Geliebte.

Der Abend verging entspannt mit oberflächlichem Geplauder und viel zu viel Champagner. Ziemlich angesäuselt lieferten mich Myrtle und Alice in meinem Zimmer ab, wo wir weitere zwei Stunden erzählten und kicherten. Waren keine Herren anwesend, so waren sie entzückend und liebenswürdig. Sie bewunderten meine Garderobe und verlangten Fotografien von Thomas zu sehen, bewunderten auch ihn und bedauerten seinen Verlust. Sie lästerten ein wenig über Flossie, die weniger schön sei, als sie alle glauben mache, stimmten aber mit mir überein, dass sie großzügig und gelegentlich geistreich sei; sie verlachten Jack und schilderten mir Mademoiselle Dupont als eine recht eingebildete Tochter der französischen Bourgeoisie, deren Schönheit vielleicht klassisch, aber auch scheußlich banal sei; sie bedauerten den Mangel an Männern im Allgemeinen und im Besonderen. Spät in der Nacht gähnten sie und überließen mich endlich meinem ersehnten Schlaf.

Kurz nach neun Uhr am nächsten Morgen traf ich mich mit Albert, der bereits die Fahrräder organisiert hatte. Kräftig schüttelte er mir die Hand und lobte meine Pünktlichkeit. »Ich dachte, wir radeln nach Beaulieu-sur-Mer und essen dort zu Mittag. Rechtzeitig zum Tee kommen wir zurück. Halten Sie es so lange mit mir aus?«

»Leicht. Ihr Freund Gaston erwartet mich allerdings zum Schach.«

»Wie? Ach, Gaston, ja, der kann ruhig ein wenig warten, jetzt habe ich das Vergnügen.«

Wir fuhren die Uferpromenade entlang, vorbei an Spaziergängern und Wanderinnen. Noch war es kühl, doch wir traten ordentlich in die Pedale und bald schon hätte ich sogar den Mantel ablegen können, so warm wurde es. Wie die Sonne auf dem blauen Mittelmeer glitzerte, wie die hellen Villen das Licht auffingen und zurückwarfen, der Duft der südlichen Flora, die französischen Gesprächsfetzen der Passanten, das Kreischen der Möwen – für eine Weile dachte ich nicht mehr an das Versprechen, das ich Flossie gegeben hatte; es war mir gleichgültig, was Albert tat und wer Gaston war. Ich war frei von allem und ich wäre am liebsten immer so weiter geradelt bis nach Monaco und darüber hinaus, so unsagbar wohl fühlte ich mich. Mit Albert sprach ich kaum ein Wort und nach zwei oder drei Versuchen gab er es auf, mich in eine Unterhaltung ziehen zu wollen. Er fuhr vor und immer wieder einmal schaute er sich nach mir um, lächelte fragend und nickte, wenn ich zurücklächelte. Er schien zu verstehen, dass ich gemeinsam allein sein wollte. Ihm ging es offenbar ebenso.

Nach einer knappen Stunde waren wir in Beaulieu-sur-Mer, einem kleinen Kurort, den manche Touristen dem größeren Nizza vorzogen – der belgische König beispielsweise hatte hier seine Urlaube verbracht. Wir besichtigten eine romanische Kapelle, schlenderten vorbei an weißen Villen und bummelten über die Promenade, die so früh im Jahr schon von blühenden Blumenrabatten gesäumt war.

In einem Café aßen wir zu Mittag und angestrengt überlegte ich, wie man eine Unterhaltung beginnt, die eine zur Vertrauten eines verheirateten Mannes machte. Doch es war Albert, der das Gespräch suchte. Er fragte, wie lange es her sei, dass ich Thomas verloren hatte, und was ich am meisten vermisse und ob es mir gut ginge. »Verstehen Sie mich nicht falsch, bestimmt können Sie auf eigenen Füßen stehen, Sie waren ja damals schon sehr bestimmt, aber falls Sie irgendwie Hilfe brauchen …? Nehmen Sie's mir nicht krumm, ja? Ich unterstütze einen Verein, der sich um Kriegswitwen kümmert, und von daher weiß ich einfach, wie schnell von Amts wegen runtergerechnet wird, was man so zum Leben braucht und – oh, *damn it*, ich rede schon wieder viel zu viel, ja? Sie sind mir nicht böse?«

»Im Gegenteil, Ihre Sorge ist sehr liebenswert. Aber es geht mir gut, vielen Dank. Finanziell gesehen. Ansonsten vermisse ich Thomas sehr.« Mir kam eine Idee, weshalb Albert ausgerechnet dieses Thema anschnitt. »Hat Ihr Freund Gaston mit Ihnen gesprochen?«

»Gesprochen? Was meinen Sie?«

Aufrichtig erstaunt klang er und im Grunde hätte es mich verwundert, hätte Gaston meine Bekenntnisse weitergetragen. »Oh, nichts weiter. Ich glaube, er findet Alice etwas aufdringlich.«

Albert lachte. »Jeder findet sie aufdringlich. Ist sie ja auch. Sagen Sie, wegen Thomas … Sie haben nie darüber nachgedacht, sich noch einmal zu verheiraten? Ihnen ist Ihre Freiheit wichtig, ja? Moderne Frau und so?«

Er fragte so ehrlich interessiert, dass es mir schwerfiel, ihn anzulügen. Gerne hätte ich offen mit ihm gesprochen, aber mein wahres Leben vertrug sich nicht mit der Legende der Kunsthändlerin, die sich mir nichts, dir nichts teure Kleider kauft. Und zudem sollte ich mich daran erinnern, dass es nicht um *mich* ging, sondern um *ihn.*

Ich zuckte die Schultern so lässig, wie ich es bei Alice bewundert hatte. »Sollte mir jemand begegnen, der zu mir passt, dann fragen Sie mich noch einmal. Aber man sieht es an Ihnen und Flossie: Die Guten sind alle in fester Hand und einen anderen als einen Guten wollte ich nicht. Wenn ich ehrlich sein darf, so beneide ich Sie beide glühend.«

Doch Albert schwenkte nicht um; anstatt von sich und Flossie zu reden, fragte er, wie ein Mann sein müsse, der mir gefalle – vielleicht sei unter seinen Freunden ein passender Gefährte für mich?

»Wer denn? Gaston etwa?«

»Gaston? Gefällt er Ihnen?«

»Ich kenne ihn nicht.«

»Sie verlieben sich nicht auf den ersten Blick? Sie brauchen Zeit? Ich habe sagen hören, Frauen flirten vielleicht gern, aber für ein echtes tiefes Gefühl, da muss mehr an einem Mann sein als nur ein nettes Gesicht und ein anständiges Bankkonto. Charakter und so, ja? So sind gute Frauen doch?«

Worauf wollte er hinaus? Ging es nun doch um Flossie? »Wir sind nicht alle gleich, doch im Allgemeinen stehen nicht wir Frauen am Bühneneingang, weil wir von den Beinen eines Sängers hingerissen sind. Männer sind womöglich leichter entflammbar.«

Albert runzelte die Stirn. »Wann hätte ich denn je einem Chormädel Avancen gemacht?« Er klang empört.

»Albert, wovon sprechen wir?«

»Wir plaudern nur über dieses und jenes. Oder? Ich meine, also kann es sein … Als Sie gestern mit Flossie allein waren, hat sie da was gesagt?«

»Die meisten Menschen sagen etwas, wenn sie miteinander sprechen.«

»Ha, ja. Ich bin ein Idiot, das tut mir leid. Also, was ich meine – also, was ich sagen wollte … Sie sind ja Freundinnen, nicht wahr, und als Sie sich gestern so zufällig wieder trafen, nach so vielen Jahren, also … heißt es nicht immer, Freundinnen reden über alles? Also *alles?*«

Zweifelte er etwa jetzt schon daran, dass der Zufall mich zu Flossie gebracht hatte? War ich eine so schlechte Schauspielerin? Log ich so lausig? Nicht, dass ich die Kunst der Verstellung für ein erstrebenswertes Talent hielt, aber so leicht durchschaut zu werden, das verletzte mich doch.

Völlig unnötig allerdings, denn Albert entschuldigte sich, solle er gar zu aufdringlich geworden sein. »Geht mich ja nichts an, was Flossie und Sie sich erzählen, das war dumm von mir, entschuldigen Sie. Aber als Sie gestern plötzlich vor mir standen, da habe ich mich gefreut. Also natürlich, weil ich Sie damals schon mochte und all das, aber auch weil ich dachte, dass es gut ist für Flossie, wenn sie eine richtige Freundin hier hat und nicht nur Myrtle und Alice, die sind nett, klar sind sie das, hübsche Frauen und all das, mit denen kann sie einkaufen gehen und Tee trinken und in die Oper, aber mit denen redet sie ja nicht. Und ich dachte, vielleicht – also wenn das nicht zu vermessen ist, ich dachte also, ich meine, Sie halten mich bestimmt für einen Trottel, das ist auch in Ordnung, das verstehe ich ja, aber ich glaube, Sie wissen, dass ich kein schlechter Mann bin und dass man nach all den Jahren – also, ich denke, Sie könnten Flossie bestimmt sagen, dass es schlimmere Ehemänner gibt als mich?« Er zog ein Schnupftuch aus der Hosentasche und tupfte sich die rotleuchtende Stirn ab. Immer hektischer hatte er gesprochen und mich dabei kaum noch angesehen. Sichtlich peinlich war ihm sein Ausbruch und mit schlecht gespielter Hingabe widmete er sich seinem Gratin, das er zwar auseinanderschnitt, aber nicht aß.

»Schmeckt es?«

»Ausgezeichnet, vielen Dank.« Er sah mich nicht an.

»Albert, Sie haben es nicht einmal probiert. Ich werde nicht recht schlau aus Ihrer Rede, verzeihen Sie also, wenn ich mit meiner Mutmaßung daneben liege: Sie glauben, Flossie liebe Sie nicht mehr?«

Laut klirrte es, als ihm das Messer aus der Hand fiel. »O Gott, hat Sie Ihnen das gesagt?«

»Wie kommen Sie nur darauf?«

»Was hat Sie Ihnen denn gesagt?«

Nun war es an mir, mich mit dem Gratin zu beschäftigen. Voller Konzentration aß ich – es war köstlich – und zermarterte mir das Hirn, wie ich weiter vorgehen sollte. Es lag mir auf der Zunge, von Flossies Befürchtungen und der Beteuerung ihrer Liebe zu ihm zu erzählen, aber das war nicht, um was sie mich gebeten hatte. Sie hatte davon gesprochen, ihm nicht mehr zu vertrauen, und ich war nicht sicher, ob es zu diesem Zeitpunkt gut wäre, wenn Albert sich vor ihr niederwarf.

Ich legte die Hand auf seinen Unterarm. »Mein lieber Albert, Sie sollten wirklich essen und aufhören, sich verrückt zu machen. Ich bin davon überzeugt, es wird sich alles einrenken.«

Gehorsam nahm er einen Bissen zu sich. »Fantastisch. Kochen können die Franzmänner. Also was hat Flossie gesagt?«

»Ich befürchte, Sie überschätzen unsere Freundschaft. Wir haben uns über zehn Jahre nicht gesehen und unsere Korrespondenz ist noch vor dem Krieg eingeschlafen.«

»Sie hat Ihnen also nicht gesagt, dass ich ihr auf die Nerven falle oder etwas in der Art?«

»Aber nein. Sie deutete nur an, Sie hätten in den letzten Monaten sehr viel gearbeitet.«

»Oh.« Er legte die Gabel beiseite, fuhr mit der Hand in den Hemdkragen, öffnete den obersten Knopf. »Habe ich das? Ja, mag sein, ich habe es gar nicht bemerkt.«

»Arbeiten Sie auch hier während Ihrer Ferien? Was genau tun Sie eigentlich? Hatte Ihr Vater nicht einen Zeitungsverlag?«

»Den hat er noch vor dem Krieg an den alten Beresford verkauft. Für mich wäre das nichts gewesen und für Vater war es auch nichts. Ich bin bei der *London Bank of Merchants*, aber Flossies Kleider bezahle ich aus dem Gewinn von den Firmen, die Vater mir übertragen hat. Macht natürlich auch Arbeit, Vorstandssitzungen und all das, aber ich muss ja nur unterschreiben, den Rest machen meine Direktoren.«

»Und weshalb arbeiten Sie dann noch bei der Bank?«

»Ach so, ja, die gehört natürlich mir, aber das macht mir Spaß, davon verstehe ich was, Dividenden und

Zinsen und all das langweilige Zeug. Und klar, da rufe ich täglich an, um zu sehen, was los ist. Wir haben gerade einen Deal am Wickel, da sollte nichts schiefgehen.«

Insgeheim wunderte ich mich. Ich war seit unserer ersten Begegnung so sehr daran gewöhnt, in Albert nichts weiter als einen herzlichen, aber ungelenken und quasselnden Mann von durchschnittlicher Intelligenz zu sehen, dass ich mir gar nicht hatte vorstellen können, er besäße geschäftliches Geschick. Was mir hätte zeigen sollen, wie wenig ich von den Menschen verstand, denn trotz Krieg und wirtschaftlicher Flaute hatte er ein enormes Vermögen nicht nur erhalten, sondern es sogar vermehrt. Diese peinliche Erkenntnis brachte mich auf einen weiteren Gedanken: Wenn Albert mehr war, als er zu sein schien, hatte Flossie dann mehr Grund für ihr Misstrauen, als sie zugeben wollte? Hatte sie mir etwas verschwiegen, was ihr peinlich war? Sie hatte für meine Hilfe bereits jetzt in etwa das bezahlt, was ich in den fünf Jahren zuvor ausgegeben hatte, und das sprach doch von einer ernsthaften Besorgnis.

Ich sah Albert an und wie schon am Abend zuvor fühlte ich mich wie eine Schauspielerin, die auf der Bühne stand, ohne zu wissen, welches Stück aufgeführt wurde. Um mich herum spielten alle ihre Rolle und ich sollte reagieren – ohne Skript und Souffleuse. Doch dieses Gefühl verflog rasch, nachdem Albert die Rechnung beglichen hatte und wir unsere Räder bestiegen. Er fragte, wie ich Jack fände und ob mir seine dauernden Liebesklagen nicht auch auf die Nerven fielen. Wir lachten über ihn und beschlossen, den Rückweg nicht am Meer, sondern über die Hügel anzutreten.

Als wir uns die steile Straße hinaufkämpften, keuchend und prustend, da vergaß ich mein ungutes Gefühl. Erst recht, als wir oben anlangten und das Panorama bewunderten. Die Riviera! Wenn Gott in Frankreich lebte, dann gewiss hier! Diese Farben! Dieses Klima! Die Luft, die Sprache, die Menschen! Hier fühlte ich mich zu Hause. Ich war Flossie unendlich dankbar, dass ich hier sein durfte.

Ich hatte eben mein Zimmer betreten, als ein Page anklopfte und fragte, ob ich Monsieur Perrier auf der Terrasse treffen wolle. Schnell schlüpfte ich in eines der Nachmittagskleider, legte sogar ein wenig Puder auf und fand, ich sähe frischer aus als vor einer Woche. Ja, bestimmt sogar besser als noch vor zwei Tagen, als ich Gaston kennenlernte.

Streng rief ich mich zur Ordnung, denn es war absolut bedeutungslos, welchen Eindruck ich auf diesen Herrn machte. Absolut und vollkommen bedeutungslos! Er interessierte mich nicht im Geringsten, sonst hätte ich ihn am Bahnhof nicht gehen lassen. Und nun, da er vermutlich mit einem falschen Grafentitel die Aufmerksamkeit von Alice und Myrtle auf sich zog, interessierte er mich noch viel weniger. Also als Mann. Als Freund Alberts, der auftauchte, nachdem Flossie mich um Hilfe gebeten hatte, interessierte er mich schon. Sein Erscheinen konnte kein Zufall sein und ich wollte herausbekommen, weshalb er hier war. Ich blickte noch einmal prüfend in den Spiegel und zog die

Lippen nach. Immerhin war er Franzose und ich eine Frau.

Mit dem Rücken zum Ausgang saß Gaston, blickte aufs Meer. Er bemerkte mich erst, als ich ihn ansprach. Es mag sein, ich klang spöttisch. »Monsieur le Comte?«

»Mrs Thomas Daniel Davies.« Er zahlte mit gleicher Münze zurück, lächelte aber einladend. »Wie reizend von Ihnen, mir Ihre Zeit zu widmen.« Anmutig erhob er sich, rückte mir den Stuhl zurecht und sandte den *garçon* nach Tee aus. »Weiß oder Schwarz?«

»Bitte?«

»Wollen Sie beginnen oder warten Sie lieber ab?«

Ich verstand noch immer nicht, was er meinte; viel zu abgelenkt war ich. Ich verstand nämlich etwas anderes: Gaston Perrier gefiel mir viel, viel besser, als es mir recht sein konnte. Ich kannte ihn kaum und verdächtigte ihn dazu der Hochstapelei. Einen solchen Mann anziehend zu finden – was machte das aus mir?

»Mrs Davies, Sie schauen mich an, als wollte ich Sie verschlingen. Ist Ihnen übel? Hat Albert Sie erschöpft?«

Ich riss mich zusammen. »Schach. Sie wollten Schach mit mir spielen. Ich muss gestehen, ich bin keine besonders gute Spielerin. Weiß fängt an, ja?«

»*O mon dieu*, wenn Sie das fragen müssen, dann sollten wir uns die Zeit auf andere Weise vertreiben. Wonach wäre Ihnen?«

Alles, was mir in den Sinn kam, war höchst unangemessen. Das war nicht ich, die hier saß und sein gutgeschnittenes Gesicht bewunderte, und noch viel weniger war ich die Sorte Frau, die beim ersten freundlichen Wort davon träumte, geküsst zu werden. Schon gar nicht von einem falschen französischen Grafen, mochte er noch so charmant sein! Himmel, was war denn nur los mit mir? Ob es am französischen Kaffee lag, von dem ich heute viel zu viel getrunken hatte? Das musste es sein, davor wurde in den Magazinen immer wieder gewarnt, wie Kaffee den Kreislauf durcheinanderbrachte und Frauen nervös machte! Ich griff nach der Wasserkaraffe, schenkte ein, trank hastig und wollte mir gerne einbilden, es sei mein seltsames Verhalten nichts als eine hysterische Aufwallung.

»Mrs Davies, Sie glühen. Muss ich mich um Sie sorgen? Wie lange hat Albert Sie auf dem Rad durch die Gegend gescheucht?«

Er zweifelte meine Sportlichkeit an? Wie ungalant! »Glauben Sie mir, Monsieur le Comte, ich bin weder zu alt noch zu bequem, um eine solch harmlose kleine Tour durchzustehen. Wie wäre es mit einer Partie Tennis?«

Amüsiert hob er die Brauen. »Der *garçon* kommt eben mit unserem Tee und alt und bequem wie ich bin, lasse ich den Tag gerne ruhig ausklingen. Wenn Ihnen nach Bewegung ist, dann führe ich Sie nachher auf die Tanzfläche.« Wie er mich ansah, so überaus mokant.

Ich benahm mich wie eine Idiotin. Ich schickte den Kellner fort und spielte die Gastgeberin, wie man es mir im Pensionat beigebracht hatte. Ich schenkte den Tee ein, reichte Gaston die Tasse und fragte, ob ich ihm von den Sandwiches oder den *petits fours* auflegen dürfe.

Gaston wählte beides, bedankte sich und bemerkte, es komme nun wohl die höhere Tochter der guten englischen Gesellschaft in mir zum Vorschein. »Es ist nett, verwöhnt zu werden, aber wollten Sie nicht allen

Zwang hinter sich lassen? Habe ich Sie falsch verstanden?«

Dass er so direkt auf unsere Gespräche während der Reise einging, brachte mich aus dem Gleichgewicht. Nachdem wir gestern beide so getan hatten, als wären wir uns fremd, hatte ich angenommen, wir spielten dieses Spiel auch dann, wenn wir alleine wären. Doch wenn wir nun an diese Vertrautheit anknüpften, wie würden wir dann in Gesellschaft der anderen miteinander umgehen? Einem echten Hochstapler fiel es bestimmt leicht, nicht aus der Rolle zu fallen. Mir hingegen würde womöglich ein Lapsus unterlaufen.

»Sie sind sehr still heute, Mrs Davies.«

»Weshalb so förmlich? Waren wir nicht schon bei unseren Vornamen angelangt? Sind Monsieur le Comte zu fein für Gaston und Elizabeth?«

»Ich folge Ihrem Beispiel, Madame. Sie nannten mich Comte. Hochanständig, höflich distanziert und höchst albern. Sagen Sie, was mich erstaunt: Sie sind also Kunsthändlerin? Davon hatten Sie mir nichts erzählt. Hatten Sie nicht auf Einladung einer Freundin diese Reise angetreten?«

Wenn wir das Schachbrett auch auf die Seite geschoben hatten, so wollte es mir doch so vorkommen, als habe Gaston Perrier die Partie begonnen. Er hatte sich offenbar für Weiß entschieden. Was mir recht war. Ich bestrich mein Sandwich mit Remoulade, legte zwei Gurkenscheiben und etwas Kresse auf. Ich tat das sehr sorgfältig und ignorierte sein Grinsen. Wenn er glaubte, ich geriete nun ins Stammeln, dann kannte er mich nicht. Ich biss ab. »Hervorragend.«

»Es schmeckt ganz gut, aber ich könnte Ihnen andere Genüsse präsentieren.«

Fast hätte ich mich verschluckt. Andere Genüsse? Meinte er etwa –

»In der Altstadt gibt es ein Restaurant, das aus Brot und Gemüse wirklich etwas zaubert, was begeistert. Vielleicht führe ich Sie einmal dorthin.«

Natürlich, wir sprachen vom Essen. Ich benahm mich zumindest in Gedanken wie ein leichtes Mädchen!

»Kunsthändlerin also?«

»Verwundert Sie das so sehr? Ich hatte Ihnen von meinem Vater erzählt oder täusche ich mich?«

»Ja, Sie sagten, Ihre Eltern seien auf einer Reise ums Leben gekommen und Ihre Großmutter habe sich um Sie gekümmert.«

»Nun, mein Vater war Clement Teague. Vielleicht haben Sie von ihm gehört? Er hat viele französische Aristokraten gemalt.«

»Den alten Adel? Oder den napoleonischen?«

»Den mit Geld.«

Gaston lachte auf. »*Vous êtes formidable.* Ich nehme an, da spricht die Kunsthändlerin. Wie lange betreiben Sie dieses Geschäft schon?«

Es wäre dumm, in diesem Punkte zu lügen. »Damit habe ich erst begonnen. In Cornwall leben viele Künstler und ich habe manch einem Aufträge bei Freundinnen meiner Schwiegermutter –«

»Der unvergleichlichen Lavinia.«

»– verschafft. Und nun werde ich das zu meinem Beruf machen. Die Idee kam mir, weil sich auch hier in Nizza Malerinnen und Bildhauer sammeln.«

»Eine gute Idee, wenn auch überraschend. Für mich zumindest, aber ich maße mir nicht an, alles über Sie zu wissen. Ich nehme an, die geheimnisvolle Freundin, die sie einlud, ist an diesem Vorhaben beteiligt? Hatten Sie bei ihr den ersten Abend verbracht?«

Ich war versucht, seine Frage zu bejahen, aber wenn wir beide noch Wochen hierblieben, würde er sich irgendwann wundern, diese Freundin nie in meiner Begleitung zu sehen. Andererseits fiel mir kein Grund ein, weshalb ich nicht sofort ins *Negresco* gezogen sein sollte. Ich gab der Versuchung also nach und spann ein Märchen von einer weiteren Schulkameradin, die hier lebte und nun auf Reisen gegangen sei.

»Noch eine Pensionatsabsolventin? Hier muss ein Nest sein. Schottin, nehme ich an?«

»Bitte?« Wovon sprach er nun schon wieder?

»Es heißt doch immer, die Schotten seien geizig? Wäre Ihre Freundin eine Französin, sie hätte darauf bestanden, Sie wohnten in ihrem Haus, solange sie unterwegs ist.«

Ich wusste, ich hätte mir etwas anderes einfallen lassen sollen! »Ich bin keine sonderlich gute Köchin und wollte mich nicht alleine versorgen müssen.«

»Aber von dem, was Sie in diesem Hotel zahlen, hätten Sie täglich dreimal essen gehen können und es bliebe noch etwas übrig. Für Kleider vielleicht? Sie haben ja mächtig eingekauft, nicht wahr? Nicht, dass ich Sie nicht auch vorher entzückend gefunden hätte, aber nun sind Sie auch noch elegant.«

»Wenn ich Kunst verkaufen möchte, muss ich mich den Käufern anpassen, sonst vertrauen sie mir nicht.«

»Ah. Um Vertrauen geht es. Ich nehme an, Ihre Freundin ist doch keine Schottin und hat Ihnen Kapital geliehen?«

»Ihre Garderobe, nicht ihr Geld.« Das schien mir eine gute Idee zu sein. Dass ich Gaston nicht weismachen konnte, es habe mein schickes, schlichtes Kleidchen kein Vermögen gekostet, das zeigte mir sein Blick, welcher der eines Kenners französischer Mode war.

»Hmm, Albert hält Sie für eine äußerst erfolgreiche Geschäftsfrau ...«

Sie hatten also doch über mich gesprochen! »Und für was hält er Sie, Monsieur le Comte?«

Wieder lachte Gaston. »Für was *Sie* mich halten, bedarf es keiner Frage. Misstrauen Sie mir, weil es Grund gibt, Ihnen zu misstrauen? Man unterstellt anderen gerne, was man in sich selbst verbirgt.«

Selten zuvor war ich den Lehrerinnen der *Sherrington-Akademie* so dankbar wie nun, da ich äußerlich gefasst blieb. Ich sah ihn an und lächelte kühl. Wirklich konnte ich ihn in diesem Moment nicht ausstehen, da mochten seine Wimpern noch so lang und seine Hände noch so ... Nun, all das änderte nichts daran, dass ich wütend auf ihn war. »Sie handeln also ebenfalls mit Kunst und haben den gestrigen Abend ebenfalls mit einer Freundin verbracht, die in den Orient reist? Dann müssen wir wohl verwandte Seelen sein.«

Ich glaube, er war von mir genauso wenig angetan, denn er lehnte sich zurück, tupfte den Mund ab und warf die Serviette auf den Tisch mit einer Geste, die mir verärgert erschien. »Ich traf mich mit einem Freund, ja. Einem Freund, der ebenfalls abgereist ist. Erstaunlich, nicht wahr? Allerdings ein Kunsthändler bin ich nicht.«

»Ach nein, das habe ich wohl falsch verstanden. Was genau sind Sie eigentlich? Ich kann mich nicht entsinnen, ob Sie mir das erzählt hatten.«

»Ein kleiner Graf aus einer alten Familie, der im Krieg gedient hat und nun einem Freund einen Gefallen tut. Madame, ich denke, ich sollte mich ein Weilchen ausruhen, damit ich Ihnen heute Abend nicht auf die Füße trete.«

»Sie haben recht, einmal am Tag reicht aus.«

»Pardon, Madame, das geschah nicht mit Absicht.« Er stand auf, verbeugte sich und ging.

Blind as a Bat

Mitte April 1921

Die nächsten drei Wochen vergingen recht angenehm.
Wärmer war es geworden, immer mehr Touristen reisten an und die ersten Gäste wagten sich ins Meer. Alice
hatte einen Verehrer in einem anderen Hotel gefunden
und Myrtle scharte Heiratskandidaten um sich; sie
schmachtete süßer denn je und ließ die Hände ebenso
flattern wie die Herzen der älteren Herren, die die Moderne verabscheuten und in Myrtles Theater eine ver-
klärte Vergangenheit vermuteten, in der Frauen hilflos
und schutzbedürftig waren. Ich betrachtete dieses
Schauspiel mit einer Spottlust, die ich längst verloren
geglaubt hatte.

Für Alice und Myrtle also zeigte sich das Leben von
seiner schönsten Seite und immer seltener waren sie in
unserer trauten Runde zu finden. Dafür gesellte sich
Mademoiselle Dupont zu uns: Jack Lexington hatte
Flossies Rat befolgt und der Angebeteten gegenüber seinen Vater so oft erwähnt, dass diese das Gefühl haben
musste, mit dem alten Herrn bestens vertraut zu sein.
Da sie aber nicht die Braut seines Vaters werden sollte,
sondern die Seinige, fand er außerdem bald täglich die
Gelegenheit, sich seines Sakkos zu entledigen, die
Hemdsärmel hochzurollen und den Kragen zu öffnen.
Oder gleich ganz im Badeanzug zu erscheinen, wenn es
nur eben vertretbar war. Und weil Madeleine einen
Großteil des Tages in unserer Gesellschaft zubrachte,
kamen auch Flossie und ich in den Genuss, Jacks

Muskeln zu bewundern. Flossie schaute sich das mit Vergnügen an, ich hingegen hatte Mühe, nicht laut herauszulachen. Zu dem gemeißelten Körper eines griechischen Gottes passte doch nicht das farblose Gesicht eines etwas einfältigen jungen Mannes? Ich zumindest fand, dass Jack im Vergleich zu beispielsweise Gaston verlor.

Ja, Gaston ... Bislang hatte es leider keine weitere Unterhaltung gegeben, die an unsere Gespräche im Zug hätte anknüpfen können. Doch wir kamen auch nicht mehr in die Nähe eines Streits, wofür ich sehr dankbar war. Es hatte sich nämlich herausgestellt, dass nicht jeder französische Aristokrat seinen Titel vor sich herträgt; nein, es gab auch solche, die den Namen der bürgerlichen *maman* verwendeten. Und sollte Gaston Perrier nicht über ein Netzwerk an Verbündeten verfügen, das in Nizza war, um seine Legende glaubhaft erscheinen zu lassen, so war er wirklich und wahrhaftig der Comte du Bazal und als solcher bekannt mit halb Frankreich. Überall traten Herren auf ihn zu, so elegant wie er selbst, und grüßten ihn kameradschaftlich. Noch öfter fielen Damen um seinen Hals und küssten ihn auf beide Wangen.

Es beschämte mich, dass ich ihm misstraut hatte, während seine Zweifel an meiner Glaubwürdigkeit leider weniger unbegründet waren. Allzu oft musste ich meine Verlegenheit allerdings nicht überspielen, denn Gaston war auf Reisen gewesen; eine Woche lang hatte er sich gar nicht blicken lassen. Und nun verbrachte er zwar die Abende mit uns, aber meistens war er den Tag über entweder unterwegs oder er widmete sich seiner Korrespondenz. Fragte jemand, was er denn so viel zu schreiben und telefonieren habe, so winkte er lächelnd ab und bezeichnete seine Aufgaben als langweilig, aber nötig.

Mir ging es ähnlich, wenn ich auch weniger von Langeweile als von harter Arbeit gesprochen hätte, wenn es um meine Aufgaben ging. Jeden Morgen verfluchte ich Flossies blödsinnige Idee, mich als Kunsthändlerin auszugeben. Es war kaum auszudenken, wie schön diese Wochen hätten sein können, hätte ich mich nicht jeden Tag in aller Herrgottsfrühe aus dem Bett quälen müssen – aus einem Bett, in das ich nur sehr spät hineinstieg. Immerzu besuchten wir die Oper oder das Casino, das Theater oder den Ballsaal und stets endeten wir in der Bar bei einem letzten Glas Champagner. Entziehen konnte ich mich dem nicht, denn wie sonst hätte ich herausfinden sollen, was mit Albert los war?

Mit dem im Übrigen gar nichts los war. Mehr als einmal bot ich Flossie an, mich nach Hause zu schicken; ihr Mann sei niemals lange genug alleine, als dass er ihr hätte untreu werden können. Aufmerksam sei er ihr gegenüber, keine andere schaue er an und außer mit mir oder Gaston träfe er sich mit niemandem. Ich erklärte meiner Freundin nach drei Wochen der vergeblichen Beweissuche, dass das Einzige, was ich erfahren hatte, ihr bereits bekannt sei. »Er zweifelt an deiner Liebe, und das verunsichert ihn. Möchtest du nicht endlich mit ihm sprechen? Die meisten Probleme rühren daher, dass man nicht miteinander spricht.«

Flossie aber schüttelte den Kopf und beschwor mich, sie nicht im Stich zu lassen. »Da ist etwas. Er verstellt sich noch immer vor dir, was seine Gefühle für mich angeht.«

»Er ist offener, als ich es je bei einem Mann erlebt habe. Einmal weinte er sogar, als er von dir sprach.«

»Oh, das ist gut, ja? Ich meine, ihr geht schwimmen, ihr fahrt Rad und spielt Tennis – er vertraut dir?«

»Ich denke, wir sind gute Freunde geworden.«

»Und er hat dir noch nicht von seiner Geliebten erzählt? Vielleicht bist du ihr sogar schon einmal begegnet? Telefoniert er vielleicht, wenn ihr irgendwo einkehrt?«

»Aber nein. Und ich passe auf wie ein Luchs.«

»Ich weiß, Liebste. Soll ich dir mehr zahlen? Ich tue das gerne, wirklich, ich sehe ja, wie wenig Schlaf du bekommst.«

Wie sie es versprochen hatte, lag jeden zweiten Tag ein Umschlag mit mehreren hundert Francs auf meinem Bett, die ich auf mein Konto einzahlte. Davon ging ein großer Teil an das *Negresco*, aber es blieb schon jetzt so viel übrig, dass ich mir in London auf Monate hinaus ein bescheidenes Zimmer in einem einfachen Viertel würde leisten können. Ich lehnte daher entschieden ab, äußerte allerdings eine Bitte: »Wenn du mir helfen willst, dann rede Jack aus, etwas von mir kaufen zu wollen. Madeleine fängt nun auch schon damit an, ich solle etwas für den Salon ihrer Mutter finden, und das möglichst in Blautönen. Soll sie Vorhänge kaufen, wenn sie nach Farbe sucht! Banausen, alle miteinander.«

»Ich werde sie kaum zur Kunsterziehung schicken können.«

»Darum geht es nicht. Es geht darum, dass ich immerzu aufpassen muss, was ich sage und tue. Weißt du, wie oft Jack mich für mein geschicktes Händchen in geschäftlichen Dingen bewundert hat? Er findet es sensationell, wie ich immerzu Tee trinke, tanzen gehe und Tennis spiele und doch genug verdiene, obwohl ich kaum jemals arbeite. Das geht nicht mehr lange gut.«

»Aber du arbeitest doch! Jeden Morgen bist du unterwegs. Und du hast doch diese Russin an der Hand? Kann sie nicht irgendetwas Blaues für Madeleine pinseln?«

Flossie verstand nicht, wie eine Künstlerin tickte. »Du bist eine ebensolche Banausin wie die anderen.«

»Das mag wohl sein. Doch wieso hast du Jack nicht längst eines ihrer Werke verkauft? Sie wird ja wohl irgendetwas herumliegen haben, das –«

»Himmel noch, Flossie, sie ist eine, die ganz für ihre Kunst lebt. Sich von ihren Bildern zu trennen, ist ihr schrecklich.«

»Ziemlich überspannt, die Dame, oder?«

Das verneinte ich, wenn es auch stimmte. Ich hatte Vera Fedorowna Gagarina vor Kurzem am Hafen entdeckt und ich war angetan sowohl von ihrem Werk als auch von ihrer Persönlichkeit. Sie zu finden, erwies sich als Glücksfall. Was hatte ich nicht alles erlebt auf meiner Suche: Alkohol in Mengen, Kokain, Morphium, Orgien am frühen Morgen – aber auf mich, die keiner kannte, sah man hinab. Erst nach mehreren vergeblichen Verhandlungen kam ich auf die Idee, nicht als Mrs Davies, sondern als Miss Teague aufzutreten. Es gab noch genügend Menschen in Nizza, die sich an Clement Teague und seine Porträts erinnerten. So überzeugte ich auch Vera, deren Mutter von meinem Vater gemalt worden war. Das Bild hing in ihrem Studio und es war ein bewegender Moment, es gemeinsam zu betrachten und unserer Toten zu gedenken.

Nun hatte ich also eine Künstlerin unter Vertrag. Und das nahm ich ernst. Doch leider war Vera überkritisch mit dem, was sie malte; nichts war ihr gut genug, und immer, wenn ich meinte, sie müsse etwas verkaufen, damit sie endlich anständig essen könne, da antwortete sie mir, sie werde ausharren, bis sie so wenig habe, dass sie das Diadem ihrer Mama würde verpfänden müssen. Das nämlich wolle sie niemals hergeben und alles werde sie tun, um es behalten zu können. Ich hoffte, sie käme nun bald an den Punkt, an dem Haferschleim und trockenes Baguette sie nicht mehr sättigten. Wenn ich ein Geschäft betreiben wollte, das aussah, als bezahlte ich davon Kost, Logis und Kleidung, dann musste ich endlich etwas verkaufen. Ich konnte nicht nur mit Vera russischen Tee trinken; ich brauchte weitere Malerinnen und Zeichner, um meine Tarnung aufrechtzuerhalten.

So wurden meine Tage hektisch: War ich nicht bei Vera, so durchpflügte ich die Gassen Nizzas auf der Suche nach weiteren Schützlingen. Beschäftigte ich mich nicht mit der Kunst, dann verbrachte ich Zeit mit Albert. Kümmerte ich mich nicht um Albert, so saß ich mit Flossie, Myrtle, Alice oder Madeleine beim Tee und lauschte deren Anekdoten. Und dann war es bereits Zeit für die nächtlichen Unternehmungen. Nun will ich mich nicht beschweren, ich genoss das alles. Doch immerzu musste ich darauf achten, was ich sagte oder tat, und beobachten, was die anderen sagten und taten. Kaum meinte ich einmal, ich könne in meiner Wachsamkeit nachlassen, da war es Jack, der fragte, wann

ich das passende Kunstwerk für ihn gefunden haben
würde.

Weshalb ich Flossie nun bat, ihm diese fixe Idee aus-
zureden.

»Aber Liebste, er kann nicht einmal zwischen Schmie-
rerei und hoher Kunst unterscheiden! Bring ihm irgendein Bild und behaupte, es sei perfekt. Sag, es kostet
zweihundert Pfund, und er ist überzeugt. Mach es dir
nicht so schwer.«

»Wieso überhaupt denkt er noch an diese Sache?
Sollte er nicht viel zu beschäftigt sein mit Madeleine?«

»Er will sie beeindrucken. Wie findest du sie eigentlich?«

»Sie ist hübsch. Etwas zickig vielleicht.«

»Du kannst sie nicht leiden.« Flossie lachte.

»Unsinn, wie kommst du darauf?«

»Du denkst, sie macht Gaston schöne Augen. Das stört
dich.«

»Gaston interessiert mich nicht im Geringsten.«
»Nicht?«

Ich blieb dabei. Erst recht, als Myrtle zu uns stieß und
Flossie ihre Behauptung wiederholte. »Kannst du das
glauben? Er sieht doch ganz passabel aus und sie sollte
sich endlich einen Liebhaber nehmen.«

Myrtle stimmte zu. »Er ist Franzose, von denen erzählt man sich nur das Beste.«

Ich weiß nicht, weshalb, aber ich entgegnete, ich sei
in *jeglicher* Hinsicht bestens versorgt und bräuchte weder die Dienste eines Gastons noch eines anderen Mannes. Rasch brach ich auf, denn es war mir nicht daran
gelegen, dieses Thema zu vertiefen. Ich ahnte nicht,
welch einen Fehler ich begangen hatte ...

Nun, es verging eine weitere Woche, die sich kaum von den vorangegangenen unterschied, aber doch von einigen kleineren Erfolgen gekrönt war: Ich durfte endlich eines von Veras Gemälden verkaufen – an einen echten Kunden, nicht etwa an Jack. Das versetzte die junge Künstlerin in die Lage, neue Farben und Leinwände zu kaufen, obwohl ich es lieber gesehen hätte, hätte sie ihre Speisekammer aufgefüllt. Sie lachte und zeigte mir das Diadem ihrer Mutter, dem sie fast schon magische Kräfte zuschrieb. Ich bewunderte, wie sie es in Ehren hielt, anstatt der Armut zu entfliehen, und das, obwohl sie in einem Reichtum aufgewachsen war, der mir schon beim Zuhören die Luft abschnürte. Mein Vorschlag, sie könne sich einen vermögenden Ehemann suchen, wies sie weit von sich. Vor mehr als den Bolschewiki sei sie geflohen und die Freiheit, sich ganz ihrer Kunst zu widmen, wolle sie niemals aufgeben. Immer offener sprach sie mit mir über die Dinge, die sie gesehen und erlebt hatte, sie zeigte mir die Wunden an ihrem dünnen Körper ebenso wie die Wunden ihrer Seele und ich denke, unsere wachsende Freundschaft war es, die mich dazu brachte, den Beruf der Kunsthändlerin als Lebensunterhalt in Betracht zu ziehen.

Dazu trug bei, dass ich jetzt auf einmal durch Veras Vermittlung von den talentiertesten Kunstschaffenden mit offenen Armen aufgenommen wurde. So kam es, dass sich zwei Maler und eine Illustratorin von mir vertreten ließen, deren Werke zwar weniger originell, dafür aber schneller verkäuflich waren als die meiner Russin. Eines überließ ich Jack, der von Pinselstrich und Moderne schwafelte und mich bat, noch wenigstens zwei weitere Werke zu finden, die zu seiner Persönlichkeit passten. Ich war versucht, ihm ein Strichmännchen auf die Serviette zu kritzeln, aber er blickte mich so treuherzig an, dass ich mich zusammenriss.

Von der Provision lud ich Vera zum Lunch ein. Wir saßen auf der *Place Masséna,* genossen die warme Mittagssonne und freuten uns, hier ausruhen zu dürfen und nicht irgendwo in einem schäbigen Lädchen stehen zu müssen. Und mitten hinein in unser Gelächter geriet Gaston Perrier, dem ich voller Stolz meine begabteste Künstlerin vorstellte. Ja, ich denke, das war eigentlich mein größter Erfolg, denn endlich konnte ich klarstellen, dass seine Zweifel an mir unhaltbar waren. Ich war ebenso Kunsthändlerin, wie er Graf war. »Ja, Monsieur le Comte, und wenn Sie Mademoiselle Gagarina davon überzeugen können, etwas von moderner Malerei zu verstehen, dann werden vielleicht auch Sie eines Ihrer Werke Ihr Eigen nennen dürfen.«

Und Gaston enttäuschte nicht. Vera nicht und mich nicht. Er wusste, wovon er sprach, und er sprach lebhaft, mit echter Begeisterung. Als er sich eine halbe Stunde später verabschiedete, gönnte er mir ein Lächeln, das so warm und herzlich war, wie er es mir zuletzt vor einem Monat geschenkt hatte. Ich sah ihm nach und bevor Vera merkte, was in mir vorging, verlangte ich die Rechnung.

Ich eilte zurück ins Hotel, wo ich mich eine Stunde lang auf mein Zimmer zurückzog und mein kleines Glück genoss. Ich wehrte mich nicht mehr gegen meine Gefühle für diesen Mann, wenn ich sie auch nicht zeigte. Ich war entsetzlich, schauderhaft, tief und heftig in ihn verliebt, ohne dass er mir Anlass gegeben hätte, an eine Erwiderung dieser Liebe zu glauben. Wir speisten miteinander, spielten auch gelegentlich eine Partie Boule und tanzten des Nachts zu langsamer Musik, aber nie waren wir allein und niemals drückte er meine Hand länger oder sah mir tiefer in die Augen, als es beispielsweise Albert tat. Ich war für Gaston nach vier Wochen unserer Bekanntschaft weniger, als ich es in den ersten Stunden nach unserem Kennenlernen war. Alles unternahm er mit anderen mehr als mit mir: Er sprach länger mit Flossie, er saß öfter mit Myrtle beim Tee und er tanzte sogar enger mit Alice. Jedes weibliche Wesen musste ihm wohl interessanter, hübscher und klüger erscheinen als ich. Und doch dachte ich immerzu an ihn, zog mich für ihn an, frisierte und schminkte mich für ihn. Wenn er einmal etwas Nettes über mich sagte, glaubte ich, zu zerplatzen vor Stolz. Er hatte Myrtle gegenüber erwähnt, ich sei der Inbegriff der beherrschten Dame, er bewundere meine Haltung und ich sei der Beweis, dass Bildung und ein angenehmes Äußere sich nicht ausschlössen. All das stellte er so sachlich fest, als sei er ein Buchprüfer und ich eine Arbeit, die man rasch erledigen müsse, bevor man sich einer spannenderen Aufgabe zuwenden dürfe.

Obwohl ich das klar sah, war ich verrückt nach ihm. Es war, so sagte ich mir, eine Jungmädchenliebe, die ich fühlte, eine Schwärmerei für den ersten Mann, der sich mir nach all den einsamen Jahren freundlich bezeigte und dabei nicht aussah wie ein Bierkutscher. Ja, ich verstand das, ich wusste, ich war unerfahren und sehnte mich nach all dem Unaussprechlichen, von dem ich zu Pensionatszeiten geträumt hatte. Gaston war nichts weiter als eine Episode, eine Probefahrt für mein Herz. Ich musste nichts von ihm wissen, musste nicht mit ihm zusammensein, um mich in ihn zu verlieben, ja, ich war bestimmt nur in meine eigene Fantasie verliebt. Vielleicht half mir diese Überzeugung, nach außen hin die beherrschte Dame zu bleiben, die Gaston in mir sah.

Es war wohl zwei oder drei ereignislose Tage später, dass Albert beim Dinner vorschlug, wir sollten nach Toulon segeln. »Wir alle zusammen, was denkt ihr? Toulon soll ja doll sein, voller Geschichte und Kultur und all das. Gaston, du könntest den Führer für uns machen. Lizzie, du kommst natürlich mit, du musst einmal ausspannen von der Arbeit! Alice, wie steht es? Kannst du deinen Lustknaben für drei Tage entbehren?«

Das könne sie nicht, antwortete Alice knapp.

»Bekommen wir den Jüngling auch mal zu Gesicht?«

»*Blimey!* Nicht, wenn ich es vermeiden kann, ihr verschreckt ihn nur! Und ich kann dir nur raten, Myrtle hierzulassen; die kotzt schon, wenn sie ein Schiff nur aus der Ferne sieht.«

»Alice, bitte.« Angewidert blickte Myrtle zu ihrer Freundin, die lachte und meinte, sie solle sich nicht so haben, es sei keiner von den Tattergreisen in der Nähe, um ihre Schande zu hören.

»Sie ist unmöglich«, wisperte Myrtle, musste aber zugeben, dass sie in der Tat nicht allzu seetauglich sei. Was wiederum Jack lustig fand, von wegen Tochter einer Seefahrernation und *Rule Britannia* und was ihm nicht noch alles einfiel, um seinen müden Witz zu Tode zu reiten.

Albert wandte sich an Madeleine: »Mademoiselle Dupont, wie steht es mit Ihnen? Sie begleiten uns?«

Ich denke, sie wollte zusagen, doch Jack zog sie an sich und flüsterte ihr etwas ins Ohr, was sie kichern machte und dazu brachte, Albert eine höfliche Absage zu erteilen.

»Dann eben nur wir vier. Flossie, altes Mädchen, wir zwei in einer Kajüte wie damals, erinnerst du dich? Na?«

Aber wie ich auch Flossie unterm Tisch kniff, sie lehnte ab. Keine zehn Pferde brächten sie aufs Wasser, eben weil sie sich an damals erinnere. Fast ertrunken sei sie da, und das wollte sie keinesfalls noch einmal erleben.

»Darling, du übertreibst, du bist ja kaum nass geworden und ich habe dich sofort rausgezogen!«

»Zwischen deinem sofort und meinem sofort liegt eine Ewigkeit. Nein, ich bleibe hier, tu du nur, was du möchtest.«

Ich schlug vor, wir könnten über Land fahren, doch auch davon wollte sie nichts hören. Sie habe einen Termin beim Coiffeur, Karten für ein Theaterstück und eine Verabredung zum Kartenspiel, aber das solle uns nicht aufhalten; viel Spaß wünsche sie uns.

Albert sah elend aus. So elend, dass ich glaubte, er würde weinen, wäre er nicht in Gesellschaft. Gaston schlug ihm auf die Schulter und erklärte, er freue sich sehr auf den Törn.

»Lizzie, du kommst mit?«

Das wollte ich eigentlich nicht. Drei Tage allein mit zwei Herren, das sah nicht gut aus. Aber nun war es Flossie, die mich kniff, also sagte ich zu, obwohl ich mich sehr unwohl dabei fühlte. Nur der Gedanke an Gaston tröstete mich.

Was war ich enttäuscht, als Gaston beim Frühstück erklärte, er könne nicht mitkommen; so leid es ihm tue, er müsse fort! In aller Hast verschlang er sein Omelett, küsste Flossies Hand, winkte mir zu und rannte davon.

»Ja, also dann –«, setzte ich an, wurde jedoch von Albert unterbrochen, der trotzig verkündete, wir beide würden auch alleine klarkommen und die anderen würden sich noch ärgern, uns nicht begleitet zu haben.

»Aber Albert, wir können doch unmöglich –«

»Brauchen wir etwa eine Anstandsdame? Sind wir nicht Freunde?«

»Flossie, was meinst du?«

»Genießt den Ausflug«, war alles, was ihr einfiel. Sie machte sich keine Sorgen, es könne jemand Gerüchte über ihren Mann und ihre Freundin in die Welt setzen.

Albert erhob sich und forderte mich zum Aufbruch auf. Obwohl ich ein ungutes Gefühl bei der Sache hatte, widersprach ich nicht. Zu altjüngferlich wäre ich mir vorgekommen. Es war doch im Grunde kein Unterschied, ob wir mit dem Rad unterwegs waren oder auf einem Segelschiff. Das zumindest wollte ich gerne glauben, obwohl der Unterschied beträchtlich war. Es war etwas völlig anderes, mit einem Freund zwei Stunden in aller Öffentlichkeit zu radeln, als mit ihm über Nacht auf Segeltour zu gehen. Wider besseres Wissen folgte ich Albert.

Unglaublich warm war es an diesem Morgen, keine Wolke stand am azurblauen Himmel, das Mittelmeer glitzerte, als habe man es mit Diamanten verziert, und sogar die Möwen erschienen mir fröhlicher als an den Tagen zuvor.

Albert verhandelte mit dem Hafenmeister und der war bereit, die viel zu große Yacht samt Crew gegen ein schnittiges Boot zu tauschen, das von zwei Leuten gesteuert werden konnte. Bald schon pflügten wir durch die Wellen und eine angenehme Brise zerzauste mein Haar, zog an meinem Kragen und dem Saum meines Kleides. Ich atmete tief ein. Gab es Schöneres als einen Törn unter südlicher Sonne? Kaum.

Albert war ein sehr guter Steuermann; noch ein Talent, das ich ihm nicht zugetraut hätte. Es tat ihm sichtlich gut, sich mit etwas zu beschäftigen, was ihn von seinen trüben Gedanken ablenkte. Ich freute mich, als er mir zurief, ich sei eine verdammt gute Seglerin. »Wer hat dir das beigebracht?«

»Ich bin ein Mädchen aus Penzance.«

»Heißt?«

»Papa hatte eine Jolle und auch Thomas besaß ein Boot. Wann hast du mit dem Segeln begonnen?«

»Spät. Nach Oxford erst. Hatte natürlich gerudert, aber nachdem Flossie und ich geheiratet hatten, wollte ich gerne mit ihr aufs Wasser. Sie braucht Luxus, also habe ich eine Segeljacht gekauft und Unterricht genommen.«

»Und dann ist Flossie über Bord gegangen?«

»Hmm, ja. Dumme Geschichte das. Ich weiß gar nicht genau, was passiert war. Auf einmal war sie drin und ich hätte es nicht mal mitbekommen, wenn mein Freund es nicht gesehen hätte. Ich bin gleich rein ins Wasser und habe sie gepackt. War nicht schön für das alte Mädchen, aber das passiert ja nicht immer, wenn man aufs Wasser geht.«

»Ja. Schade, dass sie nicht mitkommen wollte.«

»Schon irgendwie.«

»Du liebst sie sehr, nicht wahr?«

Albert antwortete nicht. Ich hatte ihn das bislang nie so direkt gefragt; überhaupt hatten wir in den letzten Tagen nicht mehr über Flossie gesprochen.

»Ich weiß, sie liebt dich.«

»Oh. Tut sie das? Merke ich nicht.«

»In jeder Ehe wird es einmal schwierig.«

Die See war ruhig und Albert setzte sich neben mich. »Ich kann mir kaum denken, dass du das aus eigener Erfahrung weißt. War es zwischen euch jemals schwierig?«

»Nicht wie bei euch. Dazu waren wir beide zu ruhig.«

Er hob die Brauen, grinste. »Du warst nicht ruhig, als ich dich kennenlernte. Du warst schnell und witzig und nicht sehr diplomatisch.«

»Klingt wie eine andere Frau. Ich war sehr jung und meine Großmutter liebte es, mich in Streitgespräche zu verwickeln.«

»Was hat dich verändert?«

»Die Zeit? Die Menschen, mit denen ich lebte? Thomas natürlich. Er hat Streit gehasst.« Ich verriet nicht, wie unbedingt ich Thomas hatte gefallen wollen.

»Warst du glücklich mit ihm?«

Vor zwei Monaten noch hätte ich das bejaht, doch heute war ich mir nicht mehr so sicher. Ich war nicht unglücklich gewesen und hatte nie gemerkt, dass mir etwas fehlte und was dieses Etwas war. Dann kam schon der Krieg und von da an veränderte sich eh alles, bis ich auf einmal diese stille Witwe geworden war, die niemand beachtete.

»Du zögerst?«

»Ach, ich dachte nur darüber nach, wie anders alles ist. Du hast dich auch verändert.«

»Findest du? Gut oder schlecht?«

»Gut.«

Er lachte. »Schade, dass mein Vater das nicht so sieht.«

»Worüber beschwert er sich? Die Geschäfte?«

»Darüber macht er sich keine Gedanken. Es sind andere Dinge, die ihn sorgen.«

»Oh. Was denn?«

Überraschend sprang Albert auf, ging zurück zum Steuerrad. Ein Lied sang er und ich wunderte mich.

Gegen Nachmittag kam ordentlich Wind auf, so erreichten wir Toulon bereits nach neun Stunden Fahrt. Mit wackligen Beinen staksten wir vom Pier fort zum Stadtzentrum. Ich spürte nun schon jeden Muskel, die Haut brannte von zu viel Sonne, Wind und Salz und ich sehnte mich nach einem Bad, einer warmen Mahlzeit und sehr viel Schlaf.

Albert übernahm es, ein Hotel zu suchen. Er wählte das Grand Hotel. Natürlich, so war er es gewohnt. Und trotzdem er ausdrücklich um *zwei* Zimmer bat, verlangte der Herr hinter der Rezeption Auskunft darüber, ob wir Monsieur und Madame seien oder etwa Monsieur und Mademoiselle. Er schien nicht überzeugt, als Albert behauptete, wir wären Bruder und Schwester, bestand jedoch nicht auf einem Nachweis. Albert aber erwärmte sich für das Thema. Es sei ein starkes Stück, wie die Franzosen hinter allem gleich eine Liaison vermuteten, und es habe die arme verwitwete Schwester doch wohl schon genug gelitten, als dass sie sich nun wie eine halbseidene Kokotte behandeln lassen müsse. Er sprach davon, wie seine Gattin seekrank würde und in Nizza auf uns warte und dass der Herr Rezeptionist sie gerne anrufen dürfe.

Ich staunte über die wütende Eloquenz, mit der er uns die Schlüssel verschaffte. Und eine überaus höfliche Entschuldigung, wenn auch begleitet von einem maliziösen Lächeln, das der Empfangschef nicht unterdrücken konnte.

Nach dem Diner zog ich mich früh zurück, was Albert recht zu sein schien. Kaum ein Wort hatte er mit mir gewechselt. Oft hatte er gegähnt oder mit leerem Blick aus dem Fenster gestarrt, während er seinen Tee salzte und Rotwein statt Essig in den Salat goss.

Ich schlief wunderbar; es war doch etwas völlig anderes, nach harter körperlicher Arbeit zu Bett zu gehen als nach einer langen Nacht mit zu viel Alkohol. Auch das Frühstück schmeckte doppelt so gut und unternehmungslustig drängte ich Albert hinaus in die Straßen der fremden Stadt. Er folgte meinem Wunsch sofort, lachte, wenn ich lachte, bewunderte, was ich bewunderte, und doch war er verändert. In sich gekehrt kam er mir vor, deprimiert gar. Ich fragte ihn einige Male, ob er sich wohlfühle oder ob es Ärger in der Firma gäbe; ich hatte mitbekommen, wie er vor dem Frühstück die Telefonkabine im Foyer aufgesucht hatte.

Alles sei in Ordnung, versicherte er und bemühte sich um eine muntere Miene. Nur kurz hielt er durch und verlor sich endlich so sehr in seinen Grübeleien, dass er fast eine Dame angerempelt hätte, wäre ich nicht zur Stelle gewesen. Ich zog ihn in das nächste Kaffeehaus und verlangte, zu erfahren, was ihn bedrücke. Er wich mir aus und brachte das Gespräch auf die Torten, die ihm hier besser schmeckten als daheim. Von seiner Köchin und dem *Savoy* plapperte er und davon, dass er es mit dem Süßen gar nicht so sehr habe und eigentlich auch auf manchen Luxus gut verzichten könne, wenn dafür nur alles andere stimme und man sich verstünde und einander etwas zu sagen hätte. Am wichtigsten seien doch das Menschliche, das Zusammensein, dieselben Ziele und die Liebe.

Ich ahnte, was geschehen sein mochte. »Hast du mit Flossie telefoniert?«

Er zuckte heftig zusammen. »Flossie? Wie kommst du auf Flossie?«

Nun, wie wohl? Er sprach von Geld, das er nicht unbedingt benötigte, und von Verständnis und Freundschaft und gemeinsamen Interessen und –

Himmel, er sprach von Liebe und wunderte sich, dass ich an seine Frau dachte? Er wollte doch nicht etwa ...? Nein, das konnte nicht sein, so blind und dämlich war ich nicht, ich war doch eine gute Beobachterin und –

Albert griff nach meiner rechten Hand. »Ich fand dich damals schon hinreißend, aber jetzt? Jetzt bist du nicht nur eine wunderbare Frau, sondern dazu ein guter Kamerad, eine echte Freundin. Wie du mir zuhörst und mir das Gefühl gibst, wichtig zu sein. Du bist unglaublich. Wie du all diese teuren Kleider trägst, als wärest du mit einem Selbstgenähten ebenso zufrieden. Wie du dich über gutes Essen freust und über jede Blume, wie du dich bewegst, wie du einen Raum betrittst, ohne auch nur einen Gedanken daran zu verschwenden, ob man dich bemerkt – wenn du wüsstest, wie erfrischend das ist. Du bist die Frau, von der ich immer geträumt habe. Dass es dich wirklich gibt, dass du hier bist – ich … Zum Teufel, ich rede wieder viel zu viel, ja? Aber du weißt es längst, oder? Und dass du mitgekommen bist, das bedeutet doch etwas?«

»Albert, ich …«

»Jaja, ich weiß, Flossie ist deine Freundin, aber wir hatten das ja nicht geplant, das ist halt geschehen und Flossie – sie will mich doch gar nicht mehr, davon bin ich überzeugt. Und du weißt es auch, du bist nur viel zu gütig, mir das zu sagen.«

Verdammt. Mehr fiel mir nicht ein. Ich fühlte mich elend und entsetzlich schuldig. Schuldig Flossie gegenüber und schuldig Albert gegenüber. Ich stand auf, rang um Fassung. »Albert, wenn wir jetzt aufbrechen, sind wir heute Abend in Nizza. Wir kaufen etwas Brot und Käse und legen ab. Bitte.« Auf gar keinen Fall konnte ich länger mit ihm hierbleiben, das würde es für alle nur noch viel schlimmer machen. Da beschwor ich Flossie täglich, sie solle ihrer Ehe eine Chance geben, und fast hatte ich sie so weit, dass sie mit ihm reden wollte, und nun sollte ich ihr sagen, es bilde ihr Mann sich ein, er habe sich in die Freundin verliebt, der sie vertraut hatte? Nein!

»Elizabeth, bitte. Wir müssen auch an uns denken. Wie oft geschieht es denn, dass man einen Menschen trifft, der –«

Ich lief los; es kümmerte mich nicht, wie die Menschen mir kopfschüttelnd nachsahen. Erst am Hafen blieb ich stehen, kämpfte mit den Tränen. Albert wollte mich umarmen, wollte mich trösten und davon überzeugen, für unser Glück zu kämpfen. Unser Glück! Ich wusste nicht, wen ich mehr bedauerte: Flossie, Albert oder mich.

»Elizabeth, Liebste, bitte, wir –«

»Sage nicht wir! Sage niemals wir, wenn du von mir und dir sprichst!« Ich schrie es und wieder drehten sich Menschen nach mir um.

»Elizabeth -«

Ich kramte in meiner Tasche, zählte mein Geld. Das sollte für ein Zugticket reichen; ich konnte nicht stundenlang mit diesem Mann auf einem Boot verbringen.

»Elizabeth, was hast du vor?«

»Ich nehme den Zug, du segelst zurück und wir sprechen nie wieder darüber. Ich schätze dich als Freund und wer weiß, unter anderen Umständen, wenn wir uns anders kennengelernt hätten ...« Nein, niemals wären wir ein Paar geworden, aber ich wagte nicht, das auszusprechen. Seine Miene, der Ausdruck in seinen Augen, wie er so nah vor mir stand – er machte mir Angst. Ohne, dass ich es wollte, kam mir ein Gedanke. Was hatte Flossie gesagt? Fast wäre sie ertrunken ... Oh, Himmel, ich wurde hysterisch.

»Elizabeth.« Seine Stimme zitterte. Vor Enttäuschung? Vor Wut? Aus Trauer?

Ich wusste es nicht. Ich wollte nur fort. »Es tut mir leid, wirklich, es tut mir sehr, sehr leid.«

Ich rannte davon. Er folgte mir nicht. Wenn ich aber dachte, ich hätte das Schlimmste hinter mir, dann hatte ich mich gründlich geirrt.

To Make Matters Worse

24. April 1921

Am frühen Nachmittag stieg ich in Nizza aus dem Zug. Heiß war es geworden; viel zu heiß für die Jahreszeit. Ich hastete ins *Negresco*. Mein Kopf schwirrte. Ich hatte mich für eine ausgezeichnete Beobachterin gehalten und doch hatte ich nichts gesehen, nichts gehört, nichts verstanden! Jeden Tag hatte ich Zeit mit Albert verbracht und jetzt erst begriff ich, weshalb er nicht mehr über Flossie hatte sprechen mögen, weshalb er mir Komplimente machte und sich über meine Anwesenheit freute. Eine klügere Frau hätte es längst verstanden. Gerne hätte ich mein bisheriges Leben für meine Blindheit verantwortlich gemacht, doch wenn ich zurückdachte an die letzten Wochen, musste ich zumindest eine Ahnung gehabt haben. Wie oft hatte ich Gastons Verhalten mit demjenigen Alberts verglichen und mir gewünscht, der eine benähme sich mehr wie der andere. Vermutlich hatte ich Gaston nur deshalb an Albert gemessen, weil der sich eben nicht wie ein Freund verhielt, sondern für einen Engländer recht deutlich gezeigt hatte, was er fühlte.

Aber da war es wieder! Ich dachte in Klischees! Ein Engländer, ein Franzose – was sagte das schon? Nichts, überhaupt nichts, das waren nichts als Ammenmärchen, die in die Irre führten! Ich ärgerte mich. Über mich selbst und alle anderen.

Ich raste an Myrtle vorbei, die Treppen hinauf, hinein in mein Zimmer. Es war mir gleichgültig, dass die Türe krachend hinter mir zuknallte und mein Weinen durch das offene Fenster drang. Ich tobte, ich heulte, ich schluchzte, ich rannte auf und ab, zerwühlte mein Bett, riss Kleider vom Bügel, fegte Bücher vom Tisch. Ich war hysterisch, ich war außer mir, ich war nicht bei Sinnen.

Erst nach einer Stunde versiegten meine Tränen. Ich duschte mich kalt ab und legte Farbe auf – niemand sollte mir meine Verzweiflung ansehen, am allerwenigsten Flossie.

Himmel, die arme Flossie! All das Geld, das sie mir gegeben hatte, all die Hoffnung, die ich ihr gemacht hatte! Was sollte ich nur tun? Was würde Albert tun? Er hatte doch wohl verstanden, wie sehr er sich in meinen Gefühlen geirrt hatte? Und in seinen eigenen? Gewiss würde er in diesem Moment schon begreifen, wie er sich in eine Fantasie verschaut hatte und wie wenig die echte Elizabeth mit diesem Traum mithalten konnte! Und er würde Flossie, die lustige, hübsche Flossie, mit neuen Augen sehen. Bestimmt, ganz bestimmt war es so! Er hatte Zeit genug, darüber nachzudenken, mindestens fünf Stunden Fahrt hatte er noch vor sich, wenn er denn überhaupt sofort aufgebrochen sein sollte und nicht noch in Toulon blieb. Oh, hoffentlich blieb er dort, bis er sich beruhigt und seinen Fehler eingesehen hatte!

Wie dumm aber auch dieser Wunsch war, das merkte ich, als ich mich auf die Terrasse begab, um meinen Tee einzunehmen. Flossie saß dort in Gesellschaft von Jack und Madeleine, unnachahmlich elegant und lustig plaudernd. Erstaunt blickte sie auf, als ich an ihren

Tisch trat. »Lizzie, Liebste, ihr seid schon zurück? Ist etwas geschehen?«

Weshalb hatte ich mir keine Antwort zurechtgelegt? Hatte ich denn nichts gelernt? Meine Augen wurden feucht, aber zu meiner Verblüffung hörte ich mich mit ruhiger Stimme antworten, ich hätte zu viel Sonne abbekommen und sei daher mit dem Zug heimgereist.

Madeleine tippte auf meine rotverbrannten Wangen. »Tut es arg weh? Es sieht schlimm aus.«

Auch Flossie beugte sich heran. »Oh, Liebste, mach am besten gleich einen Termin im Schönheitssalon. Der hier im Hause soll sehr gut sein.«

Ich stimmte zu, erleichtert, dass meine Freundin sich mehr für meine Haut denn für ihren Mann interessierte. Was leider nicht für Jack galt. Der fragte, wann Albert zurückkäme.

»Er war noch nicht sicher, wann er die Segel hisst. Toulon ist sehr schön; es mag sein, er schaut sich noch ein wenig länger um.«

Flossie schüttelte den Kopf. »Albert? Allein auf Städtetour? Das kann ich mir kaum denken.« Sie sah mich an, kritisch und irgendwie angespannt. »Lizzie ... ähm ... nun ... seid ihr jemandem begegnet, den wir kennen?«

»Nein, niemandem.«

»Keiner alten Freundin oder etwas in der Richtung?«

»Nein.« Himmel, sie sorgte sich um fremde Frauen und dabei war ich es, die sie zu fürchten hatte. Es war grauenvoll.

»Und er hat dich einfach so in den Zug gesetzt? Ganz alleine?«

Jack lachte auf; er fand es lächerlich, wie Europäerinnen immerzu eines Mannes bedurften.

»Amerikanische Frauen gehen einfach los, wie sie wollen, da fragt niemand, ob sie das alleine können.«

»Es geht nicht ums Können, Mr Lexington, es geht um Ritterlichkeit.« Zum ersten Mal fiel mir auf, dass Flossie Jack noch immer bei seinem Nachnamen ansprach. Wie sie die Stirn runzelte und ihre Mundwinkel sich nach unten zogen! Sie ertrug ihn und seine laute Art immer weniger.

»Ja, sicher.« Zu Madeleine blickte er, feixte. »Ist ja nicht so, als wären wir Amerikaner Barbaren. Wir sind auch Gentlemen. Eine Lady in Not ist eine Lady, der ich helfe, keine Frage. Mrs Davies ist aber doch eine Geschäftsfrau, die ohne Hilfe auskommt.«

»Sie verstehen den Unterschied nicht, Mr Lexington.« Flossie war gereizt.

Sogar Jack begriff das. Er schob seinen Stuhl zurück, verbeugte sich und bot Madeleine den Arm. »Ich bringe Mademoiselle Dupont in ihre Unterkunft. Nicht wahr, Liebling, heute Abend hattest du keine Zeit für mich?«

»*Eh oui, chou-chou*, meine Tante reist an. Sie ist die Frau mit dem Geld. *À demain*, Florence?«

Flossie antwortete mit einem knappen Nicken und zog mich näher an ihre Seite. »Was ist vorgefallen, Lizzie? Hattet ihr einen Streit?«

»Aber nein, ich fühlte mich nur nicht in der Lage, zurückzusegeln.«

»Weshalb weißt du nicht, wann er nachkommt? Weshalb ist er nicht mit dir gefahren? Bestimmt hätte er das Boot auch in Toulon abgeben können.«

»Flossie, ich –«

»Also habt ihr euch gestritten. Meinetwegen? Oder weswegen sonst?«

Ich versuchte, irgendwie bei der Wahrheit zu bleiben, ohne Albert und Flossie den Weg zurück zu versperren. »Er glaubt nicht, dass du ihn noch liebst.«

»Aber das sagst du mir jeden Tag und ich sage dir immer wieder, dass du nicht über *meine*, sondern über *seine* Gefühle mit ihm sprechen sollst.«

»Flossie, ich kann dir eines versichern: Er hat keine Geliebte. Wirklich, da ist niemand.« Niemand außer mir und seine Geliebte war ich nicht, das war Wahrheit genug. Mir wurde übel.

»Weshalb habt ihr euch gestritten? Was verheimlichst du mir? Was ist da zwischen euch? Du und er, ihr beide –«

»Flossie, nein! Sieh, er ist unglücklich, weil –«

»Das hat er dir also eingeredet? Dass *ich* ihn unglücklich mache? Er ist es doch, der …« Eine Träne kullerte über ihre Wange.

»Flossie, die anderen Gäste schauen bereits.«

Mit hochgerecktem Kinn erhob sie sich, packte meinen Arm und zog mich ins Hotel. Sie brachte mich zu meinem Zimmer, erst dort ließ sie los. Doch sie sagte nichts, sah sich nur mit gerunzelter Stirn um. »Grundgütiger, Lizzie, wie sieht es hier denn aus?«

»Ich bin nicht sonderlich ordentlich, achte nicht darauf.«

»Nonsens. So hat dein Zimmer noch nie ausgesehen.« Mit spitzen Fingern hob sie eines meiner durchweinten Taschentücher vom Boden, stellte auch die umgestürzte Nachttischlampe wieder auf. »Du musst wie eine Wilde getobt haben. Das hast du im Pensionat schon getan, wenn dich etwas aufgebracht hat.«

»Ich –«

»Nein, du musst mir nichts erklären.«

»Ich denke, ich kann nichts mehr für dich tun. Ich sollte abreisen.«

Prüfend sah sie mich an, nickte. »Du bist bestimmt müde; ruh dich heute Abend aus.«

»Flossie, was immer du denkst –«

Sie lächelte, nahm meine Hand. »Gar nichts denke ich, Liebste. Es war wohl alles etwas viel. Entschuldige.«

Ich nahm an, sie verstand mehr, als ich ihr hatte verraten wollen, und doch umarmte sie mich und wünschte mir eine gute Nacht. Wäre sie nicht gegangen, ich hätte ihr alles erzählt.

Obwohl ich zur üblichen Zeit an der Frühstückstafel eintraf, fand ich niemanden unserer Gruppe vor. Ich widmete mich der Morgenzeitung, knabberte an einem Croissant und gab nach einer halben Stunde des Wartens auf. Alice lag vermutlich noch mit ihrem Lustknaben in den Kissen, aber Myrtle und Flossie hielten es zumindest in puncto Essenszeiten mit der Tradition. Ich fragte den *garçon*, ob meine Freundinnen bereits gespeist hätten, und hörte, sie hätten sich ihr *petit dejeuner* aufs Zimmer bestellt.

Frühstück im Bett? Das war etwas für Flitterwochen und Krankentage! So stieg ich also hinauf und klopfte an Flossies Tür. »Flossie, bist du da?«

Es blieb still, obwohl ich den Eindruck hatte, sie müsse im Raum sein. »Flossie, ist dir unwohl?«

Sie rührte sich nicht. Wenn sie denn wirklich auf ihrem Zimmer war. Ich begab mich zu Myrtle, die mir zwar öffnete, aber eigentümlich knapp antwortete. Nein, sie sei nicht krank, nein, sie wisse nicht, was mit

Flossie sei, sie sei mit niemandem böse und sie habe keinen Streit mit einem Verehrer.

»Aber Myrtle, etwas ist doch. Hat es mit mir zu tun?«

Da erst lächelte sie, schüttelte den Kopf. »Aber Dummerchen, wie kommst du darauf? Darf ich mir nicht den Luxus gönnen, im Bett zu frühstücken?« Dabei zwinkerte sie mir zu.

»Oh. Du hast Besuch?«

Sie legte einen Finger an die Lippen und wies zur Badezimmertür.

»Entschuldige bitte, das war nicht meine Absicht.« Ich glaube, ich errötete sogar – ich wollte mir Myrtle nicht mit einem der Tattergreise im Bett vorstellen und tat es doch. Es war kein Bild, das mir gefiel, und so stolperte ich rückwärts hinaus auf den Flur.

Ich überlegte, ob ich noch einmal zu Flossie gehen sollte, doch kaum bog ich um die Ecke, kam mir Jack entgegen. Breit lächelnd wie stets und womöglich noch lärmender als sonst grüßte er und fragte sofort, was denn seine Kunstsammlung mache. »Haben Sie das nächste Stück für meine Sammlung auftreiben können? Vielleicht mal was mit Blumen oder Palmen?«

»Blumen oder Palmen, ja nun, dann will ich mal schauen, ob ich –« Weiter kam ich nicht, denn er nahm mich an den Armen und schmetterte mir seine Liebe zu Mademoiselle Dupont ins Ohr. »Denken Sie sich nur, was Madeleine gestern Abend gesagt hat. Sie meinte, in mir schlummert mehr, als sie zu Anfang dachte, und dass ich ein interessanter Mann bin! Und dann hat sie mir gestattet, sie zu küssen! Ist das nicht sagenhaft? Das habe ich nur Mrs Smith-Babington zu verdanken!«

Ich heuchelte Begeisterung und floh auf mein Zimmer, holte Tasche und Mantel und verließ das Hotel, anstatt es noch einmal bei Flossie zu versuchen. Ich ahnte ja nicht, was geschehen würde, und bis heute weiß ich nicht, ob ich etwas hätte ändern können. Vielleicht würde ich diese Geschichte nicht erzählen, wäre ich im *Negresco* geblieben. Aber ich wusste nichts und ich vermutete nichts. Ich war noch immer die blauäugige Person aus dem kleinen, vergessenen Penzance und glaubte, was ich glauben sollte.

Ich spazierte zu Veras Atelier in der *rue Gutenberg*, wo ich den Vormittag damit zubrachte, Tee zu kochen, Sandwiches zu bereiten und die Fortschritte meiner Russin an ihrem neuesten Werk zu loben. Sie malte mit einer solchen Ausdruckskraft und Lebensfreude, dass ich nur staunen konnte.

Dieses Mal aber war nicht ich es, die ihr einen Vortrag hielt. Es war Vera, die ihr drolliges Englisch an mir übte. »Weißt du wohl, Betjuschka, war es doch Schicksal, dass du gekommen bist in mein Leben und hast verkauft mein Bild. Ein gelungenes Bild ist, ja? Und Kunde hat sich gefreut, hat erkannt, was ich will sagen? Ist Ansporn für mich. Wirst du finden guten Menschen für dieses Werk auch, meinst du?«

Das versprach ich und Vera lachte, tupfte mir übermütig Farbe auf die Nase. Noch nie hatte ich sie so überschäumend fröhlich erlebt. »Betjuschka, hast du viel getan für mich in kurzer Zeit, will ich tun etwas für dich. Immer versprichst du, was ich will haben, und meinst ernst. Ist lieb, aber denke erst, was *du* wirklich willst machen, bevor du versprichst Dinge, die du *nicht* willst machen.«

»Aber ich will deine Bilder verkaufen.«

»Meine ich nicht mich, meine ich überhaupt. Wenn du bist hier, ich höre gut zu. Und verstehe, du bist liebe Frau, die immer denkt an andere und immer glaubt, was andere sagen. Stimmt doch, ja?«

»Ich bin keine Idiotin, Vera.«

»Betjuschka, spiel nicht dummes Kind. Bist älter als ich, aber habe ich mehr gesehen von Welt. Ich kenne die Menschen, deshalb habe ich gesagt ja, als du fragst, ob ich will mit dir arbeiten. Du kannst erkennen, wer es meint ernst mit Künstler und Kunst. Du verstehst uns, bist ja Tochter deines Papas. Aber Gefühl sagt mir, du verstehst nicht, wenn es geht um anderes. Du nur glaubst, du kannst es. Ist aber nicht so.«

Ich dachte an Albert.

»Sehe ich an Nase, du weißt, was ich meine. Habe ich recht, ja?«

»Ein bisschen vielleicht. Aber ich bin keine Idiotin.«

»Hast du gesagt, ja. Und ich habe nicht gesagt, du bist. Aber Monsieur Perrier – er hat Geheimnis.«

»Welches Geheimnis?«

»Weiß nicht. Aber spüre es. Bist du vorsichtig mit ihm.«

»Mochtest du ihn nicht?«

»Mag ihn sehr. Alle mögen solche Mann. Manche Männer können damit umgehen, andere werden Monster.«

»Gaston ist kein Monster.«

»Habe nicht gesagt. Sage nur, sei vorsichtig.«

Das Gespräch wurde mir unangenehm. Ich hatte Gaston bereits einmal zu Unrecht misstraut, das wollte ich nicht wiederholen, da er nun endlich auch mir glaubte. Ich wechselte das Thema, neckte Vera, weil sie darauf bestand, Englisch mit mir zu sprechen, obwohl ihr Französisch perfekt war und meines auch recht flüssig.

»Habe ich deine Sprache nur kurz gelernt in Russland, dann kam schon Revolution. Wichtig, dass ich lerne. Solltest nicht lachen, sondern verbessern.«

Nun, auch das versprach ich und dieses Mal beschwerte sie sich nicht. Drei Stunden blieb ich bei ihr, dann suchte ich meine anderen Schützlinge auf und nahm ein Gemälde für Jack mit. Vom Atelier aus begab ich mich zur Bank, holte ein wenig Bargeld und setzte mich auf die Terrasse des kleinen Restaurants, das Gaston mir empfohlen hatte. Natürlich hoffte ich, er würde ebenfalls erscheinen. Vergeblich. So mit mir und meinen Gedanken allein gelassen, überlegte ich, was zu tun sei. Im Grunde nur eines: Ich war Flossie gegenüber in der Pflicht und ich musste ihr sagen, was geschehen war, gleichgültig, was Albert vorhatte oder wie sehr sie mich verachten würde.

Verständlicherweise zog es mich nicht allzu schnell ins Hotel zurück und obwohl das Bild unter meinem Arm schwerer wurde mit jedem Schritt, begab ich mich zu Maître Auguste und Madame Agnès. Ich ließ meine Haare waschen, ich kaufte ein Ensemble aus hellblauem Leinen und sogar Badekleidung, die mein altes Ich als zu gewagt angesehen hätte. Dann endlich fühlte ich mich gewappnet für die Rückkehr ins *Negresco*.

An der Rezeption deponierte ich das Gemälde und bat Monsieur Guilbert, es an Mr Lexington zu übergeben, wenn er ihn das nächste Mal sähe.

Der Empfangschef hob die Brauen. »Und was soll ich Monsieur Lexington sagen, wenn er fragt, weshalb er es nicht von Madame persönlich erhält?«

Eine berechtigte Frage leider, die ich schlecht ehrlich beantworten konnte. Was mir an diesem Tag so gar nicht fehlen würde, das wäre Jacks stundenlanges Palaver über ein Bild, von dem er nichts verstand, und noch mehr Schwärmerei von Madeleines edlem Profil. Ich behauptete daher, unter Migräne zu leiden und den Nachmittag in Ruhe verbringen zu wollen. Monsieur Guilberts Angebot, den Hotelarzt zu mir zu senden, lehnte ich ab und verabschiedete mich dankend. Ich musste hinter mich bringen, was ich mir vorgenommen hatte.

Ich suchte nicht erst mein Zimmer auf, sondern rannte zu Flossie. Ich klopfte an ihre Tür. Klopfte mit Nachdruck, rief ihren Namen, aber wieder war mir kein Erfolg beschieden. Ich suchte in der Bar nach ihr, auf der Terrasse und im Salon, aber sie blieb unauffindbar. Ich fragte Monsieur Guilbert, aber auch er hatte sie nicht gesehen. »Vielleicht ist Madame Smith-Babington mit ihrem Gatten ausgegangen?«

»Albert ist zurück?«

»Monsieur traf vor gut zwei Stunden ein, *oui*.«

»Und Sie haben sie nicht zusammen gesehen?«

»*Non*, Madame. Wir sehen unsere Gäste nur, wenn sie gesehen werden möchten.« Er lächelte. »Sie beispielsweise sind nicht hier, sondern kurieren Ihre Migräne aus.«

Auf seine Bemerkung ging ich nicht ein, ich hörte sie kaum. Ich war seltsam erleichtert. Wenn Albert im Hotel war und Flossie weder in ihrem Zimmer noch woanders, dann hatten beide sich vielleicht versöhnt? Mir wäre nie in den Sinn gekommen, mich eine Romantikerin zu nennen, aber dass ich das für möglich hielt, dass ich mir vorstellte, es lägen die beiden im Bett, glücklich vereint in jeder Hinsicht – nun, das konnte nur eine Romantikerin glauben.

»Merci beaucoup, Monsieur Guilbert. Hat Mr Lexington sein Gemälde eigentlich bereits erhalten?«

»Monsieur Lexington habe ich heute noch nicht gesehen, Madame.«

Das nun kam mir eigenartig vor, denn Jack war nie zu übersehen und noch viel weniger zu überhören. Es war bald vier Uhr und nie hielt es ihn über Stunden im Hotel, er flitzte immerzu hinein und hinaus. »Heißt das, Sie haben ihn nicht gesehen, oder bedeutet es, er wollte nicht gesehen werden?«

Der Empfangschef lächelte nichtssagend.

»Dann geben Sie mir das Bild bitte zurück, ich werde es Mr Lexington doch selbst überreichen.«

»Ah, Ihre Migräne hat sich gebessert, Madame?«

»Meine was? Oh, ja, natürlich, vielen Dank, Monsieur Guilbert.«

Dieses Mal nahm ich den Lift und fuhr zurück in die oberste Etage, in der sowohl die Smith-Babingtons als auch Jack und Myrtle ihre Zimmer hatten. Kurz legte ich das Ohr an Alberts Tür, konnte aber nichts hören. Auch bei Flossie lauschte ich. Mit demselben Ergebnis. Nun ja, sie hatte sich beklagt, es mangele ihr an

Leidenschaft, was also erwartete ich? Ekstatische Jubel-
schreie? Leise kichernd huschte ich den Flur entlang
bis zu Jacks Zimmer. Die Tür stand einen Spalt offen
und behutsam drückte ich sie auf. Ich rief nach ihm,
doch niemand war hier. Ich lehnte das Gemälde an die
Wand, setzte mich an den Sekretär und schrieb einige
Zeilen, in denen ich mich entschuldigte, sein Zimmer
betreten zu haben, und ihn darum bat, sich bei mir zu
melden, wenn er das Bild behalten wolle.

Ich glaube, ich sang einen französischen Schlager, als
ich die Treppen hinuntersprang. Wirklich, ich war ein
solches Schaf, ich kann es bis heute nicht begreifen.
Zwar stand mir eine Auseinandersetzung mit Flossie
bevor, aber das machte mir nichts; ich würde frei sein
von all dem hier. Jetzt wollte ich nur in mein Zimmer,
mich eine halbe Stunde ausruhen und dann in der
Stadt nach einer anderen Unterkunft suchen. Eine, die
nahe bei Veras Atelier lag und bezahlbar war. Diese Sache mit dem Kunsthandel, die hatte sich so schlecht
nicht angelassen, und es gefiel mir in Nizza. Vielleicht
würde ich hierbleiben und gelegentlich nach London
und Paris reisen, um im größeren Stil zu verkaufen.
Und vielleicht träfe ich noch einmal auf Gaston und
vielleicht würde er merken, wie reizend ich war, und
vielleicht würde ich am Ende sogar mit Flossie über
diese Episode in unserem Leben lachen. Nun ja, Letzteres war mehr mein Wunsch als meine Hoffnung.

Bester Laune eilte ich zu meinem Zimmer, steckte den
Schlüssel ins Schloss – und wunderte mich. Hatte ich
vergessen, abzuschließen? Hatte das Zimmermädchen
es vergessen? Achselzuckend zog ich den Schlüssel ab,
drückte die Klinke herunter und trat noch immer

trällernd in den Raum. Aus meinen Schuhen stieg ich, kickte sie von mir, schleuderte die Tasche aufs Bett und den Mantel hinterher. Dann meldete sich mein schlechtes Gewissen: Das Zimmermädchen hatte eine solche Mühe gehabt, die Ordnung wiederherzustellen, da sollte ich mich nicht wie ein verwöhntes Gör verhalten. Ich stellte die Schuhe auf das dafür vorgesehene Brett, hängte Mantel und Tasche an den Haken und riss die Fenster auf. Nach einem Bad war mir jetzt.

Ich öffnete die Badezimmertür. Das alberne Liedchen auf meinen Lippen verstummte. »Albert? Was machst du hier?«

Er drehte sich um. Ganz langsam. Man liest es gelegentlich in Romanen, wie ein Gesicht als grau beschrieben wird. Ich dachte immer, das sei Unsinn. Nicht das Einzige, worin ich mich geirrt hatte. Albert war aschfahl, selbst seine Kleidung schien jede Farbe verloren zu haben. Er starrte mich an. »Elizabeth ...«

Da erst sah ich das Messer in seiner Hand. Ein Messer, lang, groß, bräunlich-fleckig. Mein Kopf befahl mir, fortzulaufen, auf der Stelle. Meine Beine aber gingen auf Albert zu, hinein in den Raum.

»Elizabeth, ich weiß nicht, was ich tun soll.«

Ich nickte. Natürlich wusste Albert nicht, was er tun sollte. Ich wusste es auch nicht. Was tat man in einem solchen Fall? In der Badewanne lag Jack Lexington. Seine Beine hingen über den Rand, als sei er rückwärts gestolpert. Sein weißes Hemd war bräunlichrot verfärbt, Augen und Mund standen offen, die rechte Hand lag auf seinem Herzen. Es war grauenvoll.

»Elizabeth, was ist geschehen?« Albert wisperte, heiser und stockend.

»Sag du es mir.« Ich sah ihn nicht an, ich bewegte mich nicht vor und nicht zurück. Ich wollte fort und schaffte es nicht.

»Ich kann es nicht sagen, ich weiß es nicht.« Endlich ließ er das Messer fallen; es klapperte, als es auf die Fliesen traf. »Elizabeth, hast du mit Flossie gesprochen?«

Nun schaute ich ihn an. Wir standen neben der Leiche Jack Lexingtons und Albert wollte jetzt seine Ehe besprechen? Jetzt? »Wenn du wissen willst, ob ich ihr erzählt habe, was zwischen uns vorgefallen ist, dann nein, ich habe nicht mit ihr gesprochen.«

»Über was habt ihr gesprochen?«

»Albert! Das ist nicht wichtig!«

»Gibt es Wichtigeres als die Liebe?«

»Die Liebe? Es geht nicht um Liebe, es geht um Mord!«

»Wir beide, wir schaffen das. Gemeinsam schaffen wir alles.«

»Es gibt kein wir.« Geschah das wahrhaftig? Das war doch wohl ein schlechter Traum?

»Du musst deine Gefühle nicht verleugnen. Nicht um Flossies willen. Sie ist eine schlechte Frau.«

»Ich verleugne nichts. Du irrst dich in deinen Gefühlen.«

»Elizabeth, das meinst du nicht ernst. Wir sind doch –«

»Hier liegt ein ermordeter Mann!«

»Sicher, aber wir beide –«

»Ich liebe dich nicht. Und ich werde das auch niemals tun. Du bist der Mann meiner Freundin, das ist alles! Nein, fass mich nicht an! Rede mir nicht noch einmal von Liebe! Nie wieder!« Ich fand sein Verhalten so unangebracht, so egoistisch im Angesicht des Todes, dass mich seine verletzte Miene und sein sichtbares Ringen um Haltung nicht rühren konnten. Mitleid spürte ich nicht, dafür aber überkam mich für den Bruchteil einer Sekunde Angst.

Er trat einen Schritt zurück, schluckte. Nickte. »Das war unangebracht. Verzeih mir.«

»Was ist hier geschehen? Sage es mir!«

»Leise doch, man hört dich noch.«

»Es werden eh bald alle wissen, was passiert ist.«

»Was sollen wir tun?«

»Wir müssen die Polizei rufen.«

»Was wirst du ihnen sagen?«

»Was denkst du, sollte ich ihnen sagen?«

»Müssen wir –«

»Natürlich müssen wir sie rufen.«

»Natürlich, ja. Es war dumm von mir, an eine andere Möglichkeit zu denken.«

»Welche Möglichkeit, Albert? Welche Möglichkeit?«

»Wir könnten ihn zumindest auf sein Zimmer bringen.«

»Und dann?«

»Ich weiß es nicht, Elizabeth. Wie spät ist es?«

»Vier Uhr durch, denke ich.« Noch einmal sah ich zu Jacks totem Körper. Das Blut war braun, rostig sah es aus. »Seit wann bist du hier? Hier in meinem Zimmer.«

»Anderthalb Stunden wohl. Ich denke, ich habe einen Schock.«

Wenn er so lange mit dem Messer in meinem Bad gestanden hatte, hatte er damit gewiss recht. »Ich hole dir einen Brandy, das wird –«

»Nein, ich will nichts trinken. Rufe die Polizei, besser, ich habe das schnell hinter mir.«

»Aber was ist geschehen? Was tust du hier? Was tut Jack hier?«

»Ich weiß es nicht. Ich kann mich nicht erinnern.«

Wie ich auch versuchte, etwas aus Albert herauszubekommen, es war hoffnungslos. Er nahm an, er habe mich aufsuchen wollen, um mit mir über seine Liebe zu sprechen und darüber, was er tun solle, ja, er glaubte sich daran zu erinnern, an meine Tür geklopft zu haben, aber ab da sei alles wie in einem Nebel versunken.

Ich konnte es nicht länger aufschieben. Ich rief Monsieur Guilbert an und bat ihn, die Polizei auf mein Zimmer zu schicken. Der Empfangschef blieb gelassen; weiß der Teufel, was er alles in seinem Beruf erlebt hatte, dass die Erwähnung eines Toten ihn nicht aus der Fassung brachte. Ich hingegen bewältigte das Telefonat nur mit Mühe und lachte hysterisch auf, als Albert meinte, er bewundere, wie ruhig ich alles zu regeln verstünde. Er klang endlich wie der Freund, als den ich ihn angesehen hatte. Doch als ich mich zu ihm umdrehte, überfiel mich erneut Angst.

Dann nickte er mir zu, ein wenig gequält lächelnd. »Danke, Elizabeth. Ich bin froh, dass du dich kümmerst.«

Dreißig Minuten später saß ich in einem der Büros des *Negresco* und schilderte einem Polizeikommissar namens Merteuil, was ich erlebt hatte. Er schien nicht zufrieden mit mir und fragte mich wieder und wieder dasselbe: In welcher Beziehung ich zu den beiden Herren stünde, weshalb der Tote in meiner Badewanne liege und welchen Grund Monsieur Smith-Babington hatte, Monsieur Lexington zu erstechen.

»Monsieur le Commissaire, ich verstehe, dass Sie das wissen möchten, es geht mir nicht anders. Aber ich war seit halb acht Uhr morgens unterwegs und habe mein Zimmer vor einer Dreiviertelstunde erst betreten. Ich könnte nicht einmal behaupten, es habe Albert Mr Lexington getötet.«

»Was aber hatte Monsieur Smith-Babington in Ihrem Badezimmer zu suchen, Madame Davies? Pflegte er dort auf Sie zu warten?«

»Das pflegte er ganz sicherlich nicht zu tun! Er ist der Mann meiner besten Freundin.«

»Eh voilà, Sie kennen sich gut. Sie sind sich nahegekommen.«

»Nicht auf diese Weise!«

»Ich habe andere Erfahrungen gemacht, Madame.«

»Das tut mir leid für Sie, Monsieur le Commissaire.«

Ich nehme an, er fand meine Bemerkung unverschämt, denn sein Ton wurde unfreundlicher. »Wenn Sie also nicht wissen, was Monsieur Smith-Babington bei Ihnen wollte, dann wissen Sie vielleicht, was Monsieur Lexington dort tat? Oder ist auch er der Ehemann einer Ihrer Freundinnen?«

»Mr Lexington ist nicht verheiratet. Er ist verliebt in eine junge Frau namens Madeleine Dupont.«

»Und Mademoiselle Dupont ist keine Ihrer Freundinnen?«

»Ich kenne sie erst seit Kurzem.«

»Und Madame Smith-Babington kennen Sie wie lange?«

»Seit etwa zwanzig Jahren, Monsieur le Commissaire.«

»Sie sind also seitdem sehr eng befreundet?«

Gerne hätte ich die Frage bejaht, aber einen Polizisten lügt man nicht an. Zumindest dachte ich das damals. »Nun, wir haben uns eine Weile nicht gesehen.«

»Wie lange nicht, Madame?«

»Seit etwa zehn Jahren nicht.«

»*Eh oui*, das klingt nicht, als müssten Sie Rücksicht auf die Gefühle Madame Smith-Babingtons nehmen, wollten Sie eine Affäre mit ihrem Ehemann beginnen.«

»Das wollte ich nicht.«

»Weshalb war er in Ihrem Badezimmer, Madame?«

»Ich weiß es nicht, Monsieur le Commissaire.«

»Weshalb war Monsieur Lexington dort?«

»Ich kann es nicht sagen, Monsieur le Commissaire.«

»Haben Sie Monsieur Smith-Babington vielleicht herbeigerufen, weil Sie Hilfe brauchten?«

»Hilfe bei was?«

»Sie alleine hätten Monsieur Lexington nicht fortbringen können.«

»Was ich nicht wollte. Hätte ich Sie sonst rufen lassen?«

»Ah, das ist die Frage, Madame.« Merteuil winkte einen uniformierten Kollegen heran, der an der Tür Wache stand. »Bringen Sie Madame auf Ihr neues Zimmer.«

»Meine Sachen –«

»Werden Ihnen gebracht. Madame, nur dass wir uns recht verstehen: Sie bleiben bitte auf Ihrem Zimmer, bis ich wieder mit Ihnen sprechen möchte.«

Der Brigadier und ich durchquerten die Halle, als Flossie durch den Eingang trat, Arm in Arm mit Madeleine.

Sie zögerte einen kurzen Moment, dann eilte sie heran und zog mich von meinem Wächter fort.

»Lizzie, Liebste, was ist geschehen? Hat man dich bestohlen?«

Der Polizist trat zwischen uns. »Madame, bitte gehen Sie weiter, Sie stören eine Amtshandlung.«

»Eine Amtshandlung?« Flossie lachte. »Wer hätte gedacht, dass die französische Polizei noch steifer ist als unsere Ordnungsmacht. Kann ich dir irgendwie helfen?«

»Albert ist –«

Energischer als zuvor mischte sich der Brigadier ein. »Madame, kein Wort weiter. Bitte kommen Sie.«

Doch so leicht wurde er Flossie nicht los. »Lizzie, was ist mit Albert? Hat er ... Grundgütiger, sein Boot wird doch nicht gesunken sein?«

»Madame, treten Sie beiseite!«

Ich sprach weiter, hastig und leise. »Albert und Jack –«

»Mesdames!«

»Was hat Jack damit zu tun? Lizzie, du redest wirr. Wo ist Albert?«

»Der Commissaire ist jetzt bei ihm und –«

»Ein Kommissar?«

»Ich bin sicher, er hat Jack nicht getötet!«

»Was? Getötet? Aber was redest du denn da?«

»Mesdames! Ledoux, bringen Sie diese Dame zum Commissaire, und Sie, Madame Davies, kommen mit mir. Auf der Stelle!«

Gehorsam folgte ich ihm in ein viel kleineres Gästezimmer, in das ein Page eben meine Koffer räumte. Was dem Brigadier nicht gefiel. »Ist alles von meinen

Kollegen untersucht worden?«, bellte er den Jüngling an. Der nickte nur und sah zu, dass er davonkam.

»Durchsucht? Sie haben meine Sachen durchsucht? Weshalb?«

»Madame, seien Sie so gut, gehen Sie hinein und verhalten Sie sich ruhig.«

»Aber –«

Er funkelte mich streng an. Und wechselte die Taktik. Jetzt legte er mir begütigend die Hand auf die Schulter und erklärte, es sei all das nichts als Routine. »Immerhin ist doch ein Herr in Ihrem Zimmer zu Tode gekommen und sollte dieser Herr in unsaubere Geschäfte verwickelt gewesen sein, wie leicht mag er da etwas in Ihren Dingen versteckt haben.«

Das leuchtete mir zunächst ein, doch als ich allein war, sah ich meine Lage in einem düsteren Licht. Ich dachte nach: Wenn Jack etwas versteckt hätte, wie würde man wissen, ob es von ihm oder von mir war? Und diese Fragen, die der Commissaire mir gestellt hatte, sein Blick und dass ich mich nicht aus diesem Raum fortbewegen durfte – Himmel, er glaubte doch nicht etwa ernsthaft, ich hätte mit Jacks Tod irgendetwas zu tun?

It's Getting Out of Hand!

26. April 1921

Das erfuhr ich so bald nicht. Irgendwann klingelte Monsieur Guilbert an und fragte, was er mir an Speisen hochsenden dürfe. Da erst merkte ich, wie spät es bereits war. Ich bestellte einen Salat, doch selbst diese Kleinigkeit bekam ich kaum herunter. Danach brauchte es noch eine Stunde, bis ein Brigadier eintrat, das Schreibtischlicht anzündete, Block und Stift bereitlegte und stumm wartete, bis der Commissaire erschien.

Merteuils Stimmung hatte sich nicht gehoben. Forsch marschierte er zum Schreibtisch, nahm Platz und forderte den Brigadier auf, auch mir einen Stuhl zurechtzurücken. »Also, Madame Davies. Was hat sich in Ihrem Zimmer zugetragen?«

»Das wusste ich vorhin nicht und ich weiß es jetzt ebenso wenig.«

»*Ah non*, ich mag diese Spielchen nicht!«

»Ich spiele nicht, Monsieur le Commissaire.«

»Madame, ich behaupte nicht, Sie hätten Monsieur Lexington ermordet. Ich behaupte nicht einmal, Sie wären anwesend gewesen. Aber die Schuld an einem Tod haben nicht nur jene, die die Waffe führen, und wenigstens einer der Herren hatte bestimmt guten Grund, in Ihrem Zimmer zu sein.«

»Dann wissen Sie mehr als ich.«

»Ich will Ihnen sagen, was ich weiß. Und Sie, Madame, überlegen, ob Sie es nicht genauso halten wollen.« Damit lehnte Merteuil sich zurück und erklärte, was er sich zusammenreimte. Er hatte aus nicht genannter Quelle erfahren, dass Albert und ich ohne jegliche Begleitung nach Toulon gesegelt und dort über Nacht geblieben waren. Das war für ihn eine klare Angelegenheit. Weniger klar war ihm, weshalb ich ohne Albert zurückgekehrt war; ein Streit unter Liebenden sei vermutlich die Ursache. Um diesen zu beenden, sei Albert in mein Zimmer gekommen, wo er den armen Monsieur Lexington getötet habe. »*L'amour toujours, n'est-ce pas?*«

»Aber das ergibt keinen Sinn. Was sagt Albert zu all dem?«

»Monsieur Smith-Babington verweigert die Aussage. Er behauptet, sich nicht erinnern zu können.«

»Dann braucht er einen Arzt. Was haben Sie in dieser Hinsicht unternommen?«

»Madame Davies, haben Sie sich mit Monsieur Smith-Babington abgesprochen? In welcher Beziehung stehen Sie zu ihm?«

»Er ist der Ehemann meiner Freundin, das wissen Sie bereits. Wäre es nicht wichtiger, herauszufinden, wer Mr Lexington ermordet hat? Wer hatte denn ein Interesse an ihm außer Mademoiselle Dupont?«

»Sie beschuldigen eine Dame, von der Sie eben noch sagten, Sie kennen sie kaum?« Mit Schwung beugte der Commissaire sich vor. »Sehen Sie, ich habe bereits mit Mademoiselle Dupont gesprochen. Wissen Sie, was sie andeutete? Dass Sie sie nicht mochten. Und sie kann sich nicht erklären, weshalb. Vielleicht störte es Sie, Madame, dass Monsieur Lexington sich nicht allein für Sie interessierte?«

»Nun soll auch noch Jack sich für mich interessiert haben? Er war leidenschaftlich verliebt in Madeleine!«

»Wollen Sie sagen, es habe Mademoiselle Dupont Monsieur Lexington ermordet? Weshalb hätte sie das tun sollen?«

»Das wollte ich nicht sagen und das nehme ich auch nicht an. Aber wenn sie es getan hätte, so hätte sie vermutlich mehr Grund dazu als ich. Jack fiel ihr vermutlich auf die Nerven.«

»Nach allem, was ich über Monsieur Lexington gehört habe, war er ein harmloser junger Mann, der sich kaum an eine Dame herangemacht hätte, die mit einem anderen verlobt ist.«

»Verlobt? Mit wem soll sie verlobt sein?«

»Mit einem Italiener. Charmanter Herr, der Sie, Madame, als eine kühle Dame beschrieben hat, die er für fähig hält, Herren am Gängelband zu führen.«

»Sie sprechen von Signore de Luca? Aber ich kenne ihn noch weniger als Madeleine! Er saß an einem einzigen Abend mit uns in der Oper und ich habe kein Wort mit ihm gewechselt! Ich würde ihn nicht einmal wiedererkennen, wenn ich ihm auf der Straße begegnete!«

»Er sagte etwas in dieser Richtung. Er meinte, Sie seien zu beschäftigt damit gewesen, Monsieur Smith-Babington zu unterhalten und Monsieur Lexington sein Geld für schlechte Kunst aus der Tasche zu ziehen.«

»Aber nicht ich habe Jack Gemälde verkaufen wollen, er war es doch, der das wollte! Und seit wann ist Signore de Luca mit Madeleine verlobt? Jack machte sich in den letzten Tagen berechtigte Hoffnungen auf sie.«

»Sie sind die Erste, die das erzählt. Eigenartig, *n'est-ce pas?*«

»Was sagt Flossie dazu? Mrs Smith-Babington?«

»Ah, sehen Sie, Madame, in diesem Punkte haben Sie die Wahrheit gesagt: Sie ist eine sehr gute Freundin, die Ihnen die Treue hält, egal, was gegen Sie spricht. Sie schwört, Sie wären nicht die Geliebte Ihres Mannes und Sie hätten niemals versucht, Monsieur Lexington von Ihren Qualitäten zu überzeugen. Sie hält alles, was ich über Sie sage, für blanken Unsinn.«

»Was es auch ist.« Mein Kopf dröhnte, ich konnte mich kaum noch aufrecht halten vor Erschöpfung. Heftig massierte ich meine Schläfen und konnte doch den Druck nicht lösen.

»Oh, Madame, sprechen Sie nun nicht von Ihrer Migräne. Sie sollten eine schlechte Ausrede nicht zweimal an einem Tag verwenden.«

»Ich weiß nicht, was Sie meinen, Monsieur le Commissaire.«

»Sie behaupteten gegenüber Monsieur Guilbert, unpässlich zu sein. Sie verlangten von ihm, ein Gemälde von zweifelhaftem Wert an Monsieur Lexington zu übergeben. Sie rannten durch das Hotel, angeblich auf der Suche nach ihm und Madame Smith-Babington. Sie gaben sich große Mühe, Ihr eigenes Zimmer nicht aufzusuchen.« Er presste beide Hände auf die Tischplatte, stemmte sich hoch und blickte finster auf mich hinab. »Madame Davies, wenn ich Ihnen einen Rat geben darf: Denken Sie gut darüber nach, ob es sich lohnt, etwas vor mir zu verbergen. Es ist besser, Sie gestehen, was zu gestehen ist, bevor ich es herausfinde. Ein solches

Geständnis kann vor Gericht einen enormen Unterschied ausmachen.«

»Was Sie mir unterstellen wollen, ist –«

»Nein, antworten Sie mir nicht jetzt, gehen Sie schlafen, ich bin kein Unmensch. Brigadier, Sie passen heute Nacht auf, dass Madame keine Dummheit begeht.«

Zunächst befolgte ich Merteuils Rat. Eine gute Stunde lang grübelte ich darüber nach, wer was gesagt hatte und was ich tun sollte. Das Klügste wäre gewiss, ihm zu erzählen, weshalb Flossie mich hierhergeholt hatte. Damit allerdings brächte ich meine Freundin – und mehr noch Albert – in Bedrängnis. Ein Mann, dessen Gattin an seine Untreue glaubte und sehr viel Geld ausgab, ihn von einer Freundin überwachen zu lassen, wäre in den Augen des Commissaire vielleicht ein Mann, dem auch ein Mord zuzutrauen sei. Und vermutlich ginge er noch einen Schritt weiter und hielte mich für eine Person, die für Geld *alles* täte. Wie ich es auch drehte und wendete, die Wahrheit schien mir ungeeignet für Merteuil.

Ich befand mich in einer verzwickten Lage und so tat ich, was ich immer getan hatte, wenn mich etwas bedrückte: Ich legte mich zu Bett und hoffte auf den neuen Tag, der alles veränderte. Einzig Kakerlaken konnten meine Nachtruhe verhindern, Sorgen nie.

Mitten in der Nacht schrak ich auf, als eine Hand mich an der Schulter berührte und sich sogleich über meinen Mund legte. »Leise, sonst hört dich dieser grässliche Brigadier. Ich musste die halbe Nacht warten, bis er endlich einschlief.« Flossie setzte sich neben mich.

»Wie geht es dir, Liebste? Hat dieser Kommissar nicht ein entsetzliches Theater veranstaltet?«

»Wie bist du hereingekommen?«

Flossie kicherte. »Erinnerst du dich nicht, wie wir damals unsere Mitternachtsfeiern abhielten? Die alte Godsworth lauerte auf dem Flur und wir kletterten über die Fenster ein. Hier sind wir gerade einmal im ersten Stock und Balkone hat es auch, es ist ein Kinderspiel.«

»Du willst nicht sagen, du betätigst dich ausgerechnet im *Negresco* als Fassadenkletterin? Man wird dich für eine Juwelendiebin halten.«

»Es ist dunkel und keiner kann uns sehen. Zieh dich rasch an, nimm nur das Nötigste und dann raus mit uns.«

»Wie?«

»Nun mach schon. Lizzie, ich traue diesem Merteuil nicht, er macht es sich zu leicht. Du musst fort, unbedingt.«

»Ich kann doch nicht vor der Polizei fliehen. Er wird mich noch für die Mörderin halten.«

»Das befürchte ich auch. Lizzie, bitte, eile dich.«

»Flossie, ich kann doch nicht mein Leben lang flüchten.«

»Dummerchen, natürlich nicht. Schau, ich kümmere mich erst um Albert –«

»Wo ist er?«

»Was denkst denn du? Im Gefängnis natürlich. Immerhin hatte er doch das Messer und der arme Jack ...« Sie verstummte, lehnte sich an mich.

Ich spürte etwas Nasses an meiner Schulter. »Weinst du?«

»Nein«, behauptete sie und schluchzte. »Weshalb hat Albert das getan?«

»Vielleicht war er es nicht.«

»Wer sonst könnte es gewesen sein? Aber nun rede nicht, zieh dich endlich an. Ich kann mich nicht um euch beide zugleich kümmern, das siehst du doch ein? Merteuil hat ja klargemacht, dass er dich für Alberts Komplizin hält.«

»Dieser verfluchte Segeltörn. Ich wusste, ich hätte hierbleiben sollen.«

»Ja, das sehe ich jetzt auch. Aber nun musst du verschwinden, verstecke dich einige Tage, bis Albert heraus ist und ich eine Lösung gefunden habe.«

Ich zögerte. »Merteuil ist doch immerhin Kommissar, er kann nicht ohne Erfolge sein.«

»Das wäre schön, aber Gaston hält ihn für eine Niete, die nur wegen guter Beziehungen auf diesen Posten gelangt ist.«

»Gaston?«

»Aber ja.«

»Und meint auch er, ich solle gehen?«

»Natürlich.«

»Wohin denn?«

»Zu deiner kleinen Russin vielleicht? Nur ein oder zwei Nächte?«

»Dort wird man bestimmt nach mir suchen.«

»Dir wird etwas einfallen. Lass mich wissen, was du tust, ja?«

»Und Gaston ist auch der Meinung, ich solle fliehen?«

»Er nannte Merteuil gemeingefährlich.«

Jetzt zögerte ich nicht länger. Ich zog ein Kleid an, schlüpfte in weiche Schuhe und packte mein

Necessaire, stopfte auch mein Geld dort hinein und folgte Flossie über das Balkongitter. So leicht, wie sie es dargestellt hatte, war es nicht: Von Balkon zu Balkon balancierten wir über schmale Simse. Es hätte nicht viel gefehlt und mein Problem hätte sich endgültig gelöst. So kletterten wir bis auf die Rückseite des Hotels, wo wir zu einem Zimmer kamen, das Flossie zuvor als leer stehend ausgemacht hatte. Hier hatte sie ihren Ausflug begonnen und hier endete er für sie. Fest umarmte sie mich und schob mich hinaus in den unbewachten Flur. »Geh durch die Bar auf die Terrasse, dort habe ich die Türe geöffnet. Dann lauf. Und pass auf dich auf.«

Ich rannte die menschenleere *Promenade des Anglais* entlang. Noch war es kalt, aber ich fühlte mich großartig. Was nicht das Gefühl war, das ich erwartet hätte, hätte ich jemals angenommen, ich müsse vor der Polizei fliehen. Natürlich sorgte ich mich; irgendwo trieb schließlich ein Mörder sein Unwesen. Wenn man den nicht schnappte, wartete entweder auf Albert oder auf mich die Guillotine. Das waren keine Aussichten, die eine kluge Frau als aufregend und belebend bezeichnet hätte. Und doch musste ich mehr als einmal die Hand auf den Mund pressen, um mein aufsteigendes Lachen zu unterdrücken, denn das hier, das war aufregend und belebend und im Grunde glaubte ich nicht, wahrhaftig in Gefahr zu sein. Es war einfach zu absurd, was geschah, um mich zu verängstigen.

Ich lief dann doch zu Vera. Sie hatte mir einen Schlüssel zu ihrer Unterkunft überlassen und leise ließ ich mich ein, tapste auf Zehenspitzen zu ihrem Diwan und rollte mich zusammen. Es war immerhin nicht einmal vier Uhr in der Frühe. An Schlaf aber war nicht zu denken. Vera war den Banden mordlustiger Bolschewiki entkommen und so spürte sie wohl auch meine Anwesenheit. »Betjuschka, was du machen auf mein Sofa? Du nicht mehr hast schöne Zimmer in schöne Hotel?«

Die Wahrheit wollte ich ihr nicht sagen. Nicht, weil sie zu Merteuil gerannt wäre; das hätte sie niemals getan. Aber früher oder später würde der hier auftauchen und sie sollte nicht für mich lügen müssen. Ich wollte ihr irgendetwas von der Schönheit der Nacht erzählen, aber so weit kam ich nicht.

»Was du hast vor, Betjuschka? Hat es zu tun mit Gaston, ja?«

Gaston? Nun, immerhin hatte er mir zur Flucht geraten. Ich nickte zögerlich.

»In Bett ist er gut, ja?«

Ich verschluckte mich und hätte ihr lieber die Wahrheit gestanden, als solche Fragen zu beantworten. Ich befürchte, ich war prüder, als es die neue Mode gestattete.

»Hat er andere Freundin oder willst du mehr, als er will geben?«

»Oh, ich muss nur einmal in Ruhe nachdenken. Die gute Gesellschaft ist dafür zu laut.«

»Da du kommst zu mir? Bin ich nicht gute Gesellschaft?«

»Du bist die beste Gesellschaft.«

»Dachte ich mir. Du willst schlafen?«

»Am liebsten, ja. Und wundere dich nicht, es mag sein, ich werde einige Tage nicht kommen.«

»Gaston fährt fort mit dir? Wird schöne Zeit werden. Genieße, Betjuschka.«

Ich schämte mich und denke heute noch, ich hätte sie nicht anlügen sollen, dann hätte ich womöglich schneller herausgefunden, was vor sich ging.

Ganze zwei Stunden schlief ich, dann war ich hellwach und schimpfte mich eine Idiotin, hier herumzuliegen, anstatt nach einem Versteck zu suchen. Hastig schlüpfte ich in meine Schuhe, schnappte mir eines von Veras bunten Tüchern und band es um meine Haare. Dazu stibitzte ich einen roten Samtmantel, der noch von ihrer Mutter stammte und es in seiner abgewetzten Pracht schaffte, mich von der Kunsthändlerin zur Künstlerin zu verwandeln. So huschte ich aus dem Atelier hinaus auf die *rue Gutenberg*.

Jetzt kam es gelegen, dass ich so viel Zeit damit verbracht hatte, durch die Stadt zu stromern – ich kannte mich gut aus und vermied jene Orte, an denen die meisten Brigadiere zu patrouillieren pflegten. Was hatte ich vor?

Nun, zunächst würde ich mich als eine Tochter des biederen Bürgertums ausgeben, das eben erst in den Genuss von Ferien kam. Ich hatte Albert gut zugehört, als er von den Veränderungen in Nizza sprach; davon, wie es nun schick wurde, im Sommer statt im Winter zu kommen, und dass sich das auch wieder nur die Reichen leisten konnten. Wer weniger Geld hatte, der kam jetzt. Und es sollte doch mit dem Teufel zugehen, wenn ich, die doch Flossies gut situierte Freundin gespielt hatte, nicht auch eine Londoner Stenotypistin darstellen könnte, die eine winzige Erbschaft für das

Abenteuer ihres Lebens ausgab! Da ich nicht zur Bank konnte und kein Vermögen in meinem Necessaire herumtrug, würde ich meine Rolle ausgesprochen lebensecht gestalten.

So lebensecht, dass mir nicht viel anderes übrig blieb, als ein großes Risiko auf mich zu nehmen: Ich beging meine erste Straftat. Am Bahnhof würden bald die Nachtzüge eintreffen und jene Fahrgäste entlassen, die nicht auf Seide gebettet mit dem *Mediterrané Express* reisen konnten. Unter diesen Reisenden würde sich mit etwas Glück eine übermüdete Dame befinden, deren Kleidung mir passte. Anders wusste ich mir nicht zu helfen.

Ich betrat den Bahnsteig und ging hochaufgerichtet an den beiden Polizisten vorbei, die dort miteinander plauderten. Einer von beiden sah mir nach, lächelte und grüßte. Ich erwiderte den Gruß. Und fand es bei aller Furcht herrlich. Etwas stimmte nicht mit mir, das wurde immer klarer. Es konnte und durfte nicht sein, dass mir all das Vergnügen bereitete. Das war dumm, das war schändlich, das war … himmlisch! Wie in einem Roman fühlte ich mich und doch so ganz und gar im echten Leben! Ich strebte voran, schaute auf den Fahrplan. Fünf Minuten, dann sollte ein Zug aus Paris eintreffen.

Die Polizisten hatten sich nicht fortbewegt, also bummelte ich in die Schalterhalle; ich wollte es nicht übertreiben und vor deren Nase meine Diebeslaufbahn beginnen. Ich zählte die Minuten. Endlich fuhr der Zug ein, es strömten die Menschen von den Bahnsteigen, liefen links und rechts und durcheinander, riefen nach Gepäckträgern und Droschkenfahrern, fingen ihre

Sprösslinge ein, schimpften mit ihren Ehegesponsen, klagten über Müdigkeit und Hunger und veranstalteten ein solches Tohuwabohu, dass es selbst für mich leicht war, einen schäbigen kleinen Koffer an mich zu nehmen und ungesehen davonzukommen.

Himmel, was zitterten meine Hände, was waren meine Knie weich! Ich erwartete jeden Augenblick, entdeckt zu werden, ich meinte schon die Rufe nach der Diebin zu hören, und doch geschah nichts, als dass ich in aller Ruhe den Bahnhofsvorplatz überquerte und in der Menge verschwand. Einzig, als ein Herr von mir erfahren wollte, wo er billig frühstücken könne, da wurde mir ein wenig flau zumute. Aber er bedankte sich höflich, schaute das gestohlene Köfferchen nicht an und auch an mir bezeigte er keinerlei Interesse.

Bis hierhin war alles gut gegangen, nun musste ich mich noch umziehen. Ich suchte mir ein Bistro, das es mit prompter Bedienung nicht allzu genau nahm. So leicht, wie es mir auch dieses Mal gemacht wurde, erschien es mir erstaunlich, dass sich nicht viel mehr Menschen einer kriminellen Karriere zuwandten. Ich marschierte in den leeren Gastraum und verschwand im WC, das – ich muss es leider sagen – nicht die hervorragendste Errungenschaft der Franzosen ist. Bemüht, möglichst wenig zu atmen, öffnete ich das Köfferchen und unterdrückte ein Jubeln; ich hätte nicht besser wählen können. Wahrhaftig gehörte die gräuliche Garderobe einer Miss Henrietta Havisham aus Hackney und das einfache Leinenkleidchen passte, als wäre es für mich gemacht. Sogar eine runde Brille fand ich unter ihren Sachen, deren Gläser zum Glück nicht so stark waren, um mich ernstlich in Gefahr zu bringen.

Ich war meiner unfreiwilligen Spenderin von Herzen dankbar. Wenn ich heil aus dieser Angelegenheit herauskäme, so wollte ich Henrietta mit Freuden eine neue Garderobe senden. Sorgfältig entfernte ich das Gepäckschild und steckte es in mein Necessaire, dann verließ ich das Örtchen und setzte mich an einen Tisch. Ich bestellte bei dem nur widerwillig herbeischlurfenden Kellner ein kleines Frühstück und gab mich insgesamt so englisch, wie es ein Mädchen aus Cornwall nur vermag.

Da hockte ich nun, verspeiste ein verbranntes Brioche, trank wässrigen Kaffee und überlegte, wie es weitergehen sollte. Ein Zimmer würde ich mieten, natürlich. Aber wie? Ich konnte mich schlecht als Miss Havisham ausgeben, die vermutlich längst die Polizei von ihrem Verlust in Kenntnis gesetzt hatte. Ebenso wenig konnte ich als Mrs Davies oder Miss Teague auftreten und auch sonst konnte ich nicht irgendeinen Namen angeben, ohne mich auszuweisen. Oder?

Ich schauderte, als ich an meine erste Nacht in Nizza dachte. Die hatte ich an einem Ort verbracht, an dem ich keinerlei Papiere hatte vorlegen müssen. Selbst der pingeligsten Kakerlake war mein Name egal. Wenn ich dort noch einmal ein Zimmer bekäme, was tat ich dann? Fiele es dem Wirt auf, wenn ich nie ausging? Bestimmt ließ Merteuil nach mir fahnden und vielleicht würde ich sogar in den Zeitungen erwähnt werden – da würde ein Hotelier wohl misstrauisch werden, wenn eine Frau britischer Herkunft sich auf seinem miesen Zimmer einigelte. Aber wenn nicht nur mein Name, sondern auch meine Beschreibung überall aushinge, konnte ich es dann wagen, durch Nizza zu laufen? Was also tun? Zurück zu Vera? Ausgeschlossen. Auf Merteuils Können bauen? Auf gar keinen Fall. Mich nach England durchschlagen? Verlockend, aber zu gewagt. Mein Glück in der Pension versuchen?

Ich seufzte, bat um die Rechnung, zahlte und machte mich auf den Weg zu diesem Ort, der mich mehr ekelte, als ich sagen konnte.

Eine Stunde später hockte ich zitternd vor Wut auf der schmuddeligen Treppe der Pension. Nicht einmal während meiner Zeit mit Lavinia war ich mir so einsam und verraten vorgekommen wie nun. Ich wusste nicht mehr, was ich glauben sollte. Wie hatte ich mich so sehr in Flossie täuschen können? War ich denn so blind und taub und dumm?

Ich hatte minutenlang gewartet und dann zaghaft nach dem Wirt gerufen. Als sich niemand meldete, stellte ich den Koffer ab und marschierte von Zimmer zu Zimmer, sah mich um. Und gestand mir ein, dass ich Flossie in die Falle getappt war, wenn mir deren Sinn auch nicht erklärlich war. Hätte ich damals – an meinem ersten Abend und meinem ersten Morgen – die Augen aufgemacht, dann säße ich nun nicht auf diesen Stufen und zweifelte an meinem Verstand, der nicht wahrgenommen hatte, was so offensichtlich war: Dieses Haus stand seit Jahren leer. Kein Mensch wohnte hier, niemand kümmerte sich um die allmählich verfallenden Zimmer. Deshalb hatte es kein warmes Wasser gegeben, deshalb war alles verrostet und verdreckt, deshalb hatte niemand auf mich gewartet oder mich verabschiedet. Ich hätte es bemerken müssen, aber viel zu sehr hatte ich mich über mein vermeintliches Glück und meine großzügige Freundin gefreut. Ich hatte viel zu lange abseits der Welt gelebt und war dem typischen Vorurteil meiner Landsleute aufgesessen, das besagte, es hätten die Franzosen keinen Sinn für Sauberkeit.

Ich wusste nicht, was ich tun sollte. Wo sollte ich hin, wem konnte ich vertrauen und was genau hatte Flossie mit mir vor? Hatte all das überhaupt einen tieferen Sinn? Vielleicht war es doch nur genau das, was sie behauptet hatte: eine Möglichkeit, mich so lange vor allen zu verstecken, bis aus der unscheinbaren Witwe die elegante Schulfreundin geworden war. Aber dann wieder fragte ich mich, weshalb das so wichtig gewesen war. Hätte sie mich nicht auch als ihre liebe, aber verarmte Schulfreundin vorstellen können? Hätte die Wahrheit meine Aufgabe irgendwie erschwert? Wäre Albert dann nicht mit mir auf Radtouren gegangen? Hätten Myrtle und Alice nicht mit mir gesprochen? So, wie ich sie kennengelernt hatte, wäre der Unterschied kaum spürbar gewesen – wirklich etwas von ihnen erfahren hatte ich sowieso nie; unsere Gespräche waren allesamt oberflächlich geblieben. Je länger ich hier saß und grübelte, desto weniger verstand ich, weshalb ich alles hingenommen hatte, was Flossie mir sagte.

Endlich erhob ich mich. Etwas musste passieren. Ja, ich sollte Merteuil aufsuchen und ihm berichten, was ich erlebt und entdeckt hatte! Flossie hatte mich in diese Flucht gedrängt, also wäre es das Vernünftigste, das Gegenteil von dem zu tun, was sie wollte. Oder nicht? Ich rief mir die beiden Unterhaltungen mit dem Commissaire in Erinnerung. Mein Freund war der auch nicht und in der Zwischenzeit mochte ihm Flossie sonst etwas über mich erzählt haben. Nein, zu Merteuil konnte ich nicht.

Und dann auf einmal fühlte ich mich fast so stark, wie ich es als junges Mädchen gewesen war. Ich würde nicht fortlaufen und ich würde nicht vor einem Kommissar zu Kreuze kriechen, von dem ich nichts hielt. Ich würde herausfinden, was wirklich geschehen war! Ich würde Beweise sammeln, sie vorlegen und als Unschuldige aus dieser Angelegenheit herauskommen! Wenn Flossie glaubte, sie könnte mich hereinlegen, dann hatte sie sich getäuscht! Ich überlegte. Würde sie mich hier vermuten? Vielleicht, aber sie würde es sich nicht leisten können, Merteuil von diesem Ort zu berichten; das machte sie selbst verdächtig.

Ja, ich würde hierbleiben. Und machte mich an die Arbeit. Es war ein Glück, dass Thomas mich so oft in die Brauerei mitgenommen hatte, wenn wieder einmal eine Anlage nicht tat, was sie sollte, oder ein Ofen nicht brannte – jetzt war ich in der Lage, den Heizkessel in Gang zu setzen, und konnte mich am warmen Wasser erfreuen. Dann räumte ich alles, was ich an brauchbaren Möbeln, Decken und Kissen fand, in den Speiseraum, der auf einen dunklen Hof hinausging, aus dem wiederum eine brüchige Tür in ein anderes Haus führte – eine Tür, die sich öffnen ließ, das hatte ich bereits geprüft. Ich bildete mir ein, somit einen Fluchtweg zu haben, sollte Merteuil doch hierherfinden.

Zwei Stunden schuftete ich, dann ging ich daran, mich mit Klämmerchen, Puder und Lippenstift in eine Frau zu verwandeln, die der Kunsthändlerin Elizabeth

Teague möglichst unähnlich war. Ich probierte Miss Havishams Garderobe durch und war endlich so grau und unscheinbar, dass ich mich in die Stadt wagte, um einzukaufen – vor der Detektivarbeit stand zunächst einmal mein leibliches Wohl. Sowieso hatte ich keine Idee, wie ich vorgehen sollte.

Doch wieder kam mir das Schicksal zur Hilfe. Nicht, dass es Commissaire Merteuil den wahren Täter vor die Füße geworfen hätte, nein, es schubste mich auf den richtigen Weg. Ich hielt mich fern von der feinen Innenstadt Nizzas mit ihren vornehmen weißen Häusern und den breiten Boulevards; ich blieb in der Altstadt, in welche die feinen Leute nur selten den Fuß setzten – zu eng, zu laut und zu schattig war es, als dass man länger dort hätte spazieren wollen. Ich aber liebte dieses *quartier* mit seinen pastellfarbenen Gebäuden, die schmal in den immerblauen Himmel aufragten. Ich liebte die verwinkelten Gassen, in denen man sich leicht einmal verirren konnte. Ich liebte die Plätze, die sich überraschend öffneten und zum Verweilen einluden. Ich liebte, wie hier das Leben sprudelte und sich zeigte in den über die Straßen gespannten Wäscheleinen, den vielen Kochstuben und den lauten Gesprächen. Ich fühlte mich daheim.

Jetzt aber huschte ich mit gesenktem Kopf durch die Gassen und kaufte ein, was ich in den nächsten Tagen essen wollte; ja, ich vergaß über Gemüse und Baguette beinahe, dass ich nicht in den Ferien war. Vollbepackt machte ich mich auf den Rückweg, bog ein in die *rue Pairolière*, als ich eine vertraute Stimme vor mir hörte.

»Jean, hier bin ich!«

Madeleine Dupont! Erschrocken wich ich zurück und beugte mich über einen Tisch, auf dem Salate und Gurken feilgeboten wurden. Jean? Wer war denn bitte Jean? Und was machte Madeleine hier, keine zwei Ecken von meinem Versteck entfernt? Ich blickte auf. Und sah vom anderen Ende der Straße Signore de Luca auf mich zukommen. Oder vielmehr auf seine Verlobte; mich nahm er nicht wahr. Wie auch ich musste er wohl in Einkäufen unterwegs gewesen sein, denn er trug einen Korb am Arm.

Ich nahm einen Salatkopf auf, wog ihn, griff nach einem anderen und spielte die wählerische Touristin. Was gar nicht nötig gewesen wäre, denn das Pärchen sah nicht einmal in meine Richtung. Kaum war Signore de Luca bei Madeleine angelangt, da fragte sie ihn, ob er Merteuil habe überzeugen können.

Das habe er, entgegnete er, sie müsse sich keine Sorgen wegen Jack machen, die Sache sei mehr oder weniger gefressen.

Sie lobte ihn, hing sich bei ihm ein, und fragte, ob er herausgefunden habe, wo die kleine Russin sei.

Auch das habe er und mehr noch, er habe ihr bereits einen freundschaftlichen Besuch abgestattet.

Vera? Was wollten die beiden von Vera? Was hatte sie mit ihnen zu tun? Und was hatte Signore de Luca dem Kommissar gesagt? Und weshalb eigentlich war sein italienischer Akzent verschwunden? Wie war aus Giovanni ein Jean geworden?

Ganz nah gingen die beiden an mir vorbei, ohne mich zu bemerken. Ich blickte ihnen vorsichtig nach. Vertraut schienen sie, ja, sogar verliebt. Was mich irgendwie verwunderte. Nun, ich war neugierig und folgte ihnen. Zwei Mal glaubte ich, sie müssten mich entdecken, und doch schauten sie sich nicht um. Vertieft in ihre Unterhaltung strebten sie Arm in Arm durch die Gassen bis hinunter zum Hafen. Dort angekommen flanierten sie gemächlich über die Promenade und wirkten irgendwie mehr wie die Personen, die ich bislang in ihnen gesehen hatte. Bildete ich es mir ein oder spielten auch sie Theater? Dann traten sie durch das Tor eines unmittelbar am Hafen gelegenen, ockergelben Hauses. Hier also residierte Madeleine, hierhin also war Jack Tag für Tag gepilgert.

Ich konnte nicht sehen, ob sie im Inneren verschwanden oder auf einem Hof standen. Konnte ich es riskieren, näher heranzugehen? Was sonst sollte ich tun? Langsam spazierte ich voran. Lauschte. Und hörte die Stimme einer alten Frau, die fragte, weshalb sie so lange habe warten müssen. Mürrisch klang sie, gemein sogar.

»Ah, *ma tante*, schimpfe uns nicht gleich aus!« Das war de Luca und Madeleine schloss sich an: »Du solltest uns loben! Wir haben gute Arbeit geleistet.«

Eine Tür knallte, ein Fenster schloss sich. Ich wartete, doch nichts war mehr zu hören. Nun, was immer es mit Madeleine und de Luca auf sich hatte, ich wusste, was als Nächstes zu tun war: Ich musste zu Vera. Sofort.

When It Rains, It Pours

26. April 1921

Gut vierzig Minuten eilte ich durch die in brütender Hitze liegenden Straßen und Gassen. Mein Magen knurrte, ich hatte Durst und meine Bluse klebte an mir, aber ich hielt nicht an, bis ich die *rue Gutenberg* erreicht hatte. Als ich den Schlüssel aus der Tasche zog, zauderte ich. Was erwartete mich? War Vera in Gefahr oder war sie irgendwie in Jacks Tod verwickelt? Sollte ich mich auch in ihr getäuscht haben?

Ich schloss die Haustür auf und kletterte die steile Stiege hinauf in das stickige Dachgeschoss. »Vera?«

Ein leises Stöhnen kam aus dem Schlafzimmer. Ich war unsicher, was ich davon zu halten hatte. Hatte Vera jemals einen Liebhaber erwähnt? »Vera? Bist du allein?«

Es rummste und wieder hörte ich ein Stöhnen. Nun, ich würde nicht in Ohnmacht fallen, sollte ich sie mit einem Mann erwischen. Ich eilte durch den kurzen Flur und stieß die Tür auf.

Kein Mann war bei ihr. Sie lag quer auf dem Bett, die Hände auf den Rücken gefesselt, den Mund geknebelt. Ein Stuhl lag umgekippt zu ihren Füßen. Ich raste zu ihr, zerrte an den groben Schnüren, erreichte aber nur, dass Vera vor Schmerz wimmerte. Sie sah mich an, nickte heftig. Der Knebel, natürlich, den sollte ich als Erstes lösen!

»Betjuschka, ich so froh bin. Hol Messer aus Küche, schnell. Tut weh!«

Ich folgte ihrem Befehl. Endlich war sie frei und konnte sich aufsetzen. Die Fesseln hatten die Haut aufgescheuert und Vera hatte für Minuten nur die eine Sorge, es könne sich etwas entzünden und ihre Arbeit verhindern.

»Vera, was ist passiert?«

»Habe ich gemalt, als Tür aufging mit Schlüssel. Dachte, du kommst zurück und habe gerufen nach dir. Bin aufgestanden und gegangen in Diele, da Hand kommt auf mein Mund und mein Nase. Hatte Angst, zu sterben. Dann ich wache wieder auf und bin gefesselt.«

Ich fragte Vera, ob sie ahne, wer sie überfallen habe. Sie biss sich auf die Lippen; sie hatte befürchtet, *ich* hätte ihr das angetan. »Aber denke ich nicht mehr, wo du bist hier. War nur dumme Angst.«

Für mich bestand kein Zweifel, dass es de Luca gewesen war. Aber was hatte er hier gewollt? Eine Frage, die auch Vera sich stellte. Etwas wackelig stand sie auf, lief ins Atelier, ging ihre Bilder durch. Atmete auf. Und schrak wieder hoch, rannte zurück ins Schlafzimmer und wühlte in der schäbigen Kommode am Fenster. Drehte sich zu mir mit Tränen in den Augen. »Mamas Diadem!«

Ich nahm sie in die Arme, versuchte, sie zu trösten; ja, ich versprach, sie würde es zurückbekommen. Sie aber riss sich los. »Müssen wir gehen zu Polizei! Musst du erzählen, wie du mich hast gefunden, sonst glauben dumme Männer wieder, ich lüge. Glauben immer, ich lüge, weil ich bin arme Russin.«

Ich konnte ihr die Wahrheit nicht länger verschweigen. Wortlos brachte ich Vera in die Küche und setzte Tee auf. Ich wusste nicht, wie ich anfangen sollte.

»Was ist, Betjuschka? Wollen wir gehen sofort.« An den Schultern nahm sie mich und schaute mich an, schüttelte den Kopf. »Was ist mit Brille? Siehst aus wie Sowjetkommissarin!«

»Ich befürchte, ich bin daran schuld, dass du bestohlen wurdest.«

Ich rechne es ihr noch immer hoch an, dass sie ruhig blieb und mir vertraute. Sie nahm Platz. »Ist Gaston doch böse Mann?«

»Gaston? Wie kommst du –«

Weiter kam ich nicht. Vera blickte auf, ich drehte mich um. Wir hörten es beide: Laute Schritte auf der Treppe. Männliche Stimmen. Es klopfte. »Mademoiselle Gagarin, bitte öffnen Sie.«

»Wer ist da?«

»Polizei, Mademoiselle. Wir haben Fragen zu Ihrer Freundin.«

Ich war seit acht Stunden auf den Beinen, hatte bislang nicht mehr als ein Brioche zu mir genommen und hockte im Dachgeschoss eines vierstöckigen Hauses, aus dem es keinen Fluchtweg gab. Ich konnte nichts tun, so blieb ich sitzen. Vera musterte mich, dann ging sie zur Tür und ließ die Besucher ein. Ich lauschte. Zwei junge Brigadiere waren es, die sich höflich vorstellten und fragten, ob Mademoiselle Gagarin Auskunft über den Verbleib einer Madame Davies machen könne.

»Gagarina, nicht Gagarin«, korrigierte Vera die Aussprache ihres Nachnamens. »Ist russisch und sagt, ich bin Tochter von Gagarin. Vera Fedorowna Gagarina. Papa war Fürst Fedor Gagarin.«

»Ah, ja, Gagarina also. Mademoiselle, wir sind hier, weil wir Madame Davies suchen.«

»Kenne ich nicht eine Madame Davies.«

»Sie hat Ihre Bilder verkauft.«

»Ist nicht Madame Davies, ist Miss Teague, wer verkauft meine Werke. Ist Tochter von wunderbare Maler Clement Teague. War eine große Künstler. Hat gemalt meine Mutter, was war eine schöne Frau. Wollen Sie sehen Porträt? Ist nur klein, deshalb ich habe es retten können vor Revolution. Sie wollen sehen. Kommen Sie.« Sie lachte perlend. »Sie sich nicht verlaufen in meine Palast. Besser, ich gehe vor.«

»Mademoiselle, wir sind in Eile. Madame Davies –«

»Was ich nicht kenne, Madame Davies. Wer soll sein?«

»Elizabeth Davies hieß vor ihrer Heirat Teague. Sie hat sich Ihnen, Mademoiselle, unter falschem Namen vorgestellt.«

»Wenn hieß Teague vor Heirat, dann ist Name nicht falsch. Ist nur guter Name für Kunst. Und guter Name für gute Frau, hat verkauft schon drei Bilder für viel Geld. Kann ich heute endlich satt mich essen. Schauen mich an, bin ich nur Haut und Knochen und hässlich wie Nacht, ja?«

Machte Vera den Brigadieren schöne Augen? Offenbar, denn die Herren entboten Komplimente für ihre reizende Erscheinung und ihren charmanten Akzent. Einen Akzent übrigens, der sonst nicht hörbar war, sprach sie Französisch. Wollte sie mir helfen? Ich wartete ab.

»Französische Männer sehr liebenswürdig, deshalb ich lebe hier. Aber schauen Sie Bild von Mama, dann

Sie sehen, ich bin nicht schön wie sie. Bitte, kommen Sie, ja?«

»Wir möchten uns sehr gerne in Ihrer Wohnung umsehen, Mademoiselle.«

»Weil Sie nicht mir glauben?«

»Aber Mademoiselle, davon kann nicht die Rede sein. Es ist unsere Pflicht.«

»Kommen Sie dann.«

Vera war klug; sie brachte die Brigadiere in die Küche. Es sollte nicht so aussehen, als wolle sie mich verbergen. Der Kleinere der beiden Polizisten kam zu mir. »Und Sie sind?«

Vera antwortete. »Ah, Anja kann nicht verstehen, was Sie sagen. Ist erst angekommen aus Russland, was jetzt ist Sowjetrepublik. Möchte spucken, wenn ich denke daran.« Sie drängte sich an den Polizisten vorbei, nahm meine Hand und sagte etwas auf Russisch, zeigte dabei auf die jungen Männer, lachte, zwinkerte uns allen zu und schaute mich erwartungsvoll an. Meine Russischkenntnisse waren begrenzt, aber für ein schüchternes *Да* reichte es doch. Wieder lachte Vera und wisperte dem größeren Brigadier zu, er gefalle ihrer Cousine sehr. »Haben Sie schon Frau?«

Wirklich errötete der Jüngling ein wenig. Was mich mutiger machte. Von unten her lächelte ich und wandte mich dann rasch ab, als sei ich von meiner Courage überrascht worden.

»Wollen sehen Bild oder wollen sitzen mit Anja? Sie braucht Mann ganz dringend, muss heiraten. Ist liebe Frau, treu, hübsch und fleißig in Haus. War Familie von Anja nicht reich wie meine, musste sie lernen, wie man kocht und putzt. Sehr liebe Frau, Anja, sehr lieb und süß, ja?«

Ich konnte nicht glauben, dass ihr Trick Wirkung zeigte! Es schmeichelte meiner Erscheinung zwar nicht, wie der Brigadier einen Schritt zurücktrat und den Kopf schüttelte, aber das war nicht der Moment für Eitelkeiten.

»Bleiben zum Essen, ja? Anja gekommen, um zu kochen für mich. Hat eingekauft viel Gemüse.« Vera zeigte auf meinen Korb.

»Leider nein, Mademoiselle. Wir müssen zurück auf die Wache, sobald Sie unsere Fragen beantwortet haben.«

»Nehmen Platz hier an Tisch, ja? Dann vielleicht können doch essen? Wird gleich fein duften hier, Anja ist sehr gute Köchin.« Wieder schaute Vera zu mir und murmelte Russisches, zeigte auf das Emaillebecken.

Was blieb mir übrig, als aufzustehen und mich an die Arbeit zu machen? Eine russische Melodie fiel mir ein, die ich summte, während ich den Salat putzte. Widerstrebend setzten sich die Brigadiere an den Tisch und vermieden es tunlichst, in meine Richtung zu sehen. Mit der Ehe hatten sie es offenbar nicht allzu eilig.

Vera sprach jetzt von mir, also von Miss Teague. Sie erzählte, wie und wo wir uns kennengelernt hatten, weshalb sie mir vertraue und welch guten Einfluss ich auf sie habe. Sie blieb bei der Wahrheit und malte dabei ein so einnehmendes Bild von meiner Persönlichkeit, dass es den Polizisten schwerfiel, ihre Frage zu beantworten, weshalb sie nach mir suchten.

»Mord?« Veras Entsetzen war nicht gespielt. »Soll sie zu tun haben mit Mord? Ist ausgeschlossen! Wie viele

Mörder Sie kennen, Messieurs? Nicht so viele wie ich, weiß ich, wie sind solche Menschen! Ist nicht Miss Teague, nein. Und ich Ihnen sage etwas: Wenn ich sie sehen, ich sie werde warnen! Weil sie ist unschuldig, weiß ich das genau in mein Herz!«

»Aber jemand, der flieht, hat etwas zu verbergen.«

»Hat sie zu verbergen Hohn gegenüber dummen Polizisten. Meine ich nicht euch, sehe ich, ihr seid gute Männer, wie ich suche einen für Anja. Meine den, wer euch hat geschickt hinter Miss Teague. Ist liebe Frau, ganz wie meine Anja. Gefällt euch, ja? Meine Anja?«

Der größere Brigadier stand so hastig auf, dass der Stuhl kippelte. »Gut, Sie haben sie also nicht gesehen. Mademoiselle Gagarina, ich bitte Sie, begehen Sie keine Dummheit. Sollte die Gesuchte bei Ihnen erscheinen, so geben Sie uns Bescheid.«

Das versprach Vera und fragte noch einmal, ob er nicht doch zum Essen würde bleiben wollen. So schnell hatte ich nie zuvor Männer eine Wohnung verlassen sehen. Ich seufzte. Die arme Anja würde wohl sehr lange alleine bleiben müssen. »Weshalb hast du ihnen den Diebstahl nicht angezeigt?«

»Konnten sie nicht sehen dich, die sie suchen. Finden noch weniger kleines Diadem. Aber ist nicht wichtig jetzt, Betjuschka. Erzähle.«

Das tat ich und bat Vera anschließend, mit mir zu kommen.

»Betjuschka, ist dumme Idee. Ich jetzt weiß, kann kommen jemand, ich passe auf. War zu versunken in Arbeit und dachte nur, weil ich gehört habe Schlüssel —«

»Oh, aber der Schlüssel?« Ich kramte in meiner Rocktasche. »Den habe ich noch.«

»Hat de Luca gestohlen meinen?«

»Nein. Wenn es sich anhörte, als schließe jemand die Tür auf, dann hat er bestimmt einen Dietrich, damit öffnet man ein Schloss wie deines leicht. Mein Mann besaß ein solches Werkzeug, weil immer wieder jemand die Fabrikschlüssel verschlampte.«

»Kann ich mir abschließen also sparen in Zukunft, wenn jeder kann öffnen meine Tür?«

»Ich denke, es besitzen nur sehr wenige Menschen dieses Werkzeug. Und dass Signore de Luca es hat, bringt mich auf eine Idee.«

»Ist wohl nicht schlimmer, Werkzeug zu besitzen, als arme kleine Malerin zu überfallen und einziges zu stehlen, was ihr ist wichtig! Dieser de Luca ist böser Mensch, ob mit oder ohne Diederich!«

»Was ich meine, ist etwas anderes: Ein Mann, der einen Dietrich mit sich herumträgt, junge Frauen überwältigt und Juwelen stiehlt, der tut das nicht aus einer Laune heraus.«

»Oh, verstehe. Du glaubst, er ist Dieb von Profession?«
Ja, das dachte ich. Ich hatte zwar oft von Signore de Luca reden hören, doch ihn nur kurz getroffen und kaum beachtet. Er hatte meine Hand geküsst, mich mit Komplimenten überhäuft und sich dann ganz Madeleine gewidmet. Ein überschlanker Mann war er, fast schon übertrieben elegant, aber darüber hinaus sehr unauffällig. Das Einzige, was mir an ihm besonders erschienen war, war sein Talent, Jacks Eifersucht anzustacheln. Madeleine hatte seine südländischen Aufmerksamkeiten genossen, ohne aber Jack links liegen

zu lassen. Und nachdem der schon geglaubt hatte, sein Ziel erreicht zu haben, war sie jetzt angeblich mit dessen Rivalen verlobt.

Jean … War das ihr Kosename für ihn? Konnte sie Giovanni nicht aussprechen? Unwahrscheinlich, ich hatte sie Italienisch sprechen hören. Und vorhin, da hatte de Luca die alte Frau als *ma tante* angesprochen … Hatte nicht auch Madeleine am Sonntag erst von einer Tante gesprochen, wegen der sie Jack versetzen müsse? Zwei Tanten? Ich schloss die Augen, stellte mir de Luca und Madeleine vor. Beide waren schlank, hatten dunkle Augen, dunkle Haare … Bildete ich mir etwas ein? Konnten sie am Ende verwandt sein? Und wenn das so wäre, welche Rolle spielte das für mich? Nun, eine große doch wohl! Ein Pärchen, das einem reichen und naiven Amerikaner vorgaukelte, er habe die große Liebe gefunden, das mochte eine Menge mit dem Mord an eben diesem reichen und naiven Amerikaner zu tun haben!

Ich erläuterte meine Theorie Vera, wobei ich voller Scham eingestand, allzu offen über ihre Angelegenheiten gesprochen zu haben. Ihren Namen hatte ich nie genannt, so diskret immerhin war ich. Aber immer wieder einmal hatte ich sie und ihre Geschichte erwähnt und Madeleine war meist dabei gewesen. Auch über das Diadem hatte ich gesprochen. »Es tut mir entsetzlich leid, Vera. Ich bin eben doch eine Idiotin.«

»Bist nicht Idiotin, Betjuschka, bist liebe Frau, die denkt nichts Böses. Ist nicht dumm, ist unerfahren.«

Sie wollte mich trösten, aber natürlich war es Idiotie, die Vera und mich in Bedrängnis gebracht hatte. Menschen blindlings zu vertrauen, die man kaum kannte, nur aus Sentimentalität und der Hoffnung heraus, aus dem eigenen tristen Leben errettet zu werden – wie sonst sollte ich das bezeichnen als bodenlos dumm?

»Aber glaubst du, man hat umgebracht Jack wegen mein Diadem? Hat er nichts gehabt zu tun damit. Ergibt kein Sinn.«

Nein, Sinn ergab das nicht. War der Diebstahl nur der günstigen Gelegenheit geschuldet? Weshalb auf russische Juwelen verzichten, nachdem es nicht gelungen war, den amerikanischen Millionär zu heiraten? Vielleicht. Aber Mord? Wenn Madeleine reich heiraten wollte, dann brachte es ihr herzlich wenig, den Bräutigam zu töten, *bevor* er Ja gesagt hatte. Könnte sie überhaupt solch eine Tat begehen? Oder Jean? Mir erschien das zu plump. Wenn beide wirklich daran gearbeitet hatten, Jack einzufangen, wenn sie mit so viel Aufwand ihm Theater vorspielten, würden sie ihn dann jetzt erstochen haben? Wenn er sterben sollte, wäre es dann nicht klüger, ihn erst zu heiraten, die liebende Ehefrau zu spielen und alle Welt von der glücklichsten Ehe zu überzeugen? Und irgendwann, auf einer Reise übers Mittelmeer vielleicht, da gab man dem Gatten einen Schubs und spielte hernach die untröstliche Witwe? Ich sah es vor mir, wie entzückend Madeleine in dieser Rolle gewesen wäre. Ich sah, wie sie vom Schiff wankte, sah sie zusammenbrechen und schwören, nie wieder ans Meer zu fahren, das ihr den geliebten Jack genommen habe. So ein guter Schwimmer sei er gewesen! Meine Fantasie übertrieb maßlos. Ich hatte immerhin kaum einen Anhaltspunkt für meine These, dass sie und de Luca zusammenarbeiteten, und nun hing ich ihnen gar einen Mord an. Aber war es wirklich

Fantasie? Das Szenario von Meer, Schiff und Tod kam mir bekannt vor.

Ja, es waren Flossies Worte, die diese Vorstellung in mir auslösten. *Sie* war über Bord gegangen, *sie* weigerte sich, noch einmal eine Jacht zu betreten, *sie* traute Albert nicht mehr. Ich schüttelte den Kopf und entschieden schob ich jeden Gedanken an Flossie beiseite; die sollte meinethalben der Teufel holen! Was wäre mir erspart geblieben, hätte Albert dieses verlogene Weib nicht gerettet!

»Was hast du vor, Betjuschka? Kannst dich nicht verstecken und warten, was geschieht. Wir müssen etwas tun.«

»Das habe ich vor. Sobald ich gegessen habe.«

»Bleib hier, ich koche. Polizei war da, kommt nicht wieder so schnell.«

Es war drei Uhr, als ich in mein Versteck zurückkehrte. Mit dem festen Entschluss, herauszufinden, was es mit Madeleine Dupont, Giovanni de Luca und der geheimnisvollen Tante auf sich hatte. Sie mussten doch etwas mit dem Mord zu tun haben! De Luca zumindest; Madeleine mochte so unschuldig wie ich in diese Sache geraten sein.

Und dann ging mir auf, was geschehen wäre, wären die Brigadiere vor mir in Veras Mansarde eingetroffen: Dann wäre ich jetzt nicht nur eine Mörderin, sondern dazu die Diebin des Diadems, die das Vertrauen einer Freundin ausgenutzt und sie brutal überfallen hatte. Es hätte in Merteuil jeglichen Zweifel an meiner Schuld ausgeräumt, sobald Vera mich auch nur erwähnt hätte. Wollte jemand mit Absicht den Verdacht auf mich lenken? Hatte Jack deshalb in meiner Badewanne gelegen? Und Albert war nur deshalb im Gefängnis, weil er zufällig am falschen Ort gewesen war? Dieser jemand müsste dann wohl de Luca sein, nicht wahr?

Anstatt in weitere Grübeleien zu versinken, kontrollierte ich meine Maskerade. Noch etwas blasser schminkte ich mich vor dem fast blinden Spiegel, malte den Mund schmäler und verschmierte sogar ein wenig Wimperntusche unter den Augen. Schauderhaft verhärmt wirkte ich und mit der Brille auf der Nase hätte selbst Thomas Schwierigkeiten gehabt, mich zu erkennen. Nur um sicherzugehen, verteilte ich einen Hauch von Öl auf meinem Haaransatz. Maître Auguste wäre tausend Tode gestorben, sähe er, was ich seinem Werk antat. Ich nahm mir auch Miss Havishams Kleid vor, trennte den Saum an einigen Stellen auf und bewunderte meine vollkommene Verwandlung. Nur meine Stimme könnte mich jetzt noch verraten.

Ich brach auf. Unterwegs kaufte ich eine Zeitung, dann lief ich zum Hafen und suchte mir eine Bank, von der aus ich einen guten Blick auf das ockergelbe Haus hatte, in dem Madeleine und de Luca heute Mittag verschwunden waren. Irgendetwas würde sich dort vielleicht tun, irgendjemand würde hinein oder hinaus gehen. Es war bestimmt nicht sonderlich originell, mich hinter der Zeitung zu verstecken, aber um mich herum saßen einige Damen und Herren, die lesend die letzten Sonnenstrahlen des warmen Tages genossen, da fügte ich mich gut ins Bild.

So verging gerade einmal eine Viertelstunde, als einer der lesenden Herren sein Magazin zusammenfaltete, aufstand und lässig auf das Haus zuging. Erschrocken zog ich meine Lektüre höher. Das konnte nicht sein, das war ein Zufall, ein Irrtum! Vielleicht wollte er gar nicht zu diesem Haus?

Doch nein: Gaston Perrier klingelte an dem schmiedeeisernen Tor.

Gaston.

Der Mann, der mir so gut gefiel.

Von dem ich träumte.

Wieso hatte ich ihn nicht bemerkt? Was hatte er hier verloren? Und auf was hatte er gewartet? Ich hatte das Haus genau beobachtet und ein Signal hätte ich gesehen. War er also verabredet? Himmel, kannte ich die Menschen so schlecht? Ich blinzelte, eine alberne Träne kullerte aus dem Augenwinkel. Schnell wischte ich sie fort. Wegen dieses Mannes würde ich nicht weinen!

Ich schniefte und beobachtete über Brille und Zeitung hinweg, was geschah. Nicht viel im Grunde. Es öffnete sich das Tor, Gaston trat in den Hof und von dort rechter Hand ins Haus. Das war es. Niemand erschien am Fenster, es wurden keine Vorhänge zugezogen, kein Schrei, kein Schuss ertönte, niemand sonst kam oder ging. Ich blieb sitzen. Zehn Minuten. Zwanzig Minuten. Dann trat eine alte, krumme Frau in das Haus. Und ich wartete weiter.

Es wurde kühler und ich ärgerte mich, keine Jacke mitgenommen zu haben. Um mich herum las niemand mehr; die Touristen spazierten mit flottem Schritt am Ufer entlang, holten sich Appetit für ihr Abendessen oder waren bereits auf dem Weg zu einem Restaurant. Wolken zogen auf, verdunkelten den Himmel. Erste Tropfen fielen. Der Wind wehte heftiger, trieb Papier, Staub und Blüten vor sich her. Es regnete selten in

Nizza und meist nur schwach, doch ausgerechnet jetzt schüttete es innerhalb weniger Sekunden wie aus Kübeln. Die Möwen flogen kreischend auf und die wenigen Passanten, die noch unterwegs waren, rannten fluchend zurück in die Stadt und suchten Schutz. Ich wollte es ihnen gleichtun, doch eben da flammte das Licht hinter einem der Fenster auf. Silhouetten zeigten sich. Gaston. Und die alte Frau. Die Tante vermutlich.

Ich marschierte auf das Haus zu, darauf vertrauend, in dem dämmrigen Licht nicht gesehen zu werden. Sowieso schienen die beiden in eine Unterhaltung vertieft und blickten nicht hinaus. Doch meine Hoffnung, irgendetwas zu hören, irgendetwas zu erfahren, erfüllte sich nicht. Natürlich nicht, es goss in Strömen und das Fenster war geschlossen. Dennoch konnte ich mich nicht entschließen, den Ort zu verlassen; ich hatte ja keine andere Spur als diese. Einige Schritte ging ich weiter, hinein in die Gasse, die zwischen diesem und dem Nachbarhaus in die Altstadt führte. Ich wartete. Durchnässt und frierend, aber geduldig.

So plötzlich, wie der Regen gekommen war, so plötzlich endete er; sogar die Sonne wagte sich noch einmal heraus. Eine knappe halbe Stunde etwa blieb Gaston bei der Tante, dann quietschte das Tor und gleich darauf flanierte er mit zufriedener Miene vorbei. Mich sah er nicht.

Worüber ich froh war.

Selbstverständlich.

Die kleine Stimme, die mir traurig vermeldete, er habe leider nicht das geringste Gespür für meine Anwesenheit, ignorierte ich. Es war für mein Überleben vollkommen unerheblich, ob Gaston in meiner Nähe ein sehnsuchtsvolles Ziehen in seiner Herzgegend verspürte! Romantischer Kitsch rettete mich nicht, das musste ich schon selbst in die Hand nehmen!

In einem Abstand von mehreren Metern folgte ich ihm. Langsam wurde es anstrengend mit der zwickenden Brille auf der Nase und dem vorgereckten Nacken; immer wieder stolperte ich über unebene Pflastersteine. Was mein Inkognito nur umso glaubhafter machte; ich war die Karikatur einer unverheirateten Engländerin, wie sie seit Jahrzehnten durch die Presse huschte: unbeholfen, gräulich und lächerlich. Niemand beachtete mich und so gelangte ich bis zum *Negresco*, ohne dass Gaston sich einmal umgedreht hätte.

Dann wurde es kritisch, als Flossie in ihrem feuerroten Automobil vorfuhr und ausstieg. Ich nahm an, sie hatte Albert im Gefängnis aufgesucht oder im Kommissariat weitere Fragen Merteuils beantwortet, denn sie war in gedeckten Farben gekleidet und wirkte ungemein seriös. Sie winkte Gaston, ging ihm entgegen und hätte mich wohl gesehen, hätte er sie nicht umarmt und ins Foyer geleitet. Ich atmete auf. Flossie hätte mich erkannt, daran zweifelte ich nicht. Sie war viel zu vertraut mit all den kleinen Tricks und Schlichen, die Frauen anwandten, als dass sie nicht durch meine Verkleidung hindurchgesehen hätte.

Ja, da stand ich nun und wusste nicht weiter. Die aberwitzigsten Gedanken kamen mir, ich glaubte schon, inmitten einer groß angelegten Verschwörung zu stecken, deren Ziel Albert, Jack und ich waren. Doch was verband uns drei? Nichts. Weder Verwandtschaft, Vorlieben oder gemeinsame Erinnerungen. Noch nicht einmal Herkunft, Geschlecht oder Alter teilten wir. Wir waren nur zufällig bekannt und logierten im selben Hotel.

Ich machte mich also auf den Heimweg, wenig zufrieden mit dem Erreichten. Was hatte ich erfahren? Nichts weiter, als dass ich ein Schaf war. Vera war die Einzige, die ich richtig eingeschätzt hatte, bei allen anderen hatte ich gründlich danebengelegen. Enttäuscht von der Welt und meinen Fähigkeiten gleichermaßen schleppte ich mich die Promenade entlang, die sich endlos zog. Ich war zutiefst niedergeschlagen und vergaß jegliche Vorsicht. So überquerte ich endlich, ohne auch nur einmal aufzusehen, den *Place Masséna*, als mich jemand am Oberarm packte und mit festem Griff zur Seite zerrte, hinein in eine der vielen überdachten Passagen. Es ging so schnell, dass ich weder schrie noch mich umsah; ich schlitterte auf dem feuchten Pflaster und klammerte mich an meinen Angreifer.

»*Mon dieu, vous êtes un imbécile.* Was denken Sie sich nur? Hätte ich Florence nicht abgelenkt ...« Gaston Perrier drückte mich gegen die Wand und sah sich nach allen Seiten um. »Ein Glück, dass die meisten Menschen zu sehr mit sich selbst beschäftigt sind. Zu dumm allerdings, wenn das auch für eine Frau gilt, die allen Grund hätte, sich zu verstecken. Wie kommen Sie dazu, mitten durch die Stadt zu rennen?«

»Gaston ... ich ... aber Sie ...« Ich brabbelte, bekam kein vernünftiges Wort heraus. Fürchtete oder freute ich mich? Beides vermutlich? Dann überwog die Neugierde. »Wie haben Sie mich erkannt?«

Er lachte. Endlich ließ er meinen Arm los, legte den Zeigefinger unter mein Kinn und drehte meinen Kopf nach beiden Seiten. Lächelte. »Für die Bühne wäre Ihre Maske so schlecht nicht, aber um mich hereinzulegen, müssen Sie geschickter sein. Ich habe Sie sofort erkannt, als Sie sich an den Hafen setzten.«

»Aber –«

»Bringen Sie mich zu Ihrem Versteck.« Sein Jackett zog er aus, legte es mir um die Schultern. »Danke übrigens. Dass Sie mir folgten, spart mir doch einiges an Zeit und Aufwand.«

»Weshalb?«

»Lassen Sie uns gehen, Sie sind ja eiskalt.«

»Ich denke nicht, dass ich –«

»Elizabeth, machen Sie sich nicht lächerlich. Ich fände Sie sowieso, nur könnte es dann zu spät sein.«

»Zu spät?«

Wieder lachte er. »Hatten wir das nicht bereits im Zug geklärt? Erinnern Sie sich? Lassen Sie uns gehen.«

Doch ich weigerte mich. Wie ich ihn hätte loswerden können, wusste ich zwar nicht, aber ihm mein Versteck zu verraten, nein, so dumm wollte ich nicht sein.

»Elizabeth, ich kann mir vorstellen, wie verwirrt Sie sein müssen. Sie zweifeln nun an allen, *n'est-ce pas?* Mir aber können Sie trauen.«

»Sprach der Wolf und fraß die Großmutter.«

Schritte erklangen. Und Gaston Perrier küsste mich. Ohne Vorwarnung, ohne, dass ich es hätte ahnen können. Es war … Nun, ich hatte in meinem Leben nur zwei Männer geküsst, aber dennoch war ich mir sicher, dass niemand besser küsste als Gaston Perrier. Dass Flossie mich verraten hatte, Jack ermordet worden war und Merteuil mich jagte – vergessen. Sogar mein Misstrauen gegenüber Gaston löste sich in nichts auf, je länger er mich hielt. Es war himmlisch. Und absolut nicht in Ordnung! Wenn er dachte, ich wäre sein williges Spielzeug, dann ... dann kam er der Wahrheit leider sehr nahe.

Endlich ließ er mich los. »Sie sind eine wirklich gute Schauspielerin. Die Brigadiere sind fort und wir sollten ebenfalls zusehen, Sie in Sicherheit zu bringen.«

Oh. Ja. Was hatte ich denn auch erwartet? Dass der Mann meiner Träume für mich dasselbe empfand? Aber immerhin hatte er diesen Kuss auf sich genommen, um mich zu schützen. Das war doch etwas, auf dem sich bauen ließ?

Ziemlich kühl dankte ich und erklärte noch kühler, ich sei heute bereits einige Male der Polizei entkommen und es kenne außer Merteuil kein Brigadier mein Gesicht.

Das ließ Gaston nicht gelten. »Der Kommissar hat eine Zeichnung anfertigen lassen und sämtliche Brigadiere haben jetzt ein Exemplar bei sich.«

»Aber meine Verkleidung –«

»Sie sehen nicht aus wie Mrs Thomas Daniel Davies, das ist richtig. Aber Sie sehen auch nicht aus wie überhaupt irgendein Mensch. Sie sehen aus, als wollten Sie im Kabarett auftreten. Als Gespenst. Können wir also bitte endlich gehen?«

Beating Around the Bush

Der Abend desselben Tages

Mit hochgezogenen Brauen blickte Gaston einer Kakerlake nach. »Die Freundin, deren Einladung Sie gefolgt waren, nehme ich an?«

»Zu witzig. Ich kann mir nicht aussuchen, wo ich schlafe.«

Er sah sich im umdekorierten Speisesaal um, blickte auch hinaus über den Hof. »Die Tür dort lässt sich öffnen?«

»Ja.«

»Sie haben rasch gelernt. Wie kamen Sie auf diesen Ort?«

»Zufall.«

»Elizabeth, wenn ich Ihnen helfen soll, dann –«

»Wer hat gesagt, dass Sie es sollen?«

»Gut. Also: Ich möchte Ihnen helfen, aber dazu müssen Sie ehrlich sein.«

Ich fand, er verlangte etwas viel. Dass er nun wusste, wo ich untergetaucht war, war schon schlimm genug, ihm aber alles zu erzählen, obwohl er irgendwie mit Madeleine und de Luca zu tun hatte, das ging zu weit.

Er nickte. Setzte sich. »Elizabeth, was denken Sie, ist heute geschehen?«

Ich schwieg.

»Ich werde es Ihnen sagen, wenn Sie nur endlich Platz nehmen und aufhören, mich so frostig anzuschauen.«

Ich setzte mich ebenfalls.

»Gegen acht Uhr etwa bemerkte man Ihr Verschwinden. Niemand hatte Sie das Hotel verlassen sehen, aber Commissaire Merteuils Zornesausbruch dürften wohl alle Gäste mitbekommen haben.«

»Stimmt es, dass Sie ihn gemeingefährlich nannten?«

»Ah, Florence hat Ihnen also zur Flucht verholfen? Das hatte ich gehofft, wenn es auch leider nicht beweist, was ich beweisen wollte.«

»Was wollen Sie damit sagen?«

»Unwichtig. Merteuil ist nicht gemein, er ist bequem, und das macht ihn gefährlich. Für ihn besteht kein Unterschied zwischen Verdacht und Schuld. Dazu bildet er sich ein, jede Untat auf der Stelle zu durchschauen. Gelegentlich gelingt es ihm sogar. Aber er ist unbeweglich in seinem Denken: Er sieht das Zimmer einer attraktiven Dame, in dem sich zwei reiche Männer befinden; der eine tot, der andere unter Schock. Wie könnte die schöne Frau nichts mit all dem zu tun haben? Für ihn undenkbar und somit ein Fakt, von dem er nicht abweicht.«

Ich hob den Kopf. Gaston hatte mich schön genannt?

Er schmunzelte. »Sie müssen nicht so ungläubig schauen, ich finde Sie ausnehmend attraktiv. Auch Merteuil findet Sie reizend, sonst wäre er netter mit Ihnen umgegangen.«

»Das ist doch Unsinn.«

»Merteuil wittert immer und überall leidenschaftliche Affären. Und er fühlt sich mehr als bestätigt, denn Albert hat gestanden, Sie zu lieben.«

»Dieser –!«

Gaston lächelte. »Nur für die Akten: Lieben Sie ihn auch?«

»Nein, das tue ich nicht!«

»Das freut mich. Sie sind zu schade für ihn.«

»Das sagen Sie, obwohl Sie sein Freund sind?«

»Ich bin nicht sein Freund, ich bin ein entfernter Bekannter, der die Aufgaben eines Freundes übernehmen sollte.«

»Weshalb?«

»Später. Also, Albert hat Merteuil seine Liebe zu Ihnen gestanden. Er besteht darauf, Sie seien ein Engel.«

»Woher wissen Sie das?«

»Ah. Ich war dabei.« Er hob die Hand. »Fragen Sie nicht. Gestern behauptete Albert noch, er wisse nicht, was geschehen sei; seit heute Morgen aber versichert er, Sie hätten mit dem Mord an Lexington nichts zu tun.«

»Das ist sehr lieb von ihm.«

»Ah ja? Ist es das? Versetzen Sie sich in die Lage Merteuils.«

»Ich verstehe nicht.«

»Aber doch, seien Sie Merteuil. Seien Sie ein Mann, der den schnellen Erfolg sucht und dessen Frau ihn täglich betrügt. O ja, so ist es, Madame Merteuil wechselt ihre Liebhaber, wie ihr Gatte seine Socken wechselt. Öfter sogar. Dennoch liebt er sie, aber diese Liebe hat seine Vorstellungen von der Welt verändert. Können Sie sich einfühlen?«

»Vielleicht.«

»Er findet Sie hübsch und verwechselt Ihre ruhige Art mit Kühle. Und nun hat er einen Mann vor sich, der ihm einfältig erscheint und von seiner Liebe zu Ihnen spricht. Der schwört, Sie seien unschuldig, und sich von der einen auf die andere Sekunde erinnert, die Tat begangen zu haben.«

»Hat Albert gestanden?!«

»Das hat er. Was denkt Merteuil also? Enttäuschen Sie mich nicht, Elizabeth. Ich weiß, Sie haben mehr Gespür für die Menschen, als Sie glauben.«

Gaston hatte recht. Es war, als wäre ich anwesend. Ich sah Alberts gerötetes Gesicht, hörte, wie er nach Worten suchte und sich in Rage redete, um mich zu verteidigen, so, wie er es im *Grand Hôtel* in Toulon getan hatte. Ich schlüpfte in Merteuil hinein und mit jedem Wort, das Albert zu meinen Gunsten äußerte, wurde der Verdacht zur Wahrheit: Ich hatte Jacks Tod verlangt und Albert hatte meinen Befehl ausgeführt. Er erschien als der vor Liebe verwirrte Gentleman, der sein Leben für eine Frau opfert, die seiner nicht wert ist.

»Sie verstehen? Je mehr Albert sich als den Schuldigen hinstellt, desto mehr hält Merteuil Sie für die eigentlich Verantwortliche.«

Ich als *femme fatale*, die kalt lächelnd einen Mord anordnete? Das war lachhaft! Und sehr bedrohlich. »Weshalb durften Sie bei dem Verhör anwesend sein?«

»Fallen Ihnen keine besseren Fragen ein?«

»Albert erinnert sich also, was geschehen ist?«

»Das sagt er.«

»Er hat Jack getötet? Weshalb?«

»Sie gehen von falschen Voraussetzungen aus.«

»Er war es also nicht?«

»Er könnte Jack nur gefunden haben.«

»Weshalb gesteht er dann?«

»Ja, Elizabeth, weshalb?«

Mir kam ein Verdacht. »Himmel, er denkt doch nicht etwa, *ich* hätte Jack erstochen?«

»Das befürchte ich. Und sein Verhalten bringt Merteuil erst recht dazu, in Ihnen die Auftraggeberin für diesen Mord zu sehen.«

»Es haben doch alle gesehen, wie ich auf der Suche nach Jack war.«

»Und eben das missfällt Merteuil. Das Briefchen, das Sie auf Jacks Schreibtisch hinterließen, zeigt für ihn eines: Ihre Suche nach Lexington war nichts als Schauspiel. Sie wussten genau, wo er zu finden war und dass er niemals wieder irgendein Bild kaufen würde.«

»Das wusste ich nicht! Und Albert liebt mich nicht, er bildet sich das nur ein, weil ich freundlich zu ihm war und Flossie …« Ich hielt inne.

»Weil Flossie was?«

»Weil sie ihm nicht mehr vertraut und er sich einsam fühlt.«

Gaston nickte, lehnte sich zurück. »Und das wissen Sie woher?«

»Weil sie es mir gesagt hat, natürlich. Wir sind Freundinnen. Waren es zumindest. Dachte ich.«

»Oh, Florence setzt sich sehr für Sie ein bei Merteuil. Sie schimpft ihn einen Trottel. Er hat gedroht, sie einzusperren, wenn sie ihn weiter beleidigt.«

»Aber mich hat sie belogen.« Ich wusste endgültig nicht mehr, was ich glauben sollte.

»Weshalb sind Sie in Nizza, Elizabeth?«

Zum zweiten Mal an diesem Tag erzählte ich meine Geschichte. Ich erzählte sie bis zu dem Moment, an dem Flossie mich auf die Flucht geschickt hatte. Die Ereignisse des heutigen Tages behielt ich vorerst für mich.

Gaston nickte zu jedem Wort, als lobe er ein Kind dafür, dass es die Wahrheit sagt. »Wenn Sie nun entscheiden müssten, ob Sie Albert glauben oder Flossie, was sagen Sie?«

Ich wollte sagen, es sei Albert, dem ich vertraue, doch das wollte mir nicht über die Lippen.

»Sie zögern.«

»Vielleicht glaube ich beiden nicht mehr? Ich weiß es nicht.«

»Das ist klug. Wenn Ihnen nur zwei Möglichkeiten geboten werden, dann sollten Sie *immer* darüber nachdenken, ob es nicht auch eine dritte gibt, die Ihnen aus gutem Grund verschwiegen wird.«

»Was also verschweigen Sie mir?«

»Oh, vieles. Aber das ist unwichtig. Hören Sie zu: In Alberts Zimmer fand man die Fotografie einer Frau, einige Liebesgrüße und angefangene Abschiedsbriefe im Papierkorb.«

»Er hat also wirklich eine Geliebte? Aber sie ist nicht hier in Nizza? So blind kann selbst ich nicht sein!«

Gaston stand auf, zündete sich eine Zigarette an und lehnte sich an die Fensterbank. »Ich wünschte, ich hätte diese Angelegenheit ernster genommen. Vielleicht säßen wir nun nicht hier und sorgten uns um Ihre Zukunft.«

»Sie machen mich nervös.«

»Ich wünschte, das könnte ich als Kompliment nehmen. Es war *Ihre* Fotografie, die man fand, und Liebesbotschaften von *Ihrer* Hand.«

»Ich habe Albert niemals geschrieben!«

»Vermutlich sind es Fälschungen, doch das nützt Ihnen bei Merteuil im Augenblick nichts. Viel wichtiger sind ihm die zerknüllten Entwürfe eines Abschiedsbriefs, der an Sie gerichtet ist.«

»Welcher Abschiedsbrief?«

»Albert hat darin Ihre Beziehung beendet. Er schwört Ihnen ewige Liebe, aber er sei an sein Ehegelöbnis gebunden.«

»Ich verstehe überhaupt nichts! Welche Beziehung denn bitte? Wie käme Albert dazu, mir so etwas zu schreiben?« Es hielt mich nicht länger auf meinem Stuhl, ich lief durch den Raum. »Flossie hat ihm das untergeschoben, bestimmt!«

»Weshalb sollte sie das getan haben?«

»Weil sie die Einzige ist, die ein Bild von mir haben könnte?«

»Es ist eine Fotografie aus den letzten Wochen. Sie sind darauf die elegante Frau, zu der Sie geworden sind, nicht die bescheidene Witwe, die ich kennengelernt habe. Jeder aus unserer Gesellschaft hätte diese Fotografie anfertigen können.«

Ja, Kameras waren sehr beliebt in unserer Gruppe und immerzu hatte jemand sein Gerät aufgebaut, um das Meer, die Sonne oder eben uns abzulichten. »Wenn ich das Bild sehen könnte, wüsste ich vielleicht, wer es gemacht hat.«

»Unwichtig. Albert hat zugegeben, es besessen zu haben.«

»Was sagt er zu dem Abschiedsbrief?«

»Oh, er behauptet, er stamme von ihm.«

»Bitte? Das ist doch Wahnsinn!«

»Ja, nicht wahr? Zumindest, wenn Sie nicht seine Geliebte sind.«

»Sie glauben mir nicht?«

»Doch.«

»Aber weshalb sagt Albert so etwas?«

»Das ist die Frage. Vielleicht weiß er, wer diesen Brief bei ihm deponiert hat, und will auch diese Person schützen? Vor allem aber will er wohl beweisen, dass Sie keinesfalls in Jonathan Lexington verliebt waren.«

»Weil ich Männer erdolche, in die ich verliebt bin?«

»Ich hoffe nicht.«

»Aber selbst, wenn Albert und ich eine Affäre hätten, was hat dann Jack damit zu tun? Und wieso glaubt Albert, ich könnte schuldig sein?«

»Nach Alberts Aussage wollte Jack sich von Ihnen trösten lassen, nachdem Madeleine Dupont sich mit Giovanni de Luca verlobt hat.«

»Aber hatten die beiden ihre Verlobung bereits bekannt gegeben?«

»Ein guter Punkt. Wenn ich darüber nachdenke, dann war es Merteuil, der diese Erklärung lieferte. Albert sagte aus, er sei in Ihr Zimmer gekommen, um sich mit Ihnen auszusöhnen, und dann sei Lexington eingetreten, weil er angeblich Ihren Rat suchte.«

»Das kann nicht sein. Dafür war Flossie zuständig. Jack hat sie ja nie in Ruhe gelassen.«

»Und das ertrug sie gleichmütig?«

»Er fiel ihr auf die Nerven!«

»Sie könnte ihm das mitgeteilt haben.«

»Und deshalb soll Jack in mein Zimmer eingedrungen sein? Selbst wenn das so war, weshalb lag er dann tot in meiner Wanne?«

»Weil Albert ihn rasend vor Eifersucht erstochen hat. Sagt Albert. Über den Tathergang macht er allerdings keine präzisen Angaben.«

»Weshalb schauen Sie mich so streng an?«

»Ich will sehen, wie Sie reagieren.«

»Sie sagten, Sie glauben mir!«

»Tue ich. Aber es schadet nicht, sicherzugehen, *n'est-ce pas?*«

Meine Beine trugen mich nicht länger. Ich lehnte mich neben Gaston an die Fensterbank und bat um eine Zigarette.

»Sie rauchen nicht, Elizabeth, und Sie fangen jetzt nicht damit an. Was denken Sie?«

»Dass Jack und mich nichts verbunden hat, sieht man einmal davon ab, dass ich ihm Gemälde verschaffen sollte.«

»Noch ein Punkt, über den wir sprechen müssen. Aber mir fällt auf, dass Sie nicht sagen, Albert sei unfähig, einen Mord zu begehen.«

Ich dachte an Albert, wie er mir im Hafen von Toulon Angst eingeflößt hatte und dass ich dieselbe Furcht auch empfunden hatte, als er mir vor Jacks Leiche noch einmal von seiner Liebe sprechen wollte. Ich schwieg.

»Sie trauen ihm die Tat zu.«

»Hat er Jack nun getötet oder nicht?«

»Das weiß ich nicht, möchte es aber herausfinden.«

»Glauben Sie, ich hätte es getan?«

»Ich sagte bereits, dass ich das nicht tue.«

»Wer sonst könnte es gewesen sein?«

»Jemand, der guten Grund hatte, Jack Lexington loszuwerden.«

»Ja, natürlich! Aber wer?«

»Ich weiß es nicht.«

»Was haben Sie bei Madeleine gemacht?«

Gaston lächelte. »Ich war nicht bei Madeleine, ich war bei ihrer Tante.«

»Und was wollten Sie dort?«

»Vielleicht ist Madame Lucas eine liebe Bekannte meiner Familie?«

»Vielleicht haben Sie sich nach dem Diadem meiner Freundin Vera erkundigt?« Jetzt hatte ich ihn überrascht.

»Was ist damit?«

»Man hat es ihr gestohlen. Heute Vormittag.« Ich schilderte ihm, wie ich Vera vorgefunden hatte und was danach geschehen war. »Ja, und ich habe mich nur deshalb noch einmal ins Atelier gewagt, weil Signore de Luca ... Oh, Sie sprachen von einer Madame Lucas?«

»Elizabeth, lassen Sie sich nicht ablenken. Was war mit Signore de Luca?«

»Er traf sich mit Madeleine in der Altstadt und ich hörte zufällig, wie er von einem Besuch bei der kleinen Russin sprach.«

»Was noch konnten Sie hören?«

»Dass er vorher mit Merteuil gesprochen habe und Madeleine sich keine Sorgen wegen Jack machen müsse.«

»Noch etwas?«

»Mehr nicht, aber es kam mir so vor, als wären sie vertraut. Sehr vertraut, als ob sie sich seit Jahren schon kennen.«

»Dachten Sie das?«

»Und ich dachte außerdem, ob sie beide dieselbe Tante haben könnten. Und ob Signore de Luca womöglich ein berufsmäßiger Dieb ist.«

»Großartig!«

»Großartig?«

»Wir stimmen völlig überein in unserer Annahme. Auch der Raub passt ins Bild. Sehen Sie, ich hatte gleich so ein Gefühl, als ich Madeleine kennenlernte, und ich lag richtig!«

Nun hatte ich genug davon, wie Gaston in Rätseln sprach. »Wer sind Sie eigentlich?«

»O bitte, Elizabeth, hatten wir das nicht auch schon hinter uns? Ich bin Gaston Perrier, der Comte du Bazal.«

»Das meine ich nicht! Was haben Sie mit Madeleine –«

»Ich mit ihr? Niemals!« Er zwinkerte mir zu.

»Es ist mir ganz gleichgültig, ob Sie sie geküsst haben oder was sonst –«

»Was für schmutzige Gedanken Sie doch hegen, Mrs Thomas Daniel Davies. Ich bin schockiert.« Er lachte viel zu ausgelassen für meinen Geschmack. »Sie müssen nicht eifersüchtig sein, ich küsse nicht halb so oft, wie ich es gerne möchte. Und niemals Madeleine Dupont.«

»Sie kennen Sie aber doch?«

»Ich kenne sie so lange, wie Sie sie kennen.«

»Aber etwas wissen Sie über sie? Warum antworten Sie mir nicht endlich? Macht es Ihnen Freude, mich an der Nase herumzuführen?«

Freundschaftlich legte er mir den Arm um die Schulter, nahm auch meine Hand. »Das tue ich nicht. Ich kann Ihnen nur nicht alles anvertrauen, das müssen Sie verstehen.«

»Ich verstehe es nicht! Hat Madeleine Jack erstochen?«

»Ich denke, so arbeitet sie nicht.«

»Also kennen Sie sie doch!« Himmel, ich war so wütend auf ihn!

»Ruhig bleiben, bitte. Hören Sie zu.« Er schob mich zurück auf meinen Platz und setzte sich mir gegenüber. »Madeleine Dupont ist nur ein Name unter vielen und bislang hatte ich kein Gesicht zu dem Phantom, das ich seit zwei Monaten finden soll.«

Madeleine Dupont war – so hatte Gaston guten Grund zu vermuten – eine Dame namens Sylvie Legrange aus Paris, die mit beträchtlichem Erfolg das Vermögen reicher Männer verkleinerte. Sie tat das, indem sie für kurze Zeit eine Verlobung einging, um sich dann ihr gebrochenes Herz in barer Münze aufwiegen zu lassen. Auf diese Idee war sie gekommen, nachdem sie sich unmittelbar nach dem Krieg in den Sohn eines englischen Lords verliebt hatte, der sie allerdings kurz vor der Hochzeit mit ihrer besten Freundin betrog und den sich anbahnenden Skandal mit Geld verhindert hatte. Dabei hatte Sylvie bemerkt, um wie vieles lieber ihr ein anständiger Scheck denn ein unanständiger Mann war, und so hatte sie ihre Karriere begonnen. Das war ihr nicht schwergefallen, waren doch ihre Tante und ihr Bruder ebenfalls in kleineren Gaunereien geübt. Madame Lucas bewies ein geschicktes Händchen als Hehlerin von Schmuck, der unauffällig den Besitzer wechseln sollte, und Jean Legrand wusste mit Karten und Würfeln umzugehen, wenn er nicht besagten Schmuck in das Eigentum seiner Tante überführte. Nun hatte Sylvie stets großes Wandlungsvermögen bewiesen, weshalb es ihr immer wieder gelang, neue Opfer zu finden und unentdeckt zu bleiben, zumal keiner der Herren jemals Anzeige erstattet hatte – das ließ der männliche Stolz wohl nicht zu. Es waren kaum mehr als Gerüchte, die sich in den Herrenzirkeln verbreiteten; gelegentlich wurden Warnungen laut vor allzu hübschen Französinnen, die so gar nicht bereit schienen, sich auf ein unverbindliches Techtelmechtel einzulassen, und in deren Nähe sich Konkurrenz in Form eines südländischen Frauenhelden herumtrieb. Dieses Gerücht war irgendwann auch der Sûreté zu Ohren gekommen. Man bat Gaston Perrier um Hilfe, der sich daraufhin daran machte, den Weg Sylvies zu verfolgen.

»Deshalb bin ich hier. Ich arbeite für die *Sûreté*.« Mit großer Geste verbeugte er sich vor mir.

Mich beeindruckte das nicht im Geringsten. »Ein Polizist also? Einer, vor dessen Nase erst ein Mord und dann ein Raub stattgefunden hat und der nun mit einer Verdächtigen in einer heruntergekommenen Bruchbude hockt, anstatt Albert aus dem Gefängnis zu holen? Na, darauf können Sie wohl kaum stolz sein!«

Meine Kritik prallte an ihm ab, ja, er lachte schon wieder. »Darf ich nicht auch einmal im Urlaub sein? Immerhin fiel mir Madeleine sofort auf, erst recht, nachdem Florence von Signore de Luca sprach. Der klang mir ganz nach Sylvies Bruder.«

»Weshalb ist eine kleine Heiratsschwindlerin so wichtig?«

Gaston antwortete ausführlich. Er war zu Beginn des Jahres aus der Sûreté ausgeschieden und hatte eine Detektei gegründet, die all die Fälle bearbeitete, die zwar nicht zur Anzeige kamen, denen man jedoch genügend Bedeutung zumaß, um für den französischen Staat gefährlich werden zu können. Das klang für mich sehr vage, aber ich begriff, um was es ging, als er mir den Fall der Mata Hari schilderte: Dieser Krieg hatte deutlich gemacht, wie fragil die Sicherheit jeder Nation war und wie dumm gerade Männer von Vermögen und Einfluss handelten, wenn es um ein schnelles Vergnügen ging. Wie Mata Hari auch gelang es Sylvie, Männer aller Art von sich einzunehmen. »Jetzt interessiert sie sich nur für ein neues Schmuckstück und ein wenig Bargeld, aber sie hat Spaß an diesem Spiel und es kann leicht sein, dass sie in anderen Zeiten auf andere Dinge aus ist, die uns alle gefährden könnten.«

»Und Sie denken, wenn sie das schon tut, dann soll sie es für Frankreich tun?«

»Entweder das oder sie soll sich zur Ruhe setzen. Mein Auftraggeber –«

»Der französische Staat.«

»Eben der. Er bevorzugt die erste Variante, zumal er dieser Dame bislang nicht habhaft werden konnte, was beweist, wie hervorragend sie geeignet wäre für eine Agententätigkeit. Man wusste nicht einmal von ihrem Tun bis vor wenigen Monaten.«

»Und wie –«

»Unwichtig. Jetzt möchte man sie einstellen, nur das zählt.«

»Ich glaube nicht, dass Madeleine das interessiert.«

»Wenn Madeleine wirklich Sylvie ist, dann wird sie begreifen, wo ihr Vorteil liegt. Bislang konnten wir ihr nichts nachweisen, aber jetzt, nachdem –«

»– nachdem sie Veras Diadem hat stehlen lassen –«

»– sieht es gleich ganz anders aus.«

»Weshalb haben Sie so lange gebraucht, um sie als Sylvie zu erkennen?«

»Weil ich nicht ihretwegen hier bin und nebenher drei andere Fälle bearbeitet habe. Erfolgreich, möchte ich bemerken. Bewundern Sie mich bitte.«

»Daher die häufigen Reisen und die dauernde Arbeit auf Ihrem Zimmer.«

»Und daher auch meine Blindheit, was die sich anbahnende Katastrophe anging.«

»Weshalb ist Jack Lexington tot?«

»Ich weiß es nicht. Ich habe ihn nur bemerkt, weil er immerzu von Madeleine redete. Seine Schwärmerei brachte mich auf Sylvies Spur. Davon abgesehen kann ich mir noch immer nicht denken, was an ihm so interessant sein könnte, dass er zum Mordopfer wurde.«

»Ich will Sie nicht kritisieren, aber dass er tot ist und Sie davon überrascht wurden, spricht nicht unbedingt für Ihre Qualität als Detektiv. Sie hätten merken müssen, was vor sich ging.«

»Und Sie hätten merken müssen, wie Albert Sie ansah. Aber Sie haben recht, ich habe Lexington für einen unbedeutenden Jüngling gehalten. Nicht zuletzt wegen der Gemälde, die Sie ihm angedreht haben ... *Mon dieu!* Die stammen doch wohl nicht von Vera, die sind gefälliges Geschmiere für den bourgeoisen Geschmack.«

»Von irgendetwas muss ich leben und solche netten Bildchen verkaufen sich gut.«

»Jetzt tun Sie nicht so, als wären Sie schon immer Kunsthändlerin gewesen. Und ich kann Ihnen nur raten, das nicht zu behaupten, sollte Merteuil Sie doch in die Finger bekommen: Er mag einseitig denken, aber er versteht etwas von Kunst und deshalb sind Sie ihm noch suspekter.« Unvermittelt nahm Gaston meine Hand, streichelte sie sogar.

»Was ist?«

»Merteuil hat bereits sehr viel über Sie herausgefunden – Dinge, die das Porträt einer höchst undurchsichtigen Frau zeichnen, die Albert zu einem Mord angestiftet hat.«

»Was hat er herausgefunden?«

Ich lauschte mit angehaltenem Atem, was Gaston mir aufzählte:

Vom Bankdirektor hatte Merteuil von meinen regelmäßigen Bareinzahlungen erfahren, die die Einnahmen für verkaufte Bilder bei Weitem überstiegen.

Vom Empfangschef in Toulon ließ er sich bestätigen, Albert und ich seien als Bruder und Schwester aufgetreten, wie es Liebespaare zu tun pflegten.

Von Myrtle und Alice hatte er erfahren, wie ich am Sonntag auf meinem Zimmer geweint und getobt hatte.

Und zu guter Letzt hatte er auch noch Lavinia kontaktiert, die mir vorwarf, Thomas aus Geldgier geheiratet zu haben und auf Einladung eines *Mannes* nach Nizza gereist zu sein. Eines Mannes, in dem Merteuil natürlich Albert vermutete.

Dass Lavinia mich so sehr hasste, um eine solche Lüge zu erzählen, schockierte mich tief.

»Lassen Sie sich davon nicht ablenken. Merteuil ist überzeugt, Albert und Sie seien schon länger liiert und Sie seien auf seinen Wunsch hier.«

»Aber Flossie hat mich eingeladen, sie hat den Brief und das Telegramm geschickt, auf ihren Namen waren Hotels und Züge gebucht! Das kann sie leicht aufklären.«

»Das eben tut sie nicht. Sie spricht in den höchsten Tönen von Ihnen und schwört, Sie seien unschuldig, aber sie bleibt dabei, Ihnen zufällig begegnet zu sein.«

»Also spielt sie doch ein falsches Spiel mit mir?«

»Das ist, worin ich mir unsicher bin.«

»Aber Sie haben ihr gesagt, sie solle mich zur Flucht bewegen? Weshalb haben Sie das ihr überlassen und sind nicht selbst zu mir gekommen?«

»Sehe ich aus wie ein Mann, der nachts in das Zimmer einer Dame eindringt?«

»Ja.«

Er lachte. »Ich wollte sehen, ob Florence Sie herausholt oder verrät.«

»Und?«

»Sie ist nicht in allen Dingen ehrlich, aber es kam mir so vor, als halte sie Sie für unschuldig.«

»Flossie weiß verdammt gut, dass ich unschuldig bin! Und soll ich Ihnen noch etwas sagen: Sie hat mich in dieses Haus gebracht an meinem ersten Abend in Nizza und sie hat so getan, als sei es eine Pension. Was denken Sie, weshalb?«

»Damit niemand erfährt, dass Sie hier sind.«

»Jaja, das ist klar. Aber warum? Albert wäre nicht durch ganz Nizza gelaufen, um mich zu überprüfen! Sie ging also davon aus, dass das jemand anderes tun würde! Dass irgendwer irgendwann fragen würde, wo ich in dieser ersten Nacht gewesen bin!«

»Sie denken, Ihre gute alte Schulfreundin –«

»Himmel, wir mochten uns früher nicht einmal besonders!«

»Sie denken also, die Frau, deren Angebot Sie ohne zu zögern angenommen haben, hatte vor, Jack zu töten und Sie dafür verantwortlich zu machen?«

»Ja. Nein.« Es war zum aus der Haut fahren und selbst heute, da ich diese Geschichte erzähle, gerate ich noch in Wut, weil alles so klar vor mir lag und ich es doch nicht erkannte. »Irgendeinen Plan hatte sie und deshalb sagt sie Merteuil nicht die Wahrheit.«

»Oder sie sagt sie nicht, um Sie und sich zu schützen. Eine ehemalige Klassenkameradin mit einem wochenlangen Luxusurlaub zu versorgen – das sieht nicht gut aus. Merteuil würde sich fragen, womit Sie sie in der Hand haben oder was Florence für ihr Geld von Ihnen erwartet. Es ist vernünftig, Ihr Arrangement zu verschweigen.«

»Aber doch nicht, wenn es stattdessen so aussieht, als sei ich Alberts wegen hier! Wie überhaupt passt das in Merteuils Vorstellung? Albert kann mir zwar befehlen, zu ihm zu reisen, aber gehorcht mir, wenn ich einen Mord verlange?«

»Wieder eine gute Bemerkung, Elizabeth, Sie machen sich. Allerdings wird Merteuil eine so feine Unterscheidung nicht treffen; er wird behaupten, es sei eine *amour fou* zwischen Ihnen.«

»Das nun auch noch!«

»Man hat in Alberts Zimmer außerdem die Belege der Zahlungen gefunden, die an die Eisenbahngesellschaften und ein Hotel in London gingen. Ausgestellt auf Sie. Von Albert, nicht von Florence.«

»Aber es war Florence, die mir das Telegramm sendete. Und es war Florence, die das Hotel gebucht hat!«

»Das mag ja sein, aber es war den Unterlagen nach Albert, der im Postamt für das Telegramm zahlte, und Albert, der die Tickets gekauft und die Hotelrechnung bezahlt hat.«

Ich konnte mir keinen Reim darauf machen. Wusste Albert die ganze Zeit über, dass ich kommen würde? Oder sollte es nur so aussehen? Hatten die Smith-Babingtons gemeinsam etwas geplant? Oder war es doch Flossie, die Albert hereinlegen wollte? Aber womit? Wie? Das war alles zu weit hergeholt, zu kompliziert, zu abstrus. »Gaston, was soll ich tun? Ich meine, wenn Sie mit mir zu Merteuil gehen, können wir ihn dann nicht gemeinsam überzeugen, dass ich mit Jacks Ermordung nichts zu tun habe?«

»Ich darf deshalb bei den Verhören dabei sein, weil der Chef der *Sûreté* darum gebeten hat. Was er tat, weil wir in Madeleine Sylvie Legrand vermuten, die nicht ahnen darf, dass wir ihr auf die Schliche gekommen sind. Sie hatte mit dem Toten zu tun. Das versteht Merteuil. Und er versteht, dass mich alles andere nichts angeht.«

»Aber –«

»Wollen Sie nicht noch etwas anderes von mir erfahren?«

»Ja. Sie sagten mir vor ein paar Wochen, Sie seien in Nizza, weil Sie einem Freund einen Gefallen tun. Um was hat Albert Sie gebeten?«

»Elizabeth, Sie sollten sich angewöhnen, zuzuhören. Ich sagte vor wenigen Minuten auch, dass Albert *nicht* mein Freund ist.«

»Wem tun Sie also den Gefallen? Wer ist dieser Freund, für den Sie Alberts Freund spielen?«

»Es ist Alberts Vater. Smith-Babington hat mich vor sechs Wochen angeschrieben. Er fragte, ob ich nicht Lust hätte, Albert einmal wiederzusehen, der zurzeit in Nizza weile. Ich schrieb zurück, dass ich an der Riviera zu tun habe und daher sehr gerne Kontakt zu ihm aufnähme.«

»Und weshalb wollte er das? Wofür brauchte Albert einen Polizisten?«

»Nennen Sie mich nicht einen Polizisten, bitte. Das klingt, als wäre ich ein Kollege Merteuils.«

Ich war mit den Nerven so ziemlich am Ende und zornig schlug ich auf den Tisch. Was hatten Gastons Befindlichkeiten schon mit diesem Fall zu tun? Nichts!

»Oh là là, so ein Ausbruch steht Ihnen gut.« Er schmunzelte. Räusperte sich. »Sehen Sie, Albert und ich, wir trafen uns im letzten Kriegsjahr im Zuge einer britisch-französischen Konferenz und nein, Sie fragen nicht nach Details.«

»Ich verstehe. Das ist alles *hush-hush*, ja?«

»Geheim, in der Tat.«

»Albert kann ich mir nicht als Geheimnisträger vorstellen.«

»Das ist er auch nicht. Sein Vater ist es. Albert war nur als sein Begleiter anwesend, so wie auch ich nicht an der Konferenz selbst teilnahm, sondern die Umgebung im Blick behielt. Wir kamen ins Gespräch und verbrachten ein oder zwei Nächte damit, den Krieg zu vergessen.«

»Wie das?«

»Mit Champagner und schönen Frauen.«

»Albert hat Flossie also betrogen?«

»Ah, Sie steuern gleich auf den einzigen Punkt zu, der
eine Frau interessiert. Es ist völlig gleichgültig, welche
Qualitäten ein Mann hat, wenn er nur einmal vom Weg
abkommt.«

»Da es das ist, weshalb Flossie mich hat kommen lassen, halte ich Alberts Untreue für bedeutend. Sie hat
sich das also nicht eingebildet, während ich in ihm einen Ehemann sah, der nur seine Frau liebt.«

»Und einen anderen Mann als einen treuen könnten
Sie nicht respektieren, nehme ich an?«

»Das könnte ich nicht.«

»Ich möchte erwähnen, dass ich weder Champagner
getrunken noch schöne Frauen geküsst habe in diesen
Nächten.«

»Weil Sie im Dienst waren, nehme ich an.«

»Ah, Sie wollen mir aber auch gar nichts anrechnen.«
Wenn er nur ahnte, wie bereit ich wäre, ihm alles
Mögliche gutzuschreiben. Nur nicht jetzt. »Was sagte
Albert, als Sie ankamen?«

»Dass er sich freue, mich zu sehen.«

»Er wusste nicht, dass Sie kommen?«

»Das wusste er nicht.«

»Müssen Sie sich jede Information aus der Nase ziehen lassen?«

»Das Gegenüber sprechen zu lassen, hat sich bei meinen Ermittlungen stets bewährt.«

»Bei Verdächtigen. Nicht bei mir.«

»Ich werde mich bessern.«

»Dann fangen Sie jetzt damit an.«

Gaston Perrier hatte während des Krieges nicht nur
zwei Abende mit Albert verbracht, sondern sich um die

Sicherheit des Baronets Smith-Babington gekümmert. Den beschrieb er als zwar strengen, doch gerechten Mann, dem sein einziger Sohn wichtiger war, als der es vermutete. Der alte Smith-Babington sorgte sich um dessen Temperament, das sich gelegentlich in heftigen Zornesausbrüchen gezeigt hatte, die von Selbstzweifeln und Melancholie abgelöst wurden. Seiner Schwiegertochter war der Baronet über alle Maßen dankbar, übte Flossie doch einen positiven Einfluss aus. Ihr wollte Albert unbedingt gefallen, um ihretwillen nahm er sich zusammen, so glaubte der Vater.

Um die Weihnachtszeit jedoch, die die Familie traditionell in London verbrachte, hatte der Baronet bemerkt, wie sich das Verhältnis zwischen Flossie und Albert abgekühlt hatte. Seitdem hatte sein Sohn einige dumme geschäftliche Entscheidungen getroffen und war im Gespräch mit dem Vater schnell ungeduldig und sogar wütend geworden. Etwas lag da im Argen und als es über die Monate schlimmer zu werden schien, hatte Smith-Babington senior sich an seinen Freund Gaston gewandt und ihn gebeten, sich Albert als Intimus anzubieten, auf dass dieser ihm sagen möge, was ihn belaste. Wenn irgend möglich, sollte er sogar dabei helfen, die Ehe des Sohnes zu retten.

Als Gaston ankam, war er durchaus willens, Albert einen Großteil seiner Zeit zu widmen; auch er bemerkte ja sofort, dass eine gewisse Kühle zwischen den Eheleuten herrschte. Doch bald schon musste er feststellen, dass es Albert war, der keine Zeit für ihn hatte – die nämlich verbrachte der viel lieber mit mir. Was Gaston auf die Idee brachte, *ich* könne der Grund für die Sorge des Baronets sein. Eine Idee, die er jedoch bald wieder fallen ließ, da ich keine Zeichen besonderer Zuneigung zu Albert erkennen ließ.

Dann nahmen seine eigenen Fälle ihn zu sehr in Anspruch und auch die Entdeckung, es könne Madeleine die lange gesuchte Sylvie sein, lenkte ihn von seiner Aufgabe ab. Mehr aus schlechtem Gewissen denn aus echtem Interesse setzte er sich einige Male mit Flossie zusammen und versuchte zu ergründen, was in ihr vorging, aber sie wich ihm geschickt aus. »Es ist kein Wunder, dass sie einen guten Einfluss auf Albert hatte; sie weiß geschickt zu manipulieren und hat sogar mich vorgeführt wie einen Anfänger. Der Baronet darf mit Recht enttäuscht von mir sein.«

»Haben Sie ihm schon Bescheid gegeben?«

»Ja. Er schickt eine Armee an Anwälten los. Und spricht mich von jeder Schuld frei, worin ich nicht mit ihm übereinstimme.«

»Wenn Sie sagen, Flossie manipuliert, dann halten Sie also sie für die Mörderin?«

»Immer kommen Sie auf den Mord zurück. Ich glaube nicht, dass dort die Lösung liegt.«

»Sondern?«

»Ich denke, wir müssen den Grund für diesen Mord finden, dann finden wir den Mörder oder die Mörderin.«

Der Unterschied erschien mir rein akademisch; ich sah nicht, wie ich das eine oder das andere hätte herausfinden können.

»Sehen Sie, Merteuil ist so fest davon überzeugt, den Fall schon gelöst zu haben, dass er die eine wichtige Frage vernachlässigt: Weshalb musste Jonathan Lexington sterben? Einen Mann, zumal einen in solch guter körperlicher Verfassung, ersticht man nicht aus Versehen.«

»Ich würde überhaupt niemanden aus Versehen erstechen.«

»*Pardon*, ich drücke mich falsch aus. Während meiner Zeit bei der Polizei habe ich Fälle erlebt, bei denen ein Mensch ums Leben kam, weil man ihn mit einem anderen verwechselt hat. Aber niemand im Umfeld unserer Gesellschaft ähnelt Lexington. Es ging also sehr wahrscheinlich um ihn, er war derjenige, der sterben sollte. Was also war an ihm so störend, dass er beseitigt werden musste? Was wusste er, was verhinderte er, was wollte er, das ihn zum Opfer machte? Und das interessiert Merteuil nicht im Geringsten. Auch er schaut nur nach dem Mörder und vernachlässigt das Motiv ebenso wie den Charakter des Toten. Er hat Lexingtons Tod der amerikanischen Botschaft in Paris mitgeteilt, und das war es.«

»Und was tun Sie nun?«

»Ich habe heute Nachmittag mit der Botschaft telefoniert, die mir sagte, sie könne Lexington senior nicht in Boston erreichen. Jacks Vater ist auf Reisen in Europa. Ich denke, er muss unbedingt befragt werden.«

»Wir können nicht durch ganz Europa fahren, um ihn zu finden.«

»Natürlich nicht. Ich habe die Sûreté gebeten, ihn zu finden.«

»Und dieser arme Mann soll uns dann gute Gründe nennen, weshalb sein Sohn ermordet wurde?«

»So brutal würde ich es nicht ausdrücken.«

»Und was tun wir bis dahin?«

»Wir wollen einmal sehen, ob wir Sie nicht als Zimmermädchen ins *Negresco* schicken können.«

»Aber –«

»Ich kann dort nur begrenzt ermitteln, ich bin der charmante Gaston, der ebenso schockiert ist wie alle anderen. Ich darf nicht aus der Rolle fallen, mich darf man nicht in einem Zimmer überraschen oder sich über meine Fragen wundern.«

»Aber –«

»Sie haben mir gezeigt, dass Sie das Prinzip verstehen, es mangelte nur an der Umsetzung. Und ich sehe es an dem Funkeln in Ihren Augen: Sie hatten nicht vor, sich hier zu verstecken. Sie haben im strömenden Regen ausgeharrt, Sie sind Vera zu Hilfe geeilt, Sie haben eine Reise in ein neues Leben gewagt: Es ist eindeutig. Sie verfügen über Geduld, Mut und Neugierde. Sie haben, was es braucht, um herauszufinden, was geschehen ist.«

»Ich habe keine Ahnung, was zu tun ist.«

»Das kommt noch. Also?«

Also ja. Was sonst sollte ich tun? Natürlich musste ich herausfinden, was geschehen war.

A Blessing in Disguise?

28. April 1921

Zu meiner Überraschung schleppte Gaston am nächsten Morgen Maître Auguste heran. Er stellte ihn mir als *wahren* Freund vor, mit dem er so manches erlebt habe. Ich ahnte, dass es Gastons Arbeit war, die sie verband, und dass er am eigenen Leibe erfahren hatte, welch ein Künstler der Verwandlung Auguste Barnard war.

»*Quelle surprise!* Madame Davies!« Der Meister küsste meine Wangen und forderte mich im nächsten Augenblick auf, einige Runden zu drehen, zu lachen und zu sprechen. Dabei musterte er mich kritisch. »*Eh oui,* es ist ein Glück, dass sie nicht aussieht wie eine Engländerin.«

»Ich bin keine –«

»Elizabeth ist aus Cornwall, und das macht in ihren Augen einen Unterschied.«

Die Herren lachten. Und schauten mich an, als wäre ich ein Möbelstück, über dessen weitere Verwendung sie im Zweifel waren. Ich hatte mich schon wohler gefühlt.

»Sie hat eine gute Haut, nicht zu blass, keine Rötungen, keine Sommersprossen, nichts, was auffällig wäre. Die Brille ist eine gute Idee, aber wir verwenden eine, durch die sie schauen kann. Glaubst du, sie ist geschickt genug, mit dem Wachs umzugehen?«

»Bestimmt. An was denkst du? Kinn oder Nase?«

»Beides am besten. Und wir nehmen die gepolsterte Wäsche für etwas mehr Kurven.«

»Aber nicht so viel, dass alle Pagen hinter ihr her sind.«

»Nur um die Hüfte herum. Breite Hüften flößen Vertrauen ein.«

»Du bist der Meister, Auguste.«

»Und du der Chef.«

Ich räusperte mich. »Und was bin ich?«

»Sie sind der Köder«, antwortete Auguste.

Gaston widersprach. »Nein, Sie sind unsere Agentin in Ausbildung. Man lernt stets am besten, wenn man einfach voran ins kalte Wasser springt, *n'est-ce pas?*«

Da war ich gänzlich anderer Meinung, aber Gaston schaute mich an, als sei er stolz auf mich. Ich nickte also. »Unbedingt, ja. Was hat es mit dem Wachs für Kinn und Nase auf sich?«

Das erfuhr ich während der nächsten zwei Stunden, die es brauchte, mir ein neues Profil zu modellieren. Mit einem sehr unangenehm brennenden Leim brachte Auguste eine etwas längere Nase und ein breiteres Kinn auf meinem Gesicht an und arbeitete eine weitere halbe Stunde daran, diese Prothesen unsichtbar zu machen. Dann starrte mir eine fremde Frau aus dem Spiegel entgegen, die mir in nichts ähnelte. »Himmel! Aber ich weiß nicht, ob ich das ohne Ihre Hilfe hinbekomme.«

Wieder lachten die Herren. Auguste schüttelte den Kopf. »Sie wollen meine Arbeit kopieren? Das ist aussichtslos. Sie dürfen Ihr Gesicht nicht anfassen. *Compris?*«

»Und dieser Aufbau hält?«

Gaston nickte. »Das tut er. Für etwa zwölf Stunden, vielleicht ein klein wenig mehr, dann müssen Sie wieder hier sein. Wie Aschenputtel, Sie verstehen? Irgendwann lösen Sie sich auf und wir wollen nicht, dass Merteuil oder Florence das mitbekommen.«

Das wollte auch ich auf keinen Fall. Aber zwölf Stunden? Das erschien mir auf der einen Seite sehr wenig, um mich vom Verdacht des Mordes zu befreien, und andererseits sehr viel, um das Brennen und Jucken meiner Haut zu ertragen. Schon jetzt hatte Auguste mehrfach auf meine Finger geklopft, die ganz ohne Absicht ins Gesicht fuhren. »Nicht anfassen!«

»Sagt sich leicht an Ihrer Stelle.«

Noch nie hatte Gaston so sanft mit mir gesprochen wie jetzt: »Elizabeth, sagen Sie mir: Werden Sie es schaffen?«

»Selbstverständlich«, behauptete ich mit mehr Zuversicht, als ich empfand. So recht klar war mir nicht, wie ich als unterbezahltes Zimmermädchen etwas herausfinden würde. Oder wie es mir gelingen sollte, meine sofortige Einstellung am *Negresco* zu erreichen.

Die Herren lachten schon wieder, als ich fragte, wie das gehen solle.

»Sie ist so unverbraucht naiv für ihr Alter«, befand Auguste.

»Ja, man begreift, wie sie in dieses Dilemma geraten konnte, aber ich versichere dir, sie ist im Grunde eine intelligente Frau von hervorragendem Charakter.«

»Ein hervorragender Charakter ist ein Problem in unserer Branche. Man ist gehemmt, wenn Dinge getan werden müssen.«

»Ja, aber sie begreift ganz gut, in welcher Gefahr sie schwebt, das wird ihr helfen.«

Ich sah vom einen zum anderen. »*Ihr* würde es auch helfen, wenn eingebildete Männer sie nicht wie ein Kind behandelten.«

»Dann sagen Sie doch einmal, wie Sie es anstellen werden, heute noch als Zimmermädchen im *Negresco* zu arbeiten. Ohne Zeugnisse und Referenzen.«

»Vielleicht würde es mir auch helfen, wenn die Herren einen Vorschlag machten?«

»Frechheit siegt, Elizabeth. Wenn Sie von zwölf Stunden zehn damit zubrächten, die Betten zu machen, was wäre uns damit geholfen? Auguste, wo ist die Uniform?«

Nicht als Mrs Davies oder Miss Teague schwebte ich am späten Vormittag durch das Foyer des *Negresco*, nein, es war ein scheues Wesen namens Louise, das in der schwarz-weißen Uniform der Zimmermädchen durch den Gesindeeingang huschte, in den Dienstbotenaufzug stieg und zum dritten Stock hinauf fuhr. Dass ich mich so zielsicher bewegte, verdankte ich Auguste; er hatte in diesem Haus mehr als eine Liebschaft unterhalten und pflegte dabei so diskret vorzugehen, dass er sich hier vermutlich besser auskannte als dessen Direktor. Er hatte sogar zu sagen gewusst, wo ich mich mit einem Körbchen voller Putzzeug ausstatten konnte und zu welchen Zeiten in welchen Etagen gereinigt wurde. Dazu hatte Gaston mir versichert, ich würde nicht auffallen und schon gar nicht während des einen Tages, den ich zur Verfügung hatte. Das Personal wechsele zu häufig und zu Beginn der Saison hätte es viele

Aushilfskräfte, deren Gesichter sich eh keiner merke. Ich müsste mich nur von Pagen und Zimmermädchen fernhalten, dem Direktor nicht über den Weg laufen, Flossie, Myrtle und Alice nicht zu nahekommen, Madeleine und de Luca meiden, mich von keinem Hotelgast verführen lassen und ein geeignetes Versteck finden, sollte ich doch jemandem ins Auge stechen, dann liefe alles wie von selbst.

Weshalb ich allerdings glaubte, all das meistern zu können, das wollte mir nicht einfallen, als ich mich um halb zwölf mittags in Jacks Zimmer stahl. Es war unverschlossen; der Commissaire hatte es wirklich bereits freigegeben. Ich schaute um mich und schnaubte. Falls Merteuils Brigadiere es nicht mit den besten Kammerdienern Großbritanniens aufnehmen konnten, dann hatte in dieser Suite keine polizeiliche Durchsuchung stattgefunden, die sich so nennen durfte. Im besten Falle hatten die Polizisten den Schreibtisch inspiziert, denn Jacks Hemden, Westen, Jacketts und Mäntel, seine Hosen, Socken und Badeanzüge – alles hing sorgfältig ausgerichtet an den Kleiderstangen oder lag perfekt gefaltet in den Schubläden.

Wie Gaston es mir erklärt hatte, steckte ich die Hände in sämtliche Taschen und zog Zuckerpapierchen, Visitenkarten, Streichholzschachteln und ein Taschenmesser heraus. Das Messer war klein und silbern und weder besonders kunstvoll verziert noch sonderlich wertvoll. Ich klappte es auf. Klappte es wieder zu, drehte es nach allen Seiten. Erst, als ich es näher ans Fenster brachte, sah ich eine winzige Gravur. Zwei Buchstaben nur: *BM.* Das sagte mir nichts. Vielleicht stand das B für Boston? Die Kärtchen, Tütchen und Streichhölzer halfen mir ebenfalls nicht weiter; sie stammten von all den Clubs und Restaurants, die unsere Gesellschaft aufgesucht hatte. Ich stopfte sie zurück in die Hosen und Jacketts und suchte weiter.

Ich schaute hinter Gemälde und Spiegel. Ich schaute unter die Matratze. Ich schaute in die Bücher auf dem Nachttisch.

Nichts.

Ich robbte unters Bett. Ich schob die Kommode von der Wand. Ich rollte die Teppiche beiseite.

Nichts.

Ich kontrollierte jede Socke. Ich wühlte mich dreimal durch Jacks Unaussprechliche. Ich krempelte jeden Ärmel und jedes Hosenbein um. Irgendetwas musste hier sein, das fühlte ich. Ich strich über die Westen, die Jacken, die Mäntel.

Nichts.

Und es war gerade dieses Nichts, das mich davon überzeugte, Jack Lexington sei *nicht* grundlos ermordet worden. Ein junger Mann auf Reisen in einem fremden Land – hatte so einer nicht irgendetwas bei sich, was ihn an daheim erinnerte? Irgendetwas Persönliches? Eine Mundharmonika wenigstens, ein Lieblingsbuch? Fotografien vielleicht? Es gab nicht einmal etwas, was unmittelbar mit seiner Reise zusammenhing: keinen Kalender, keine Tickets, keine Fahrpläne und keine Souvenirs.

Nichts gab es hier und falls Gaston sich nicht irrte, so fand sich auch im Kommissariat nichts, was Jonathan Lexington viel bedeutet haben mochte. Das Aufregendste war sein Portemonnaie, aber das enthielt angeblich nur einige Schecks, etwas Bargeld und zwei

Visitenkarten mit seiner Bostoner Heimatadresse. Jack war entweder ein Nichts oder aber er hatte ein Geheimnis. Ich fand ihn hochverdächtig. Wessen allerdings ich ihn verdächtigte, war mir schleierhaft. Am ehesten wohl der geistigen Schlichtheit.

Ich wollte den Raum verlassen, als mir etwas auffiel. Müsste hier nicht irgendwo ein Koffer sein? Ein Überseekoffer womöglich? Jacks Schrank war vollgestopft mit den teuersten Anzügen und Hemden; die hatte er gewiss nicht mit bloßen Händen hierhergebracht. Waren die Gepäckstücke auf dem Kommissariat? Das erschien mir unglaublich wichtig; es ließ mich gar nicht mehr los, also nahm ich den Telefonhörer auf und wählte Gastons Zimmernummer.

Gaston schimpfte natürlich mit mir, aber ich hielt es für riskanter, wenn ich jedes Mal zu ihm liefe, wenn ich eine Frage hatte – das würde nun wirklich irgendwann auffallen! »Sagen Sie mir nur rasch, ob Merteuil wenigstens die Koffer hat mitnehmen lassen.«

»Keine Koffer auf dem Revier, *non*.«

»Himmel, der Commissaire muss wirklich die allerbesten Beziehungen besitzen, dass er noch immer auf seinem Posten ist.«

»Er nicht. Seine Frau schon. Und es herrscht leider ein Mangel an Männern, die ihn ersetzen könnten.« Gaston lachte auf. »Im Büro. Nicht im Bett seiner Frau.«

Dazu hatte ich keine Meinung, also legte ich auf und dachte nach: Es gab im *Negresco* einen Gepäckraum und vielleicht gehörte Jack zu jenen Reisenden, die einen solchen Raum gerne in Anspruch nahmen. Andererseits verfügte sein Zimmer nicht allein über einen Kleiderschrank, sondern auch über ein Kämmerchen, das dazu gedacht war, alles zu verstauen, was man nicht vor Augen haben wollte. Ich hatte es bereits inspiziert; Golf- und Tennisschläger standen darin. Platz genug für einen Schrankkoffer hätte es geboten.

Noch einmal schaute ich mich um. Kein Koffer. Und nichts anderes wollte ich finden, ja, ich war überzeugt, Jacks Gepäck müsse die Antwort auf all meine Fragen enthalten. Ich musste also in den Gepäckraum. Der leider unmittelbar hinter dem Empfang lag. Hinter dem sich Monsieur Guilbert und gelegentlich auch der Direktor aufhielten. Denen ich keinesfalls begegnen sollte. Eine Stunde nach Beginn meiner Mission stand ich bereits vor einem Problem, das mir unlösbar schien.

Doch dieses Problem kümmerte mich erst einmal nicht, denn es klopfte an der Tür. Zunächst dachte ich, es müsse Gaston sein, aber zum Glück besann ich mich eines Besseren und schlüpfte in letzter Sekunde unters Bett. Ganz flach presste ich mich auf den Boden und schob den Kopf vorsichtig so weit vor, wie es mir ungefährlich schien.

Eine Dame betrat den Raum. Eine Dame, von der ich nicht mehr sah als den Saum ihres hellblauen Rocks, der glockig über die Wade reichte und bei jedem Schritt mitschwang. Die hellen Seidenstrümpfe waren von derselben erlesenen Qualität und die weißen Schnallenschuhe verrieten, wie viel Wert die Trägerin auf Eleganz legte. Hatte ich Flossie in solchen Schuhen gesehen? In einem hellblauen Kleid, einem hellblauen Rock? Ich konnte mich nicht erinnern.

Die Unbekannte kam geradewegs auf das Bett zu und ich befürchtete schon, ihr binnen Sekunden ins Gesicht zu blicken, als sie sich setzte, die Schubladen des Nachttischs aufzog und wieder schloss. Dann eilte sie zum Kleiderschrank, öffnete ihn, seufzte kurz darauf auf und rannte aus dem Zimmer.

Ich wartete ein Weilchen, doch als sie nicht zurückkehrte, wagte ich mich aus meinem Versteck und trat an den Schrank. Was hatte sie mitgenommen? Wieder drehte ich die Taschen auf links und fand doch nicht heraus, was fehlte. Eine der Visitenkarten, sagte mein Gefühl. Nun, vielleicht würde es mir später einfallen. Jetzt gab es hier nichts mehr für mich zu tun. Ich schnappte mein Putzkörbchen und trat hinaus auf den Flur. Alberts Zimmer sollte mein nächstes Ziel sein. Viel Hoffnung hatte ich nicht, dort etwas zu finden; es war anzunehmen, dass Merteuil die Suite seines Hauptverdächtigen gründlicher hatte inspizieren lassen. Aber ich wollte nichts unversucht lassen.

Alberts Zimmer allerdings erreichte ich nicht, denn es segelte eine eindeutig englische Matrone auf mich zu und erklärte, ich hätte auf der Stelle mit ihr zu kommen. »Vielleicht sind Ihre französischen Gäste an solche Impertinenzen gewöhnt, ich aber bin es nicht! Sagenhaft, wie man sich im Ausland neppen lassen muss! Sagenhaft!«

Da ich mir kein Aufsehen erlauben konnte, trabte ich stumm hinter ihr her und hoffte, ihr unentwegtes Schimpfen werde bald ein Ende finden. Schnaubend zog sie mich in ihre Suite und weiter bis an den geöffneten Kleiderschrank. »Was sagen Sie dazu?«

Ich sah nichts, wozu ich etwas hätte sagen können.

»Nun machen Sie halt Ihre Augen auf! Denken Sie etwa, ich würde *so* mit meiner Garderobe umgehen?« Sie fuchtelte mit den Händen und zeigte in die hinterste Ecke des Schranks. »Werfe ich etwa Venezianische Spitze achtlos zu Boden? Das tue ich selbstverständlich nicht und meine Zofe tut es ebenfalls nicht. Bringen Sie also in Ordnung, was Sie angerichtet haben!«

Ich versuchte gar nicht erst, mich herauszureden, sondern bückte mich pflichtschuldigst und hob den zusammengeknüllten Stoff heraus. Und noch bevor ich mich wieder erhob, ahnte ich, was ich in Händen hielt. Ich kam nicht dazu, es auszuwickeln; dieses unsägliche Weib riss das Bündel an sich. Sie runzelte die Stirn, befühlte, was sie da an sich genommen hatte, und wickelte endlich aus, was wahrhaftig das Diadem der Fürstin Gagarina war. Ich erkannte es sofort: Die in Kleeblattform angeordneten Rubine, das filigrane goldene Blattwerk und die winzigen Smaragde waren unverkennbar.

Die Matrone starrte das Schmuckstück so entgeistert und fasziniert zugleich an, dass mich nicht wunderte, was sie dann versuchte. Sie bekam kaum noch Luft, als sie überaus freundlich mir gestattete, das Zimmer zu verlassen; es täte ihr ja so leid, wie sie etwas verwechselt habe, und es sei alles in bester Ordnung.

»Verzeihen Sie, Madame, aber das ist es nicht. Dieses Diadem –«

»Mein liebes Kind, gehen Sie nur, machen Sie sich keine Gedanken, es war ja mein Fehler, ich habe ganz vergessen, es in den Tresor zu schließen.« Zuckersüß war sie und griff nun sogar in ihr Täschlein, um mir ein Trinkgeld zu offerieren.

Wenn ich jetzt nichts unternahm, würde Vera ihren liebsten Besitz nie wiedersehen. Die Polizei zu rufen, verbat sich von selbst, und bis ich Gaston hierhergebracht hatte, mochte dieses schreckliche Frauenzimmer sonst etwas unternommen haben. Es kostete mich einen Augenblick der Überwindung, doch dann war es rasch getan: Ich schnappte mir das Diadem, versetzte der Matrone einen kräftigen Schubs und sperrte die Kleiderschranktür hinter ihr zu.

Mit den Juwelen im Putzkorb hetzte ich den Flur entlang und stürmte in Gastons Zimmer.

»*Mon dieu!* Nennen Sie das unsichtbar bleiben? Wir können es uns nicht leisten, zusammen gesehen zu werden.«

»Tun Sie etwas! In Zimmer 303 wütet eine alte Engländerin im Schrank und es wäre besser, sie spricht mit niemandem!«

»Pardon?«

»Tun Sie etwas! Schnell!«

Gaston sprang auf, öffnete seine Schreibtischschublade, nahm etwas heraus und lief los. Ich warf mich in einen Sessel und versuchte, meinen viel zu hohen Puls unter Kontrolle zu bringen. Zählte das Einsperren einer diebischen Nervensäge als Straftat? Bestimmt nicht. Himmel, wohin war es mit mir gekommen? Ich war entsetzt.

Oder hätte es sein sollen. Stattdessen aber lachte ich und konnte nicht wieder aufhören. Wenn ich doch nur Jahre zuvor schon auf diese großartige Idee gekommen wäre und Lavinia eingesperrt hätte, dann säße ich nun nicht mit falscher Nase und Diebesgut in Gastons Schlafzimmer.

Was aber, da machte ich mir nichts vor, sehr, sehr schade gewesen wäre.

Es brauchte bald zehn Minuten, bevor Gaston zurück war. »Wollen Sie mir bitte erklären, weshalb ich diese Dame unschädlich gemacht habe?«

»Himmel!« Ich fuhr auf. »Sie haben Sie doch nicht etwa –«

»O doch, ich habe sie chloroformiert, was ich nur sehr ungern tue.«

»Ach, Gott sei Dank!«

»Sie glaubten nicht wirklich, ich würde sie erwürgen? Vielen Dank auch.«

»Wann wird sie wieder aufwachen?«

»Nicht zu bald, nehme ich an. Außerdem habe ich einiges an Likören und Weinbränden bereitgestellt.«

»Wie aufmerksam von Ihnen. Wozu?«

»Sie wird hoffentlich glauben, etwas zu viel zu sich genommen zu haben, und mit ein wenig Glück kippt sie wirklich etwas hinterher. Wenn ich den Zustand der Flaschen richtig einschätze, tut sie das gelegentlich.«

»Oh.«

»Und wenn sie selbst es nicht glaubt, so werden es vermutlich diejenigen glauben, die sie herbeiruft.«

»Aber wenn sie uns beschreibt?«

»Mich hat sie nicht gesehen und Sie sind Louise, die keiner kennt.«

»Sie haben so etwas schon öfter getan?«

»Unwichtig. Weshalb aber habe ich es dieses Mal getan?«

Ich zeigte ihm das Diadem.

»Oh là là.«

»Es war in ihrem Schrank und als sie sah, was es ist, da tat sie so, als wäre es ihres. Das konnte ich nicht zulassen.«

»Und wenn sie nicht so getan hätte, dann hätten Sie auf dieselbe Weise verhindert, dass sie die Polizei ruft, *n'est-ce pas?*«

»Ich befürchte, das hätte ich getan.«

»Gefällt mir.«

»Bitte?« Es freute mich zwar, dass er mich nicht verurteilte, aber offenbar war ich verliebt in einen Mann, der es völlig in Ordnung fand, Frauen in Schränke zu sperren. Das gab mir doch zu denken.

»Man muss gelegentlich zu ungewöhnlichen Mitteln greifen, um der Gerechtigkeit zum Sieg zu verhelfen.«

Nun, wenn er es so ausdrückte, dann hatte ich keinen Grund zur Sorge. Ich fand ihn hinreißend. Was wirklich unwichtig war in diesem Moment.

»Sie lächeln mich so erfreut an, Elizabeth. Haben Sie eine Theorie, wie Veras Diadem in den Besitz dieser Frau kam?«

»Ich nehme an, dass de Luca es dort versteckt hat. Wenn er es war, der es gestohlen hat.«

Gaston setzte sich mir gegenüber. »Da habe ich Madame Lucas wohl doch einen kleinen Schrecken eingejagt, anders kann ich es mir nicht erklären.«

»Aber ja, Madame Lucas, von der hatten Sie mir gestern nichts weiter erzählt.«

»Das reimen Sie sich wohl selbst zusammen; alles Wichtige wissen Sie.«

Laut überlegte ich: »Sie ist die Tante Madeleines und de Lucas und sie ist eine Hehlerin. Also hat de Luca das Diadem gestohlen und sie sollte es verkaufen? Warum hat sie es nicht getan? Weil Sie ihr Angst gemacht haben? Aber weswegen waren Sie bei ihr?«

»Ich erfuhr, dass sie in Nizza sein soll. Also habe ich sie aufgesucht.«

»Wegen Madeleine?«

»Ich nahm an, es könne kein Zufall sein, dass sie hier ist, obwohl sie sich normalerweise von den Geschwistern fernhält; sie ist einfach zu bekannt, das könnte die beiden gefährden. Und ich –«

»Nein, das begreife ich nicht. Sie ist bekannt? Sind alle französischen Polizisten wie Merteuil? Weshalb sitzt sie nicht im Gefängnis?«

»Sie sollten nicht nach Dingen fragen, die Sie nichts angehen.«

»Oh, also hat es wieder etwas mit der Sûreté zu tun? Wenn man dort aber weiß, dass sie Madeleines Tante ist und offenbar sogar weiß, wo sie sich aufhält, weshalb hat man Madeleine dann nicht längst geschnappt?«

»Ich weiß nicht, wie es in England ist, aber in Frankreich braucht es Beweise. Oder eine geschickt gestellte Falle.«

»Und das ist bis jetzt nicht gelungen? Sie brauchen also Hilfe?«

»Sie möchten hören, welch ein Segen Sie für mich sind? Ich bin unentschieden, wie hilfreich es ist, hinter Ihnen herzuräumen.«

Ich richtete mich kerzengerade auf. »Ich brauche weder ein Kindermädchen noch habe ich vor, das Einsperren störender Personen zur Gewohnheit zu machen.«

»Schade eigentlich.«

»Was haben Sie mit Madame Lucas besprochen?«

»Ich habe ihr vor Augen geführt, wie viel die Sûreté über sie weiß, und ich erkundigte mich sehr zartfühlend nach ihrer Nichte. Sie war nicht erfreut und so zog sich unsere Unterhaltung eine Zeit lang hin. Ich riet ihr, sich für Frankreich bei Sylvie zu verwenden, wenn sie seit unserem letzten Treffen noch einmal Schmuck verkauft habe, der nicht hätte verkauft werden sollen.«

»Und sie sagte was?«

»Zunächst einmal nichts, bis ich ihr Madeleine beschrieb und ihr bewies, dass wir Sylvie nun endlich kennen. Da konnte sie mich nicht schnell genug loswerden; sie hat versprochen, ihr Bestes zu tun und in Zukunft von dem zu leben, was sie sich erarbeitet habe.«

»Und dann hat sie de Luca das Diadem zurückgegeben und er hat es im ersten Zimmer versteckt, das ihm einfiel?«

»Vermutlich. Einen Verkauf kann sie nicht mehr riskieren und sie muss davon ausgehen, bewacht zu werden.«

»Wird sie bewacht?«

»Es patrouillieren genügend Brigadiere an der Promenade, um sie das glauben zu machen.«

»Haben Sie keine Angst, dass Madeleine flieht?«

»Das Risiko besteht. Aber sie weiß nun, wer nach ihr sucht. Sie wird sich überlegen müssen, wie lange sie ihr Geschäft noch wird weiterführen können. Im

Augenblick interessiert mich viel mehr, weshalb de Luca das Diadem hier im Hotel versteckt hat.« Gaston nahm das Schmuckstück an sich und schloss es in seinen Schreibtisch. »Haben Sie sonst noch etwas herausgefunden?«

Ich sprach von meinem Gefühl, dass mit Jack etwas nicht gestimmt habe, und davon, seinen Koffer suchen zu wollen. Ich wollte auch über die Fremde in Jacks Zimmer sprechen, doch Gaston blickte auf seine Uhr und erhob sich. »Ich bin jetzt mit den Damen zum Lunch verabredet und werde versuchen, sie möglichst lange von ihren Zimmern fernzuhalten.«

Ich wartete, bis ich ihn und Flossie im Flur hörte, ja, ich wagte sogar, die Tür einen Spalt breit zu öffnen, wollte ich doch sehen, ob sie die Unbekannte war. Doch nein, sie trug ein graues Kleid mit einer weißen Jacke, dazu sportliche Tennisschuhe. Oder hatte sie sich umgezogen?

Sobald sie das Stockwerk verlassen hatten, schlich ich mich in die Suite dieser Frau, von der ich noch immer nicht wusste, ob sie Freundin oder Feindin war. Als ich eintrat und ihr Parfum roch, überkam mich ein Gefühl, das nahe an Verbitterung war. Von Flossie war ich allerdings kaum enttäuschter als von mir selbst, da ich endlich begriff, wie sehr sie mich manipuliert hatte. Nicht allein mit Schmeicheleien und Tränen, sondern auch mit tatkräftiger Hand: Immerzu hatte sie mich geschoben, gezogen und geführt. Ich hatte mich schubsen lassen, wohin immer sie es wollte. Doch trotz meines Zorns konnte ich nur bewundern, wie geschickt sie mich zur eleganten Kunsthändlerin Miss Teague hatte werden lassen, die zwar in einem Commissaire Merteuil größtes Misstrauen erweckte, mir selbst jedoch gefiel.

Wenn ich Flossies Spiel auch endlich zu durchschauen glaubte, so blieb mir der Grund für ihr Tun noch unverständlich. Den jedoch hoffte ich in diesen Räumen zu finden. Als Erstes wandte ich mich ihrer Garderobe zu: kein Hellblau. Hatte ich ernsthaft vermutet, sie habe etwas aus Jacks Zimmer an sich genommen? Oder wollte ich nur daran glauben, weil ich ihr übel gesinnt war?

Wie eine Löwin kämpfe sie für mich, hatte Gaston gesagt. Es war ein so schöner Traum: Flossie als Freundin, die sich meiner erinnerte und mir ein neues Leben ermöglichte, ein Leben weit weg von Lavinia und meinen Erinnerungen an eine Ehe, die weniger bot, als ich erhofft hatte. Ich war so hin- und hergerissen, dass ich zu gerne weiter daran glauben wollte.

Aber wie kam es, dass Albert meine Rechnungen bezahlt und das Telegramm an mich geschickt hatte? Weshalb hatte er Briefe, die angeblich von meiner Hand stammten? Weshalb fanden sich Abschiedsbriefe an *mich*, mit der er nie eine Beziehung gehabt hatte? Wenn Albert diesen Betrug nicht aufklärte, dann doch nicht nur um meinetwillen? Sondern bestimmt für Flossie, die er liebte? Mehr liebte als mich?

Ich durchwühlte Flossies Räume in fliegender Hast. In dieser Suite konnte ich mich über mangelnde Persönlichkeit nicht beklagen: wenigstens fünf zerlesene Bücher, mehrere Taschenkalender, ein Album mit Reiseandenken, Theaterprogrammen und Eintrittskarten, Dutzende Rechnungen und Quittungen, ein

Zigarrenkistchen mit Fotografien, mehrere Stapel an Magazinen und Modezeitschriften und ein Block mit Landschaftsskizzen lagen auf Tischen, Bett und Fensterbank. Wie auch bei Jack suchte ich hinter und unter allem, ich krabbelte am Boden entlang und tastete in dunkle Ecken. Und fand nichts, was versteckt war. Alles lag offen vor mir.

Nachdem ich also nichts Verborgenes aufgestöbert hatte, setzte ich mich an den Schreibtisch und nahm mir Flossies Sammlungen vor. Ich blätterte die Bücher durch; einige gepresste Blumen lagen zwischen den Seiten. Ich öffnete Alben und schloss sie wieder. Ich schaute mir die Fotografien an: Flossies und Alberts Hochzeit, Albert in Uniform, Flossie bei einer Wohltätigkeitsgala, wir alle hier in Nizza beim Essen, Tanzen, Faulenzen. Ich musste lächeln, denn Gaston war sehr oft zu sehen und auf jedem Bild sah er besser aus als auf demjenigen zuvor. Es war kindisch, aber ich konnte nicht widerstehen und so steckte ich eine besonders gelungene Aufnahme in meine Schürze.

Dann wandte ich mich den Taschenkalendern zu. Sie stammten aus den letzten zwölf Jahren und minutiös hatte Flossie jede Einladung, jede Festivität und jede Gesellschaft notiert. Es waren keine Tagebücher; sie hatte weder ihre Gefühle noch Gedanken darin eingetragen. Kein Zeichen ihrer Schuld konnte ich im ersten Durchsehen finden. Auch keines ihrer Unschuld. Ich legte die Kladden beiseite und dachte nach. Sie hatte mich Alberts wegen kommen lassen und noch immer wusste ich nicht, was genau sie wirklich wollte: Die Ehe oder die Scheidung? Dass sie die Bilder ihrer Hochzeit bei sich trug, zeigte das nicht, wie wichtig ihr diese Ehe war?

Noch einmal griff ich nach den Fotografien: Himmel, wie jung sie gewesen war! So jung wie ich selbst, gerade einmal achtzehn Jahre alt und eigentlich viel zu jung, um eine Entscheidung fürs Leben zu treffen. Ich hatte Thomas für aufregend gehalten, für männlich und mutig und kraftvoll und abenteuerlustig. Doch ich hatte mich geirrt. Er war wunderbar, das unbedingt, mein bester Freund und ein guter Mensch, aber ich hatte ihn nicht wirklich verstanden, bevor ich mit ihm verheiratet war. War es Flossie mit Albert ähnlich ergangen?

Ich sah die Aufnahmen einzeln durch. Flossie wirkte glücklich, sie lächelte zu Albert auf, der etwas dümmlich grinste und seine frischgebackene Ehefrau fest umfangen hielt. Auf allen Bildern. Immer hatte er seine Hand um ihre Taille oder auf ihren Schultern und immer strahlte er einen Stolz aus, der rührend war.

Zumindest auf den ersten Bildern. Doch nachdem ich zwölf, zwanzig, dreißig Aufnahmen gesehen hatte, auf denen er unverrückbar denselben Ausdruck zeigte und Flossie nie weiter als eine Handbreit von ihm entfernt war, da wurde es mir mulmig. Irrte ich mich oder zeigte Flossies Gesicht gelegentlich eine gequälte Miene? Und hier – sah das nicht so aus, als versuche sie, Alberts Hand von ihrer Taille zu lösen? Ich beugte mich über das Bild und glaubte in der Raffung ihres Kleides und an beider Händen zu erkennen, mit welcher Kraft er sie hielt.

Ich sah mir nun alle weiteren Fotografien mit größerer Aufmerksamkeit an und glaubte mich auf einer Spur. Da war eine Aufnahme, die mir ebenfalls bedeutsam erschien: Im August 1913 fand ein festliches Dinner im Kreise der Familie statt und hier war es der Blick des alten Smith-Babington, der mich verwunderte. Kummervoll-streng schaute der Vater auf Albert, der Flossie den Arm um die Schultern legte und in die Kamera blickte. Flossie saß mit gesenktem Kopf vor ihm und es wollte mir so scheinen, als bereite die Ehe der beiden dem Baronet schon an diesem Tag Sorgen. Aufgeregt stöberte ich weiter und fand ein Bild, das ebenfalls aus Vorkriegszeiten stammte. Ich wusste so sicher, als hätte es mit dicken Lettern auf der Rückseite gestanden, dass dies die Jacht war, von der aus Flossie in die See gestürzt war. Sie und Albert standen am Anleger, das Schiff lag vertäut, an der Reling lehnten ein Mann und eine Frau. Alle lächelten erwartungsfroh, nur Albert zog ein grimmiges Gesicht. Das mochte der damaligen Kameratechnik geschuldet sein, aber bestimmt hatte es von diesem Tag andere Aufnahmen gegeben und doch war dies das Bild, das Flossie bei sich trug. Es war recht verknickt und abgegriffen und mir fiel nur eine Erklärung ein, weshalb sie es so oft angesehen haben mochte: Es war ihr wichtig. Und mir schien das einzig Wichtige darauf Alberts Miene zu sein.

Ich scheute vor dem Gedanken zurück, der mir zu ungeheuerlich erschien. Für wen hielt ich mich? Für Sherlock Holmes, der aus einem Staubkörnchen ganze Wahrheiten herauslas? Befürchtete Flossie, es sei Albert, der sie ins Wasser gestoßen habe? Unbedingt sah er aus, als wolle er einen Mord begehen. Das würde erklären, weshalb sie ihm nicht mehr vertraute und mir den Grund dafür nicht sagte. Man ging als Ehefrau nicht umher und deutete an, der Gatte könne sie morden wollen; zu leicht stünde man als Wahnsinnige da, der bald niemand mehr ein Wort glaubte.

Doch dieses Unglück war Jahre her. Warum sollte es jetzt auf einmal eine Rolle spielen? Hatte sie nun erst erfahren, was wirklich geschehen war? Womöglich an Weihnachten, als der Baronet feststellte, es stimme nicht mehr zwischen Sohn und Schwiegertochter? Oder war es die Reise nach Nizza ans Meer, die Erinnerungen geweckt hatte? Aber das war unsinnig, Flossie war seit Kriegsende immerzu auf Reisen gewesen, auch an die See. Was hatte sich geändert, dass sie Albert mit anderen Augen sah? Wenn denn an meiner hanebüchenen Theorie auch nur ein Fünkchen Wahrheit war.

Ich nahm mir die Kalender noch einmal vor und suchte zunächst in jenen der Vorkriegsjahre nach dem Tag, an dem Flossie über Bord gegangen sein mochte. Es kamen mehrere Daten infrage, doch den 18. Juli 1913 hatte sie mit einem Fragezeichen markiert. Sie war in Dover zum Segeln gewesen mit Albert und zwei weiteren Personen, deren Initialen sie eingetragen hatte. Vier Personen waren auf der Fotografie, das käme hin. Markierte dieses Fragezeichen das Ereignis? Hatte Flossie da schon gezweifelt, sie sei versehentlich über Bord gegangen? Aber hätte sie nicht gespürt, hätte man sie gestoßen?

Ich öffnete den Kalender des letzten Jahres, las mir die Eintragungen um Weihnachten herum durch. Sie schienen mir unauffällig. Ich ging über zum diesjährigen Büchlein; auch hier fand ich keine Fragezeichen. Was ich fand, waren Telefonate mit Hetty und Clara, die mit uns die *Sherrington-Akademie* besucht hatten.

Und bald danach hatte Flossie mich eingeladen. Hatte sie sich nach mir erkundigt? Weshalb? Meine Adresse hatte sich nicht geändert, dafür musste sie nicht gleich zwei frühere Freundinnen kontaktieren. Freundinnen, mit denen sie enger gewesen war zu Schulzeiten. Was mich wieder zu der Frage brachte, die sich mir gestellt hatte, als ich ihr Telegramm erhielt: Weshalb bat sie *mich* zu sich, mit der sie nur wenig verbunden hatte? Warum nicht Hetty oder Clara? Was unterschied uns, was machte mich zu derjenigen, die sie bei sich haben wollte?

Nun, meine Zeit stand zur Verfügung; mein Mann war nicht heimgekehrt. Und ich war verhältnismäßig arm, was man von Hetty und Clara nicht behaupten konnte. Eine unschöne Ahnung flackerte auf, kurz nur, dann wurden vor der Tür Stimmen laut. Ich war schon bereit, mich erneut unter einem Bett zu verbergen, als die Gespräche verklungen. Ich atmete auf, blickte auf die Uhr. Und fuhr zusammen; zu viel Zeit vertrödelte ich mit Gedankenspielen anstatt mich bei Alice und Myrtle umzusehen. Kurz entschlossen packte ich Flossies Kalender in mein Körbchen, brachte alles wieder in Ordnung und begab mich zwei Zimmer weiter in Myrtles Gemächer.

Es war, als beträte ich eine Theaterbühne. Konnten Männer wirklich so dumm sein, auf diese Inszenierung hereinzufallen? Dieses Schaubild süßer Weiblichkeit war so sehr auf Effekt aus, dass ich einen Augenblick reglos stand und kicherte. Eine der Kleiderschranktüren war gerade so weit geöffnet, dass ein hauchdünnes Negligé und der Ärmel einer Rüschenbluse hervorlugten – sie legten Zeugnis ab von einer sanften Frau, die der richtige Mann in eine heißblütige Geliebte verwandeln könne. Das Bett war glattgestrichen, aber die Ecke des Überwurfs zurückgeschlagen und schien einladend zu winken. Auf dem Nachttisch lagen zwei Romane: Ein Gedichtband und darunter, scheinbar versteckt, ein Werk, das wegen seiner Freizügigkeit einen Skandal ausgelöst hatte. Ich konnte nicht anders, ich musste das Buch zur Hand nehmen, und freute mich, als sich mein Verdacht bestätigte: Myrtle hatte nie auch nur einen Blick hineingeworfen, es war nichts als Staffage, ein perfekter Bluff.

Der Schminktisch war überreich gefüllt. Eine Zeitschrift lag zwischen all den Pudern und Parfums, auch einige Postkarten und die Fotografie eines Mannes, der seine innigsten Grüße quer über die Ecke geschrieben hatte. Ich war mir sicher, das Bild diente dazu, Verehrer zu einem raschen Handeln zu bewegen, wollten sie die von so vielen begehrte Frau heimführen. Myrtles Schreibtisch hingegen war abgesehen von ihren Reisedokumenten leer. Ich öffnete ihren Koffer und darin fand ich, was sie wirklich interessierte: Zeitungen, die sich mit Politik und Wirtschaft befassten, Romane von intellektuellem Anspruch, solide Wanderschuhe. Und Briefe.

Ich schäme mich noch jetzt, dass ich einige von ihnen durchlas; im Grunde lag mir das Schnüffeln in anderer Leute Angelegenheiten nicht. Nicht damals. Diese Briefe stammten von einem Mann namens George, der als Professor in Oxford tätig war und mit dem sie sich über chemikalische Versuche austauschte. Wenn ich es richtig verstand; die Naturwissenschaft war meine starke Seite nicht. Doch nicht nur über Silizium, Schwerkraft und Sauerstoff sprach er. Er sprach auch von Sehnsucht, Schönheit und Sinnlichkeit, davon, wie sehr er sie vermisse und wie sie endlich den Mut aufbringen solle, zu sich selbst zu stehen. *Können ein buntes Kleid, eine kostbare Brosche dich wirklich so viel zufriedener machen als der Gedanke an uns und die Aussicht auf gemeinsame Forschung? Könnte es Besseres geben als das, wohlwissend, wie sehr ich dich liebe?*, so fragte er in einem Absatz.

Schnell legte ich die Briefe zurück. Myrtle hatte bestimmt nichts mit dem Mord an Jack zu tun. Zwar spielte sie Theater, aber gerade das war es, was mich von ihrer Unschuld überzeugte, ohne dass ich es mir erklären konnte. In ihrer Verstellung lag etwas so Offensichtliches, etwas so Ehrliches, dass es mir nicht zum Bild einer Mörderin passen wollte.

Es war bereits halb drei, als ich mich endlich in Alberts Suite umsah. Ich hatte die Türe kaum geschlossen, da traten auch schon Flossie, Myrtle und Gaston leise plaudernd aus dem Lift. Gaston allerdings schien sich verschluckt zu haben; er hustete laut und durchdringend. Vermutlich, um mich zu warnen. So taub war ich dann aber doch nicht, dass ich seine Hilfe gebraucht hätte; das würde ich ihm später mitteilen.

Ich wartete, bis sie in ihren Zimmern verschwunden waren, lauschte auch noch ein Weilchen, ob Flossie vielleicht empört aufschrie, weil sie das Fehlen ihrer Kalender bemerkt hatte. Es blieb ruhig. Ruhig blieb auch ich; ich stand in der Mitte des Schlafzimmers und ließ die Atmosphäre auf mich wirken. Ein schwacher

Hauch von Alberts Rasierwasser lag in der Luft. Ein karierter Morgenmantel hing über dem Sessel, eine Pfeife lag auf dem Schreibtisch, daneben einige dünne Akten. Geschäftsberichte, Firmenkorrespondenz, Kontoauszüge. Nichts davon war für Merteuil von Interesse gewesen und auch ich fand nichts in diesen Mappen, was mich weitergebracht hätte. Der Kleiderschrank war nur zur Hälfte gefüllt; Albert kümmerte sich um seine Kleidung nur so weit, wie es als Gentleman unerlässlich war. Auch bei ihm fanden sich keine Bücher, keine Fotografien, keine Zeitungen; diese Dinge waren vermutlich auf dem Kommissariat.

Konnte ich mir hier ein Urteil bilden über den Mann, der mich zu lieben glaubte? Eigentlich nicht und doch fühlte ich mich unwohl in diesem Raum. Da war etwas, was mir Angst machte. Wie lächerlich war das bitte? Albert war nicht einmal in der Nähe und ich hatte Stunden über Stunden mit ihm allein verbracht, die mir allesamt angenehm gewesen waren. Er war mir als netter, etwas oberflächlicher und nicht zu begabter Mann erschienen, der Glück gehabt hatte, was seine Stellung im Leben betraf, und der sich dessen allzu bewusst war und sich deshalb oft einen Trottel nannte, der zu viel plapperte. Konnte am Ende auch er eine Rolle gespielt haben? Es hatte schon vor seinem Liebesgeständnis Momente gegeben, in denen ich dachte, es stecke mehr in ihm als der typische, ständig verlegene Engländer. Ich zögerte, es vor mir selbst zuzugeben, doch hier in diesem Zimmer spürte ich deutlich, wie unangenehm er mir seit Toulon war. Ich hatte um seine Zuneigung nicht gebeten, ich hatte mich gewiss auch niemals so verhalten, dass er Grund gehabt hätte, an ein ernsthaftes Gefühl von meiner Seite zu glauben, und ich hatte deutlich gemacht, dass ich in ihm nichts weiter als Flossies Mann sah. Dennoch hatte er noch einmal versucht, mich zu überzeugen, und das, während wir neben Jacks Leiche standen.

Unwillkürlich schüttelte ich mich und verließ die Suite hastig, ohne sie zu durchsuchen; mehr würde ich hier nicht herausfinden.

Better Late Than Never!

Nachmittags

Ich eilte zum Dienstbotenaufzug und erschrak, als die Türe sich öffnete und mich Auge in Auge mit zwei echten Hausmädchen brachte. »Ja, was nun, steigst du ein oder nicht?«, fragte die ältere der beiden, als ich zurückwich.

Ich wolle mitfahren, murmelte ich, rückte die Brille zurecht und drückte meinen Putzkorb an die Brust, bevor ich zaghaft über die Schwelle trat. Den Kopf hielt ich gesenkt, denn der Jüngeren war ich mehrfach in meinem eigenen Zimmer begegnet. Würde sie mich erkennen? Als sie mich mit dem Ellenbogen anstupste, fühlte ich schon die Handschellen Mertcuils um meinen Handgelenken, und viel zu erleichtert lachte ich auf, nachdem sie nichts weiter als einen Schwamm wollte – sie sähe, ich hätte zwei und sie habe ihren liegenlassen. Ob es mir etwas ausmache? Sie streckte die Hand aus und rasch kam ich ihr zuvor; nicht, dass sie aus Versehen einen von Flossies Kalendern griff.

Sie sah mich verwundert an. »Du bist neu, ja?«

Ich nickte knapp und betete, sie möge nicht ebenfalls im zweiten Stock aussteigen. Was sie nicht tat. So wenig wie ich, denn bevor ich den Fuß hatte hinaussetzen können, zog sie mich zurück. »Doch nicht jetzt noch! Jetzt müssen sich die feinen Herrschaften von ihrem anstrengenden Vormittag ausruhen. Wenn sie um vier wieder aufbrechen zu ihren ach so wichtigen Terminen bei Tee und Torte, dann kannst du noch einmal in die Zimmer.«

Nun widmete mir auch die Ältere ihre Aufmerksamkeit. »Welche Zimmer hast du überhaupt?«

Jetzt flog ich auf! Doch bei allem Scheußlichen, was mir in diesen Tagen widerfuhr, hatte ich auch jetzt wieder Glück im Unglück. Zwei Pagen hetzten heran, quetschten sich zwischen die schließenden Fahrstuhltüren und nahmen die freudig lächelnden Damen in die Arme. Ich machte mich so unsichtbar, wie es nur eben ging, und presste mich an den knutschenden Pärchen vorbei, als der Lift im Erdgeschoss anhielt. Wie der Wind sauste ich den Gang entlang, gelangte so in den Küchentrakt, suchte und fand eine Treppe und rannte keuchend hinauf in den zweiten Stock. Ich lief zu meinem früheren Zimmer; hier würde ich mich einen Moment ausruhen und herausfinden, ob Alice in ihrem Raum war. Per Haustelefon. Ich wählte ihre Nummer. Es klingelte. Und klingelte. Und klingelte. Sehr gut, sie war bestimmt bei ihrem Lustknaben.

Ich fegte über den Flur und hinein in Alice’ Zimmer. Das Erste, was ich sah, waren weiße Schnallenschuhe und ein hellblaues Leinenkleid. Und Alice natürlich, die entsetzt herumfuhr und mich anstarrte. »*Zut alors!* Hätten Sie nicht anklopfen können?«

Ich war nie so dankbar wie nun für die harte Schule, die Lavinia mich hatte durchlaufen lassen. Nicht nur, dass ich nicht aufschrie, nein, ich besaß die Geistesgegenwart, demütig zu knicksen und mich bei der gnädigen Frau zu entschuldigen. Mit einem Blick hatte ich erfasst, was Alice tat: Sie packte. Packte hektisch und unordentlich, als sei sie in höchster Eile.

»Nun gehen Sie schon! Was wollen Sie noch hier?«

Nur nicht aus der Rolle fallen, dachte ich mir, und keinesfalls zulassen, dass Alice einfach verschwindet. Sie hatte immer davon gesprochen, den Sommer über in Nizza bleiben zu wollen, und wenn sie nun abreiste, so musste das doch wohl mit Jacks Tod in Zusammenhang stehen. Ich machte zwei schnelle Schritte in Richtung Bett, bückte mich und tat, als hätte ich meinen verlorenen Schwamm gefunden. Ich entschuldigte mich noch einmal und bot an, ihr beim Packen zu helfen.

Alice erkannte mich nicht. Zu eilig hatte sie es, als dass sie mich genauer angeschaut hätte. Aber meine Hilfe wollte sie nicht; ja, sie blaffte mich an, wie ich darauf käme, sie packe? »Ich sortiere nur um, es ist wahnsinnig warm geworden, da hole ich die Sommerkleider heraus und verstaue die dicken Sachen, das ist ja ganz normal.«

Sie redete zu viel; das taten Leute oft, wenn sie logen. Albert hatte immer viel geredet ...

»Nun gehen Sie doch, ich will mich ausruhen. Kommen Sie später wieder, wenn es sein muss. *Allez vite! Dépêchez-vous!*«

Ich knickste erneute, ging aus dem Zimmer, schloss die Türe und raste wie der Teufel hinauf in den dritten Stock. Ich hielt inne, schaute vorsichtig in den Flur. Menschenleer. Ich flitzte in Gastons Zimmer.

»*Parbleu!* Halten Sie das für klug? Was, wenn ich nicht allein gewesen wäre?«

»Alice reist ab!«

»Wie? Wir haben uns für heute Abend in die Oper verabredet.«

»Aber nein, sie verschwindet!«

»Woher wissen Sie das?«

»Sie packt. Ich wollte ihr Zimmer durchsuchen und da war sie und packte.«

»Elizabeth, Sie wollen mich ärgern, *n'est-ce pas?* Habe ich etwa vergessen, Sie zur Vorsicht zu mahnen? Augustes Masken sind –«

»Unwichtig! Sie verschwindet nicht ohne Grund, oder? Sie war in Jacks Zimmer, sie hat etwas mitgenommen und jetzt packt sie. Tun Sie etwas!«

»Werden Sie das noch öfter von mir verlangen?«

»Sie müssen Sie nicht betäuben, tun Sie irgendetwas! Himmel, sagen Sie ihr, wer Sie sind, stellen Sie ihr Fragen!«

»Ich habe dazu keine Befugnis und wenn sie nichts mit unserem Fall zu tun hat, dann habe ich meine Deckung aufgegeben für nichts.«

Ich warf mich in den Sessel. »Gut, dann lassen wir sie einfach abreisen. Vielleicht raten wir auch Flossie, heimzufahren? Am besten liefern Sie mich auf der Stelle bei Merteuil ab, das wird wohl das Einfachste sein.«

Gaston stand auf. »Gut, kein Wort weiter. Bleiben Sie hier!«

Das hatte ich vor. Ich hatte eine Schachtel mit Pralinen entdeckt und mein Magen knurrte. »Ich darf doch?«

»Bedienen Sie sich.«

Das tat ich. Ich fand, ich hatte eine Ruhepause verdient, und so legte ich die Füße hoch und naschte ein wenig Nugat und Marzipan. Mein Kopf allerdings stellte die Arbeit nicht ein; ziemlich heftig wirbelten halb gare Gedanken in ihm herum. Ich nahm mir zum dritten Mal Flossies Kalender vor. Jahr um Jahr, Monat um Monat, Seite um Seite ging ich vor und nun endlich fiel mir etwas auf.

In den ersten Jahren nach ihrer Heirat hatte Flossie nur ihre eigenen Verabredungen notiert. Dann aber, drei Monate vor dem 18. Juli 1913, schrieb sie auch Alberts Termine auf. Da gab es Geschäftsessen, Geschäftstreffen, Geschäftsausflüge und fast immer hatte sie den Eintrag mit einem Punkt abgeschlossen. Was sie hinter keiner anderen Notiz tat. Immer nur saß dieser Punkt hinter vielen von Alberts Terminen. Nach dem 18. Juli aber, also dem Tag, den ich für den Tag ihres Überbordgehens hielt, hörten diese Eintragungen auf. Dann, während der Kriegsjahre, fand ich zahlreiche Zeilen, die nichts weiter als diesen winzigen Punkt aufwiesen. Sie verschwanden erneut zum Kriegsende. Und seit November letzten Jahres hatte Flossie wieder damit begonnen, Alberts Termine einzutragen und in vielen Fällen den Punkt zu setzen.

Noch scheute ich vor der offensichtlichsten Schlussfolgerung zurück; ich bin nun einmal eine Frau, die in jedem Menschen das Beste sehen möchte. Dann aber betrachtete ich die Sache aus Alberts Sicht: Hätte er diese Punkte wahrgenommen, wenn er in eine dieser Kladden hineingeblättert hätte? Nein, das hätte er nur, wenn er bereits einen Verdacht hegte. Und welch einen Verdacht könnte ein Ehemann schon hegen? War es so unwahrscheinlich, dass Flossie einen Liebhaber hatte? Den sie nur treffen konnte, wenn Albert fort war? Das musste es sein, das war die beste Erklärung, die mir einfiel.

Aber war es nicht viel zu gefährlich, ihre heimlichen Treffen zu markieren, sei es auch noch so unauffällig? Ihre *rendez-vous* mit dem Geliebten würde sich Flossie leicht gemerkt haben. Wieso hatte sie es für nötig gehalten, ihre Zeit mit ihm einzutragen? Dann erinnerte ich mich, wie ich immerzu Herzchen gemalt hatte, als ich mit Thomas verlobt war, wie auch ich jeden meiner Kalender damit verziert hatte. Ein Herzchen für den Tag, an dem ich an ihn dachte; zwei, wenn er mir geschrieben hatte; drei, wenn wir uns sahen. Ich hatte keinen dieser Tage vergessen wollen und so mochte es auch Flossie mit ihren Punkten halten – sie wollte die Erinnerung festhalten, ein Zeichen setzen und sei es noch so winzig. So winzig, dass Albert sie nicht bemerken würde.

Albert. Ich hatte mich einige Male in den letzten Tagen vor ihm gefürchtet. Was, wenn mein Gefühl etwas erfasst hatte, was mein Verstand ausblendete? Was, wenn auch Flossie diese Angst kannte? Wenn Albert sie wahrhaftig über Bord befördert hatte? Hatte sie deshalb die Nähe eines anderen Mannes gesucht?

Wieder blätterte ich durch die Kalender. Selten nur verwendete Flossie den Namen einer Person, fast immer waren es einzelne Buchstaben. Alberts Namen schrieb sie stets aus, auch die Namen derjenigen, die nur selten erwähnt wurden. Wie Hetty, Cora und mich. Vielleicht tauchte ein Buchstabe öfter auf als die anderen? Es war mühselig, sie alle abzuzählen. Und sinnlos noch dazu. Wenn es einen anderen Mann in Flossies Leben gab, so war sein Zeichen der Punkt, nicht aber ein Buchstabe. Bestimmt tauchte seine Initiale irgendwo auf; irgendwann musste sie ihm das erste Mal begegnet sein. Spannender war, dass während der letzten sechs Wochen jeder einzelne Tag diesen winzigen Punkt trug. Ich dachte an die Fotografien auf Flossies Tisch. Daran, wie oft Gaston auf allen Bildern zu sehen war. Er war ein Freund ihres Schwiegervaters. Er mochte in London gewesen sein, mochte Flossie dort kennengelernt haben. Es konnte gut sein, dass nicht der Baronet ihn hergebeten hatte, sondern Flossie. Ein schönes Paar wären sie, das ließ sich nicht leugnen. Und sie waren einige Male alleine auf Spaziergängen gewesen ...

Nun übertrieb ich es! Ich wollte doch wohl nicht ernsthaft Gaston verdächtigen, ihr Geliebter zu sein? Ich schalt mich eine Närrin. Und suchte doch in dem Taschenkalender nach einem *G.* Ich fand keines. Heute weiß ich, es war nichts als aufflammende Eifersucht, die mich auf diese lächerliche Idee gebracht hatte. Und dazu, etwas zu tun, was das Gegenteil von Vorsicht und Zurückhaltung war: Ich musste unbedingt mit Flossie sprechen! Nicht nur wegen Gaston, auch wegen ihr und mir und meiner Unsicherheit. Ich hielt es nicht länger aus, sie abwechselnd zu verdammen und zu bedauern. Wir mussten reden! Hatte ich ihr nicht mehrmals geraten, mit Albert zu reden? Hatte ich nicht immer behauptet, es entstünden die größten Probleme nur deshalb, weil man nicht miteinander sprach? Ich war getrieben von Eifersucht, meinem Sinn für Gerechtigkeit und meiner Sehnsucht nach Vertrauen.

Vielleicht war es naiv, in Flossies Fall von Vertrauen zu reden, aber so fühlte ich, als ich aufsprang und zu ihrem Zimmer rannte. Ich öffnete die Türe leise, so klug war ich denn doch. Flossie war im Badezimmer, sie lag

– deutete ich das leise Plätschern und Schaumknistern richtig – in der Wanne. Und sie weinte. Weinte bitterlich. Also waren all meine Überlegungen falsch? Wenn sie sich so sehr um Albert grämte, dann hatte sie doch keinen Geliebten?

Ich holte tief Luft und trat ein, setzte mich auf den Wannenrand. Flossie bemerkte mich nicht sofort, so vertieft war sie in ihr Leid. Ich räusperte mich. Sie sah auf, runzelte die Stirn. Ein Dienstmädchen, das sich vertraulich neben sie hockte – das verwunderte sie sichtlich. »Bitte?«

»Ich bin es.« Zu gerne hätte ich meine Nase mit großer Geste abgezogen, um mich an Flossies Erstaunen zu weiden. Doch das war nicht nötig.

Sie erkannte mich augenblicklich, und das nicht nur an meiner Stimme. Sie schaute mir in die Augen, setzte sich ein Stück weit auf. »Lizzie! Welch ein Glück! Warum hast du mich nicht wissen lassen, wo du bist? Was tust du hier? Was ist passiert?«

Sie klang ehrlich besorgt, machte den Eindruck absoluter Aufrichtigkeit. Und ich glaubte ihr, denn im Gegensatz zu mir hatte sie es in der *Sherrington-Akademie* nicht geschafft, eine Rolle auf der Bühne zu ergattern. Sie verstand sich zwar darauf, ihre Umgebung zu manipulieren, aber sobald sie eine Rolle zu spielen hatte, versagte sie kläglich. Sicher, sie konnte die Kühle geben, sie wusste sich auf dem gesellschaftlichen Parkett zu behaupten, aber immer war sie ganz sie selbst. Wenn eine Bekannte sie beispielsweise fragte, ob ihr das neue Kleid gut stünde, so würde sie einfach die Flossie sein, die lobte, selbst wenn sie fand, es mache die Freundin keine gute Figur. Sie spielte immer nur eine andere Version ihrer selbst, nie eine andere Person.

Ich denke, in diesem Augenblick verstand ich sie vollkommen. Ich nahm ihre Hand. »Ganz unwichtig, wie es mir geht. Weshalb weinst du?«

Sie schluckte. »*Gosh*, weswegen wohl?«

»Sag es mir ganz genau bitte.«

Verwirrt schüttelte sie den Kopf. »Ich weiß nicht, was du meinst.«

»Liebst du Albert? Komme mir nicht mit Ausflüchten.«

»Lizzie ...«

»Was du mir über ihn erzählt hast, über die viele Arbeit, seine Telefonate, die Karte, die du in seinen Socken gefunden haben willst – war das alles erfunden?«

Flossie senkte den Blick, nickte kaum wahrnehmbar.

»Hast du Angst vor ihm?«

Sie lachte auf. Nervös und schrill.

»Hat er dich ins Meer gestoßen? Damals, im Juli 1913?«

»Woher weißt du das?« Ihre Wangen röteten sich fleckig und mit festem Griff umklammerte sie mein Handgelenk. »Hat er es dir erzählt?«

»Natürlich nicht. War es Absicht?«

»Lizzie ...«

»Flossie!«

»Ich weiß es nicht.«

»Hat er dich also gestoßen?«

»Niemand hat mich gestoßen, sonst hätte ich heute noch Angst, wer es gewesen sein könnte. Es hätte jemand sein können, der mir mehr ... Nein, niemand hat mich gestoßen, niemand!«

Oh, ich verstand sie wirklich! »Du meinst, du hattest einen Freund, der ebenfalls an Bord war?«

»Lizzie, woher –«

»War das nicht sehr dumm? Du kannst doch keinen Törn unternehmen mit deinem Mann und deinem Geliebten?«

»Er war nicht mein Geliebter! Das hätte ich mir niemals gestattet in diesen Zeiten! Er war ein Freund, ein lieber Freund, ein ... Jemand, der mich besser verstand als Albert. Es war harmlos.«

»Aber Albert hat es mitbekommen und glaubte, du wärest untreu?«

»Ich weiß es nicht.«

»Aber du denkst es?«

Ganz leise bejahte sie die Frage.

»Und ihr habt niemals darüber gesprochen?«

»Albert war reizend zu mir danach. Und er verbrachte weniger Zeit bei der Arbeit.«

»Hast du das genossen?«

»Reich mir ein Handtuch, das Wasser wird kalt.« Flossie stieg aus der Wanne und ich wartete geduldig, bis sie sich getrocknet, geölt und in einen Morgenmantel gehüllt hatte. Ich spürte, wie dringend sie diese Rituale benötigte, sich zu fassen.

Wir saßen einander gegenüber wie so oft im vergangenen Monat. Die Sonne schien blendend hell in Flossies Schlafzimmer und fast hätte man glauben können, wir machten uns gleich für einen Abend voller Zerstreuung und Vergnügen zurecht. Ich wartete, wollte sie nicht mit Fragen bedrängen.

Und Flossie sprach. Dass ich ihre Angst vor Albert erkannt hatte, erleichterte sie. Es erfüllte mich mit kindischem Stolz, wie sich meine Vermutungen bestätigten: Sie hatte Albert kennengelernt als einen der vielen jungen Engländer, die ihr während der Saison beim Tanzen auf die Füße traten, peinliche Dinge herausbrüllten und stotterten, wenn sie ihre Meinung zu etwas äußern sollten, was über die Bedeutung des Empires oder den Sieg ihres Ruderteams hinausging. Aber er war ihr lieb geworden, weil er sich im entscheidenden Augenblick überwunden hatte und ihr im Mondlicht stockend gestand, wie sehr sie ihm gefalle und dass er sich sein Leben ohne sie nicht vorstellen wolle. Albert schien die Erfüllung all ihrer Wünsche zu sein. Und die ihrer Eltern, die eine Verbindung zu Baronet Smith-Babingtons Sohn zu gerne sähen, und ihr daher gut zuredeten.

Flossie ahnte nicht, dass auch Alberts Liebe zu ihr von seinem Vater gefördert worden war. Der hatte die junge Frau schnell als umsichtig eingeschätzt; sie hielt er für fähig, mit dem zum Jähzorn neigenden Albert umzugehen. Das konnte sie offenbar so gut, dass sie über die ersten Jahre gar nichts von dieser Neigung erfuhr. Das Einzige, was Flossie gelegentlich Kummer bereitete, war Alberts Marotte, ihre Meinung in Gesellschaft zu ignorieren und sie als süßes Weibchen hinzustellen, das hinter seinen Gesprächen mit anderen Herren zurückzustehen hatte. Er führte sie gerne vor, zeigte auch, sie gehöre zu ihm, aber sobald es an die Karten ging, stellte er sie in einer Ecke ab und verschwand. Aber so ging es vielen Ehefrauen und war er mit ihr allein, so betonte er stets, wie sie sein ein und alles sei.

Oder es sein *könnte*, wäre sie nur etwas weniger an Lächerlichkeiten interessiert, machte sie nur etwas öfter mit bei dem, was ihm gefiel, wäre sie nur lustiger und ein besserer Kumpel – wenn sie also weniger Flossie wäre. Das stellte er im zweiten Jahr der Ehe fest. Wenn ihm nun etwas misslang, ein Geschäft nicht zustande kam oder er beim Spiel verlor, dann deutete er an, es läge an ihr, ohne erklären zu können, wie die Neigung seiner Frau zu kostbaren Kleidern ihn daran hinderte, die richtige Karte auszuspielen.

Nun hätte sie damit gut leben können, hätte er dafür mehr Zeit ohne sie verbracht und ihr ihre Freiheiten gelassen. Aber je unzufriedener er war, desto eifersüchtiger wachte er darüber, mit wem sie sich traf, wie sie sich gab und was sie tat. Ähnlich verhielt sich ihr Schwiegervater, der ihre Meinung zwar schätzte, aber sie immerzu drängte, sich seinem Sohn anzupassen.

Im Frühjahr 1913 lernte eine mittlerweile verunsicherte Flossie einen früheren Studiengenossen Alberts kennen. Seinen Namen verriet sie mir nicht; er täte nichts zur Sache und sollte die zarte Liebe zwischen ihm und ihr jemals seiner Witwe zu Ohren kommen, so würde dieser das unnötigen Kummer einbringen. Nichts Unsittliches sei zwischen ihnen vorgefallen, doch hätten sie jede Gelegenheit genutzt, sich zu sehen und miteinander zu sprechen über ihre Träume und Sehnsüchte. Und dann musste Albert irgendwie dahintergekommen sein, denn überraschend lud er den Kameraden und dessen Gattin auf einen Törn ein. Davon erfuhr Flossie erst, als sie am Hafen ankamen. In der Nacht dann, als Albert schlief, traf sie sich mit dem geliebten Mann und bat ihn, einen Vorwand zu finden, die Reise abzubrechen. Am nächsten Vormittag ging sie über Bord. Ein Segelmanöver war es gewesen, dass sie den Halt hatte verlieren lassen.

Ich nickte; Albert war ein sehr guter Steuermann, das hatte ich erlebt. Und ich erinnerte mich, wie er sagte, sein Vater mache sich Sorgen um ihn. Geantwortet hatte er nicht, als ich ihn nach dem Grund fragte.

Nun, nach diesem Unglück wandelte sich Alberts Verhalten. Er bezeigte Flossie Zärtlichkeiten, die ihr ungewohnt waren, er sprach nun wieder von seiner Liebe zu ihr und ihrer Schönheit und ihrem gesellschaftlichen Auftreten, er erhöhte ihr monatliches Nadelgeld und schrieb ihr sehnsuchtsvolle Briefe, nachdem er hatte einrücken müssen. Flossie aber zweifelte gerade wegen seiner neu erwachten Fürsorge an ihm. Sie traf sich nun dank der Freiheit, die der Krieg ihr schenkte, mit einem anderen Herrn. Einem älteren Mann, der ihr aufrichtige Liebe entgegenbrachte und nichts auszusetzen fand an ihrem Charakter, der nach Bewunderung verlangte. Er fand sie natürlich und kraftvoll und verglich sie mit den Heldinnen der griechischen Antike, was Flossie zwar seltsam fand, aber dennoch genoss. Sie blühte auf unter dem ständigen Lob. Und trennte sich von diesem Herrn, sobald Albert wieder daheim war.

Zwei Jahre lang fand sie fast etwas wie Glück in ihrer Ehe. Albert war selbstbewusster geworden und ließ Flossie weiterhin die Zeit, zu tun, was sie mochte, gelegentlich lobte er sogar ein neues Kleid oder bemerkte eine veränderte Frisur. Es schien, als verliebe er sich erneut in seine Frau und nur selten machte sich sein Jähzorn bemerkbar. Wohin sie auch wollte, was sie auch vorhatte: Er begleitete sie willig und blieb an ihrer Seite, wenn sie es wünschte. Er war ein Ehemann, um den andere Frauen sie beneideten.

»Und dann?«, fragte ich, als Flossie innehielt und schweigend hinaus aufs Meer blickte.

»Dann begegnete ich meiner wahren Liebe.«

»Was hast du getan?«

»Ich fragte Albert, ob er glücklich sei. Wirklich glücklich. Oder ob er etwas vermisse.«

»Und?«

»Wir führten eine Unterhaltung, wie wir sie nie geführt hatten. Er war so offen, so respektvoll. Ich glaubte, wir würden zu einer Einigung kommen.«

»Du hast ihm erzählt, dass du dich verliebt hast? Hast du die Scheidung erbeten?«

»Nein, natürlich nicht. So weit war ich noch nicht.«

»Und dann?«

»Wenige Tage später forderte Albert mich auf, eine Woche mit ihm nach Schottland zur Jagd zu fahren. Ganz urwüchsig mit Lagerfeuern und Holzhütten und all dem. Ich hasse die Jagd und gewiss will ich nicht auf nasser Erde hocken und verbranntes Brot vom Stock essen. Das ist nicht meine Welt, das wusste er genau. Ich lehnte ab.«

»Und weiter?«

»Er wurde böse. So böse, wie ich ihn nie erlebt hatte. Er hatte unsere Unterhaltung völlig falsch verstanden, er hatte geglaubt, ich wolle mehr mit ihm unternehmen. Er schrie mich an, dass er lange genug meine Frivolitäten hingenommen habe und dass es Zeit würde, ich zahle zurück, was er ausgelegt habe. Er tat so, als wäre nicht seit unserem Kennenlernen klar gewesen, was ich mochte und was nicht. Ich hatte nie versprochen, die Sportsfrau zu spielen, und er hatte behauptet, er wolle mich so, wie ich bin. Er war völlig außer sich und dann ...«

»Was dann?«

»Er schlug mich.«

»Was tat er?«

»Heftig und lange hat er mich geschlagen. Schlimmer als jemals zuvor.«

»Heißt das, er hat das vorher schon einmal getan?«

»Nicht so. Aus dem Affekt heraus, ein harmloser Klaps nur.«

»Das ist doch nicht normal! Flossie –«

»Es war nichts, wirklich, er hat mir nie wehgetan. Aber dieses Mal? Es war grauenvoll. Irgendwann wehrte ich mich nicht mehr. Es war, als stünde ich daneben und beobachte, was geschieht. Ich dachte, er muss Erfahrung darin haben, er weiß genau, wie das geht. Wie konnte er das so lange vor mir verheimlichen?«

Ich zog Flossies Hände zu mir, streichelte sie. »Was geschah danach?«

»Er fuhr nach Schottland. Und ich traf meine Vorbereitungen. Ich wollte fortgehen mit dem Mann, den ich liebe. Er war bereit dazu und suchte nach einem Ort, an dem wir beide in Ruhe würden leben können, bis die Scheidung durch war. Ich sprach mit vielen Anwälten, doch keiner wollte mir helfen, alle fanden sie meinen Entschluss überstürzt und alle warnten sie mich davor, mein gutes Leben aufzugeben für eines in Schande. Ich würde als der schuldige Teil geschieden werden, weil

Alberts Leumund untadelig sei. Sie glaubten mir nicht, dass er mich verprügelt hatte.«

»Und du hast dich überzeugen lassen?«

»Von diesen feigen Kerlen? Nein. Aber ich dachte nach. Weshalb sollte *ich* bestraft werden, wenn es doch Albert war, der mich quälte? Ich wollte nichts weiter als eine saubere Trennung. Und ich wollte das auch für Albert, weil ich trotz allem glaubte, es müsse meine Schuld sein, dass er sich so vergessen konnte. Hätte er eine andere Frau geheiratet, so wäre er gewiss ein vorbildlicher Gemahl.«

»Und dann kam dir die Idee, dass eine andere Frau die Lösung wäre?«

Sie sah mich stumm an.

»Du hast überlegt, wer zu ihm passen könnte, und kamst auf mich?«

Sie nickte.

»Das war wirklich dein Plan? Mich mit ihm zu verkuppeln? Das ist doch hirnrissig!«

Da muckte Flossie auf. Sie beugte sich vor, schmunzelte sogar und meinte, es habe doch immerhin Albert sich in mich verliebt oder wolle ich das leugnen? »Ich hatte dir gesagt, wie großartig er dich fand. Erinnere dich doch! Du hattest Thomas noch nicht kennengelernt und wir trafen uns in London. Im Savoy saßen wir und du erzähltest, wie du am Wochenende mit deiner Jolle hinausschippern wolltest und wie du von Penzance bis nach Pendennis Castle mit dem Rad gefahren warst. Und was immer Albert von sich gab, du hast gelacht. Immer wieder hast du gesagt, ich hätte eine gute Wahl getroffen. Wirklich, als wir uns trennten, glaubte ich schon, er würde mich stehen lassen, so angetan war er von dir.«

»Aber ich war doch nur höflich. Und viel zu ungestüm. So war ich damals, man hat mir das immerzu vorgeworfen.«

»Das konnte er doch nicht wissen. Er fragte mich aus, wie du während der Schulzeit gewesen seist und was deine Eltern täten. Ich glaube, es ernüchterte ihn, als ich erzählte, wer dein Vater war und wie er und deine Mutter starben und dass deine Großmutter es nicht allzu genau nahm mit den Konventionen. Albert ist ein Spießer, das verschreckte ihn. Dass du kein nennenswertes Geld hattest, half mir auch. Ich meine, ich war ja bereits mit ihm verlobt und alle Welt wusste davon, da konnte ich doch nicht zulassen, dass er dir nachläuft, nicht wahr?«

Nun, das hätte sie damals wirklich nicht zulassen können. Ihre Aussichten auf eine gute Verbindung wären gering gewesen, hätte Albert sie sitzen lassen. Und ich hätte ihn sowieso nicht gewollt; mir erschien er als das Klischee des englischen jungen Mannes.

»Und dann dachte ich sofort an dich, als ich hörte, du seiest Witwe in prekären Umständen und lebtest dazu mit deiner Schwiegermutter. Ich redete mir ein, es wäre für uns alle von Nutzen, wenn du herkämest, Albert bezauberst und ihn mir abnimmst. Du musst mir glauben, ich dachte nicht nur an mich allein. Ich wollte ja nicht einmal sein Geld, darum ging es mir nicht! Was hätte es mir genutzt, wäre Albert erniedrigt worden? Nichts. Wenn er glücklich würde, wäre das das Beste für ihn und für mich. Und für dich ebenso.«

»Flossie, du kannst solche Entscheidungen nicht für andere treffen!«

»Du willst nicht behaupten, du wärest glücklich gewesen in Penzance? *Gosh*, ich habe doch gesehen, wie du die Zeit hier genossen hast. Denke nur an dein Vergnügen in der Oper, bei den Bällen und auch bei den vielen Touren, die du mit Albert unternommen hast. Und du hast gesagt, er habe sich verändert und er gefalle dir!«

»Aber doch nicht so. Als dein Mann gefiel er mir, als Kamerad! Das musst du verstanden haben! Wie oft habe ich dich gefragt, was du eigentlich willst, wie oft habe ich dir gesagt, du sollst mit ihm reden! Hätte ich das getan, wenn ich ihn für mich wollte?«

»Ich weiß es nicht.«

Ich konnte es nicht fassen. »Du hältst mich für eine Frau, die lügt und sich an den Mann einer Freundin heranmacht? Einen Mann, der mir immer wieder beteuerte, wie sehr er dich liebt?«

»Aber dass du ihm das glauben konntest, das schien mir bedeutsam.«

»Er war aufmerksam dir gegenüber und –«

»Und du hast ihm seine Schau abgenommen!«

»Doch nur, weil ich glaubte, du liebst ihn doch noch und möchtest ihn behalten.«

»Du hast es geglaubt, weil du ihn mochtest, weil er mit dir anders umgeht als mit mir. Wir alle haben gesehen, wie verrückt er nach dir war! Du musst das verstanden haben! Und bist dennoch weiter mit ihm unterwegs gewesen.«

»Nein, ich habe das nicht verstanden. Und ich habe kein anderes Gefühl als Kameradschaft für ihn empfunden, das musst zumindest du bemerkt haben!«

»Aber wie denn? *Gosh*, Lizzie, du bist so unglaublich erwachsen, immer so ruhig und zurückhaltend, wie sollte man da annehmen, du würdest deine Verliebtheit zeigen?«

»Und doch hast du mich einige Male mit meiner Vorliebe für Gaston aufgezogen! Du wusstest genau, was ich fühle!«

Sie biss sich auf die Lippe. »Gaston ist charmant und ich war mir unsicher, ob Albert neben ihm bestehen kann. Du hast gesagt, er interessiert dich nicht. Und du hast behauptet, einen Liebhaber zu haben. Das konnte doch nur Albert sein. Das denkt auch Myrtle. Sie bewundert meine Toleranz und denkt, ich schaue weg, weil mir Alberts Vermögen wichtiger sei als seine Treue. Dabei bedeutet mir beides nicht das Geringste.«

»Aber –«

»Und was sollte Albert denn denken, wenn du immerzu an seiner Seite bist? Er glaubte bestimmt, seine Zuneigung wäre auf Gegenliebe gestoßen.«

»Das glaubte er leider wirklich. Ich habe ihm deutlich gemacht, dass er sich keine Hoffnungen machen kann.«

Flossies Gesicht verdüsterte sich. »Das hast du ihm gesagt?«

»Natürlich.«

»Das ist grauenvoll. Das –«

»Bist du meinen Fragen deshalb immerzu ausgewichen, weil du glaubtest, die Zeit sei auf deiner Seite? Weil ich mich in ihn verlieben müsste, wenn du mich Woche um Woche hinhältst?«

»Ist es so schlimm, dass ich nach einem Ausweg suchte, der keinen verletzt?«

»Keinen außer mir.«

»Wir waren nie so vertraut, als dass ich auf dich hätte Rücksicht nehmen müssen. Und was wäre so schlimm daran, einen reichen Mann zu heiraten, der dich vergöttert und dieselben Dinge mag wie du?«

Ich verstand Flossie. Ich verstand sie sehr gut, aber böse war ich doch. »Albert hat dich verprügelt und du hast Angst vor ihm! Er hat dich beinahe ertränkt, er hat dir über Jahre beigebracht, wie sehr er alles verachtet, was dir gefällt! Und du glaubst, er wäre der Mann, der zu mir passt? Du glaubst wirklich, er würde nicht auch mit mir irgendwann tun, was er mit dir getan hat?«

Das habe sie geglaubt, antwortete Flossie sehr leise. »Es tut mir leid. Wirklich, das tut es. Und jetzt umso mehr, da ich sehe, was er dir antut.«

»Mir?«

Flossie stand auf und schenkte sich einen Cognac ein, kippte ihn in einem Zug herunter. Sie setzte sich dicht neben mich und erzählte, was ich schon von Gaston wusste: Wie Albert vor Merteuil von seiner Liebe zu mir gesprochen und die Verantwortung für den Mord auf sich genommen habe.

Ich zuckte mit den Schultern. »Was denkst du, weshalb ich mich verkleide? Merteuil glaubt, ich hätte Albert angestiftet. Und Albert glaubt vermutlich sogar, ich sei die Mörderin und er müsse mich retten.«

Mitfühlend schaute Flossie mich an, dann warf sie sich an meinen Hals. »Verzeih mir. Verzeih, dass ich dich benutzt habe und dass ich auch nur eine Sekunde glauben konnte, dass wirklich du Jack ...«

Sie weinte. Weinte heftig. Und ich Schaf begriff, dass sie nicht um Albert weinte, sondern um Jack. Es konnte gar nicht anders sein. »War er der Mann, mit dem du fortwolltest? Hast du Jack geliebt?«

Sie musste nicht antworten; ich hätte es früher verstehen müssen. Flossie, die stets nur eine Version ihrer selbst spielte, hatte Jack immerzu und ohne Unterlass mit der leicht entnervten Attitüde der mondänen Frau behandelt. Sie hatte ihn stets Mr Lexington genannt und kein anderes Gesprächsthema schienen die beiden zu haben als Jacks angebliche Liebe zu Madeleine. Flossie hatte uns allen gesagt, wie anstrengend sie den jungen Amerikaner fand, und hatte doch keines der Mittel angewandt, mit denen sie ansonsten Menschen auf Distanz hielt.

Ich dachte zurück an meine erste Begegnung mit Jonathan Lexington. Albert hatte mich an den Tisch gebracht, Jack und Flossie saßen mit dem Rücken zu uns und er hielt ihre Hände. Mit Inbrunst hatte er erklärt, sie sei die einzige Frau, die Anspruch auf Charme erheben könne. Und ich hatte geglaubt, er meine Flossie, hatte seinen Blick, seine Haltung, seine Worte ganz und gar auf Flossie bezogen. Wie hatte es mich erstaunt, zu verstehen, es gehe um eine andere Frau und er suche nur Rat bei ihr. Mütterlichen Rat bei Flossie, dem Inbegriff der eleganten Schönheit! Ich dachte daran, wie Jack Madeleine angesehen und mit ihr gesprochen hatte, und erkannte jetzt, um wie viel begeisterter er *von* ihr statt *mit* ihr geredet hatte. Hatte er sie als Tarnung genutzt, um in Flossies Nähe bleiben zu können? Was war unauffälliger als ein Liebhaber, der von einer anderen schwärmte?

»Nun also, ist es Jack Lexington, mit dem du fortgehen wolltest?«

Flossie nickte.

»Und dafür hättest du nicht nur mich geopfert, sondern auch Madeleine Kummer bereitet? War es dir nicht eben noch so wichtig, die Witwe deines früheren Vertrauten vor solchem Kummer zu bewahren? Was soll ich von dir halten, Flossie?«

»Ich habe ihn so sehr geliebt! So viel mehr als mich selbst! Und Madeleine? Sie hat ihn doch nicht ernstgenommen!«

Ich ließ mich nur zu gerne ablenken. »Das hast du gesehen? Dass sie ihn nicht wirklich wollte? Weißt du etwas über sie?«

»Über Madeleine? Nein, was soll ich schon über sie wissen? Sie ist eine schöne Frau, die Männer mit Leichtigkeit verführt; so eine verliert ihr Herz nicht ohne Weiteres.«

Wenn Madeleine Sylvie Legrand war, lag Flossie in ihrer Annahme richtig. Aber wäre Sylvie fähig, einen Mann zu töten, wenn sie feststellte, dass nicht sie ihn, sondern er sie benutzt hatte? Oder – wenn ich schon dabei war, verletzte Gefühle als Motiv in Erwägung zu ziehen – hatte Alice sich rächen wollen dafür, dass Jack auf ihre Avancen nicht einging? Hatte sie durchschaut, wen er wirklich liebte, und ... Nein, das war zu weit hergeholt. Oder nicht? Sie wollte immerhin abreisen.

Flossie riss mich aus meinen Gedanken. »Lizzie, vergiss Madeleine, vergiss auch mich und Jack für einen Moment. Was du immer noch nicht begreifst, ist die Gefahr, in der du schwebst!«

Ich tippte auf meine falsche Nase, meine Uniform, die Brille. »Ich trage das nicht, weil ich es schick finde. Ich weiß ganz gut, was Merteuil glaubt, aber wenn du mir hilfst, den wahren Mörder zu finden, dann –«

»Lizzie! Wenn Albert der Mörder ist –«

»Du glaubst also doch, dass er es war? Himmel, hatte er etwa erfahren, dass du mit Jack eine Affäre hast? Hast du es ihm gesagt?«

»Das habe ich nicht und ich bin mir ganz sicher, dass er es nicht weiß. Jack und ich waren nicht ein einziges Mal allein. Ich hätte es Albert angemerkt, hätte er von uns erfahren. Er hätte es mich fühlen lassen.«

»Aber es kann kein Zufall sein, dass er ausgerechnet deinen Liebhaber ermordet hat! Er –«

»Denk mit, Lizzie! Ein Mann, der den Liebhaber seiner Gattin ermordet – hat so einer eine wirkliche Strafe zu erwarten? Dafür hat fast jeder Richter Verständnis. Wenn Albert von Jack und mir gewusst hätte, hätte er Merteuil die Tat gestanden und sie mit seiner Ehre erklärt. Und Merteuil hätte ihm auf die Schulter geklopft!«

So wäre es gewesen, ohne jeden Zweifel. Für Merteuil mit seiner untreuen Gemahlin wäre Albert ein Held. »Aber wenn er kein Motiv für diesen Mord hat, dann sitzt er nur deshalb hinter Gittern, weil er *mich* für die Täterin hält. Doch welches Motiv sollte ich haben? Wie kommt er nur darauf?«

Sehr sanft zog Flossie mich an ihre Schultern und küsste meine Stirn. »Lizzie, du stellst die falschen Fragen. Sagte ich nicht, du sollst an dich denken? Lass die Suche nach einem Motiv. Als ich heute Nachmittag bei Merteuil war, hat er mich eine Weile allein lassen müssen. Ich habe die Zeit genutzt, heimlich Alberts Aussage zu lesen. Ich war mir unsicher, aber jetzt sehe ich es deutlich: Albert rächt sich an dir. Dir soll ein Leid widerfahren und sich selbst will er befreien.«

Ich zweifelte nicht eine Sekunde an Flossies Schlussfolgerung. Endlich verstand ich. Das war, was ich tief in mir befürchtet hatte. Dass Albert nicht der Dummerjan war, als den die Gesellschaft ihn sah, dass er nicht nur intelligenter, sondern auch böswilliger war, das hatte ich begriffen. Dass sich seine Eigensucht, sein Wunsch nach Rache nicht allein auf Flossie, sondern nun auch auf mich richtete, kam als böse Überraschung. Die so überraschend nicht war. Konnte es wirklich sein, dass ein Mann, der den besten Start in ein gutes Leben erhalten hatte, der über Bildung, Reichtum und Beziehungen verfügte, der vielleicht belächelt, aber doch gemocht wurde, dass also dieser Mann das Risiko einging, einen Mord zu gestehen, nur um die Frau zu strafen, die ihn nicht liebte?

Ich fröstelte. Da hatte ich gemeint, das Schicksal sei trotz aller Widrigkeiten auf meiner Seite, dabei griff es längst mit eisigkalten Fingern nach mir. Dass ausgerechnet Commissaire Merteuil mit diesem Fall betraut war! Albert hätte sich keinen besseren Gehilfen wünschen können! Vielleicht saß er genau jetzt im Verhör und vielleicht würde er genau jetzt weinend zusammenbrechen und zugeben, es sei, wie Monsieur le Commissaire sage: Nicht er, sondern Mrs Thomas Daniel Davies habe Mr Lexington ermordet. »Er wird aussagen, er sei in mein Zimmer gekommen und habe mich mit dem Toten überrascht. Und dass er mir vertraut habe, als ich behauptete, Jack sei zudringlich geworden. Und dann wird er entsetzt aufschreien, wenn Merteuil ihm erklärt, niemand habe je erlebt, dass Jack sich für mich interessierte, und dass die Liebe Albert blindgemacht habe. Und er wird so tun, als erwache er aus einem Albtraum. Himmel, ich bin tot!« Mir war zum Heulen zumute, aber nicht danach, aufzugeben. »Wir finden den echten Mörder und beweisen Merteuil, wie es wirklich war!«

»Lizzie, höre doch endlich richtig zu! Ich denke, Albert *ist* der Mörder! Und wenn er es ist, dann gibt es nichts, was wir herausfinden können, um Merteuil seinen Fehler zu beweisen!«

»Aber er hat kein Motiv, wenn er nicht von dir und Jack wusste!«

»Und doch muss er ihn getötet haben, wenn es nicht jemand war, den wir nicht kennen!«

»Ja. Das ist –«

»Das ist sehr unwahrscheinlich. Und es war auch niemand von uns. Ich war mit Madeleine, Alice und de Luca auf einer Spazierfahrt und Gaston spielte mit Myrtle und ihren Tattergreisen Bridge in irgendeinem englischen Club am anderen Ende von Nizza. Außer Albert und dir war niemand im Hotel.«

»Und Jack natürlich ...«

»Ja.« Sie schluchzte auf, fing sich jedoch rasch. »Du siehst, Albert hat überhaupt nichts zu verlieren. Und wenn er sich nicht herausreden kann, so wird er dich doch mitnehmen in ...«

»Sprich es nur aus. In den Tod.«

»Lizzie, es tut mir so leid. Das wollte ich nicht.«

Bestimmt fünf Minuten saß ich schweigend vor Flossie, das Gesicht in den Händen vergraben. Ich war niedergeschlagen, müde und hoffnungslos.

Call It a Day!

Nachts

Ich kam zu mir, als es leise an die Zimmertüre klopfte. Flossie zog mich hoch, schubste mich ins Badezimmer, und fragte, wer dort sei. Merteuil antwortete. Sie bat ihn herein. Ich presste das Ohr ans Schlüsselloch.

»Monsieur le Commissaire, haben wir nicht heute Vormittag erst ausführlich miteinander gesprochen? Was noch könnten Sie von mir wollen?«

Merteuil gab sich charmant. »Madame Smith-Babington, Sie haben mir sehr geholfen und es tut mir leid, sollte ich einmal grob geworden sein. Deshalb bin ich persönlich gekommen, um Sie von den guten Neuigkeiten zu unterrichten.«

»Gute Neuigkeiten?« Flossie hatte sich im Griff und ich war sicher, es bemerkte der Commissaire nichts von dem leichten Zittern in ihrer Stimme.

Nur kurz gestattete ich mir Hoffnung, dann aber kam, was ich befürchtet und vor wenigen Minuten erst ausgemalt hatte: »Ihr Gemahl, Madame, hat ein vollständiges Geständnis abgelegt und es bleibt ihm nur noch, sich Ihnen zu Füßen zu werfen. Es kann auch in der besten Ehe nicht ausbleiben, dass Versuchungen auf uns zukommen, denen nur die Stärksten widerstehen können. Monsieur Smith-Babington wurde schwach, aber er hat sich keiner Sünde schuldig gemacht, die ihn auf ewig verdammen müsste.«

»Wollen Sie bitte deutlich werden, Monsieur le Commissaire?«

»Er ist in die Fänge einer skrupellosen Frau geraten, die ihre Schönheit und ihren Verstand dazu nutzte, ihn für sich büßen zu lassen. Nicht er hat Monsieur Lexington kaltblütig erstochen, es war Madame Davies.«

»Monsieur le Commissaire, ich muss es Ihnen noch einmal sagen: Sie sind ein Trottel! Mrs Davies –«

»Madame, bitte, kein Wort weiter, sonst sehe ich mich doch gezwungen, Ihnen ein Ordnungsgeld aufzuerlegen. Ich verstehe natürlich, wie es Sie schmerzen muss, sich so getäuscht zu haben in einer Frau, die Ihnen Freundschaft vorgaukelte, und dabei –«

»Welches Motiv sollte Mrs Davies gehabt haben, Mr Lexington zu töten?«

»Ah, ich denke, es liegt auf der Hand. Diese Gemälde, die sie dem armen Mr Lexington angedreht hat, sind kaum mehr wert als eine Postkarte, die Sie am Hafen kaufen. Und doch hat sie ihm zweihundert Pfund abgeluchst.«

»Das ist ihr Motiv? Dass sie ihm Gemälde verkauft hat, die nicht Ihren Geschmack treffen, Monsieur le Commissaire?«

»Mr Lexington hat sie zur Rede gestellt und sie hat ihm das Messer in die Brust gerammt.«

»Nonsens. Mr Lexington war mit den Bildern sehr glücklich, sie waren genau das, was er gesucht hat, und er hat diesen Preis gezahlt, um Mrs Davies zu helfen, ihr Unternehmen aufzubauen. Dazu wüsste ich nicht, wie sie es hätte anstellen können, einen so starken und großen Mann wie Mr Lexington zu erstechen.«

»Der Zorn verleiht auch solch zarten Damen Stärke. Dazu kam die Überraschung aufseiten des armen Monsieur Lexington.« Merteuil hüstelte. »Aber Sie sollten sich nicht um diese Dame sorgen, wir werden sie bald gefunden haben. Die gute Nachricht ist: Ihr Gemahl, für den Sie so sehr gekämpft haben, wird heimkehren. Es mag noch ein oder zwei Stündchen brauchen, die Bürokratie, Sie verstehen? Aber dann werden Sie ihn in ihre Arme schließen und ihm seine Dummheit verzeihen.«

»Das werde ich sicher nicht tun.«

»Madame?«

»Wie schätzen Sie die Lage ein, wenn ich Ihnen gestehe, seit Monaten eine Liaison mit Mr Lexington unterhalten zu haben? Er war mein Geliebter und wir wollten miteinander fortgehen, wenn ich nur endlich den Mut aufgebracht hätte, meinen Mann um die Scheidung zu bitten.«

»Wie bitte?«

»Ich war meinem Mann untreu, Monsieur le Commissaire. Mr Lexington und ich waren unvorsichtig. Mein Mann hat es erfahren. Ziehen Sie Ihre Schlüsse daraus, wie Sie mögen, ich weiß, was geschehen ist: Albert hat sich gerächt.«

»Aber Madame, Sie sagten bislang –«

»Ich war um meinen Ruf besorgt und ahnte nicht, dass mein Mann vorhatte, eine Unschuldige zu verdammen. Wenn Sie ihn freilassen, werden Sie vermutlich sehr bald von meinem Ableben hören.«

»Sie haben Ihren Gemahl betrogen, Madame?«

»Sie sind etwas langsam, Monsieur le Commissaire. Mein Mann hat sich nicht allein an Jack gerächt, sondern er tut es in diesem Augenblick ebenso an Mrs Davies, und Sie sind sein Henker.«

»Madame, Sie reden wirr. Soll ich einen Arzt –«

»Ich benötige keinen Arzt. Mein Mann hat Jack getötet und nun redet er Ihnen ein, es sei Mrs Davies gewesen. Und das nur, weil sie ihn abgewiesen hat.«

»So pflegt diese Sorte Frau zu handeln, nachdem ein Mann alles für sie getan hat.«

»Aber nein, Sie liegen völlig falsch! Albert hat sich in sie verliebt und sie hat ihn abgewiesen. Deshalb lügt er Sie an, Monsieur le Commissaire. Sehen Sie das nicht?«

Zum ersten Mal hatte ich Mitleid mit Merteuil, denn Flossie sprach hektisch und was sie sagte, klang in seinen Ohren sicherlich wie der Versuch einer eifersüchtigen Frau, den Gatten in Bedrängnis zu bringen. So äußerte sich auch der Kommissar und beschwor Flossie, nichts zu sagen, was ihr als falsche Beschuldigung ausgelegt werden könne.

Sie stöhnte auf. »*Gosh*, Sie sind ein Trottel! Schauen Sie sich Albert einmal genau an! Sehen Sie nicht, was er tut? Verstehen Sie nicht, was ich sage? Jack war mein Liebhaber und Albert wusste davon! Und Sie überlegen, ob eine harmlose Frau die Mörderin gewesen sein könnte? Wollen Sie sich lächerlich machen?«

»Madame, die Würde meines Amtes –«

»O wirklich, ginge es um Würde, so hätte man keinen Schwachkopf wie Sie auf diesen Posten gehoben!«

»Madame!«

»Albert hat Jack erstochen, ich weiß es so genau, als wäre ich dabei gewesen!«

Es herrschte Stille und ich drückte mich noch enger an die Tür, versuchte auch, durch das Schlüsselloch zu sehen. Was passierte denn nur?

Endlich sprach Merteuil. »Sie schwören, mit Monsieur Lexington eine Affäre gehabt zu haben?«

»Ja. Und nein, falls das Ihre nächste Frage sein sollte: Ich habe ihn nicht getötet.«

»Aber nein, Madame, das weiß ich, Sie haben ein Alibi. Ich bin kein Anfänger.«

»Und Mrs Davies hat nichts mit alldem zu tun.«

»Eine unschuldige Frau hätte nicht die Flucht ergriffen!«

»Das tat sie, weil ich es ihr sagte.«

»Weshalb sollten Sie das getan haben?«

»Das sagte ich bereits, Monsieur le Commissaire.«

»Aber nein, Sie sagten es nicht.«

»Aber doch. Sie sind ein Trottel, das ist der Grund.«

»Madame!«

Wieder schwiegen beide. Sie schwiegen sehr lange. Ich wurde nervös. Und erschrak, als es erneut an der Zimmertür klopfte.

»Florence, ich … Ah, Merteuil.«

»Perrier. Sie sind noch da? Reisen Sie nicht bald einmal ab?«

»Erst, wenn alles geklärt ist. Störe ich?«

»Immer«, antwortete der Kommissar.

»Aber nie«, antwortete Flossie.

»Das tut er doch. Gehen Sie bitte, Perrier.«

»Bitte bleiben Sie. Sie können im Bad warten, wenn es etwas Wichtiges ist, das Sie mir sagen wollen.«

Schnell entfernte ich mich von meinem Lauschposten und kauerte mich hinter die Wanne, da kam Gaston schon herein. Er sah mich nicht sofort und erst, als er die Tür geschlossen hatte, zeigte ich mich.

»Was tun Sie hier?«, wisperte er.

»Unwichtig«, flüsterte ich zurück.

Er schmunzelte. »Ich habe einen schlechten Einfluss auf Sie.«

»Stimmt.«

»Was geht hier vor sich?«

»Flossie hat ihm gestanden, Jacks Geliebte gewesen zu sein.«

Gaston blieb gelassen, nickte sogar.

»Wussten Sie das etwa?«

»Nein. Ich erkenne nur meine eigene Blindheit mit größtmöglicher Würde an.«

»Gelingt Ihnen vorbildlich. Was ist mit Alice?«

»Später.« Er bedeutete mir, zu bleiben, wo ich war, und stellte sich an die Tür, um zuzuhören.

Da hockte ich nun hinter der Wanne und konnte nur raten, was nebenan vor sich ging. Ich hoffte inständig, Flossie wäre in der Lage, Merteuil zu überzeugen, und ich gab mich der Vorstellung hin, wie der jeden Augenblick einträte und sich herzlich bei mir entschuldigte für die falsche Verdächtigung. Bis dahin betrachtete ich Gaston, wie er vornüber gelehnt lauschte, die Hände lässig in den Hosentaschen, einen Fuß hinter dem anderen gekreuzt. Er war kleiner als Thomas, auch etwas schmaler. Aber wie er sich hielt und bewegte, vermutete ich unter seinem Hemd nicht weniger Muskeln, als Jack sie geboten hatte. Sein dunkles Haar lockte sich ein klein wenig im Nacken, was mir sehr gut gefiel. Fast hätte ich laut aufgelacht. Als ob es irgendetwas an ihm gab, das mir nicht gefiel! Ich schwärmte für ihn, als wäre ich ein Backfisch; es war wirklich zum Verrücktwerden.

»Wie steht es?«, raunte ich ihm zu. Es schien mir recht lang zu dauern, bis meine Unschuld geklärt war.

Gaston wandte sich zu mir, verdrehte die Augen. »Merteuil ist ein Idiot allerersten Ranges.«

»Wieso?«

»Sagen Sie es mir. Oder sind Flossie und Sie ein Pärchen?«

»Bitte?«

»Leise doch.«

»Er –«

»Später.« Ungeduldig wedelte er mit den Händen und drehte sich wieder zur Tür.

Jetzt glaubte Merteuil, Flossie lüge für mich, weil ich auch sie mit meinem Charme eingewickelt hatte? Fast war ich geschmeichelt, was dieser Mann mir alles zutraute: Offenbar verführte ich mit Leichtigkeit die reichsten Männer und deren Frauen, hetzte sie alle in meiner Blutgier aufeinander oder mordete gar selbst, um sie dann für meine Taten bezahlen zu lassen. Eigenartig, dass die Frau, die mir täglich aus dem Spiegel entgegensah, eher an eine nicht mehr ganz junge Gesellschafterin erinnerte denn an eine Lucrezia Borgia.

Gaston presste sich dichter an die Tür, dann richtete er sich auf und ging hinaus. Mich hielt es nicht länger hinter der Wanne, ich flitzte zurück auf meinen Posten und linste durch das Schlüsselloch. Die Uniform eines Brigadiers konnte ich sehen. Himmel, Merteuil ließ doch nun nicht etwa Flossie abtransportieren? Es sprachen alle durcheinander und kein Wort konnte ich verstehen.

Dann setzte Gaston sich durch. »Merteuil, wenn Sie ein Problem damit haben, wenden Sie sich an die Sûreté!«

»Sie sind kein Mitglied der Sûreté mehr!«

»Und handele doch in deren Auftrag. Aber machen Sie sich nur Feinde dort, mir ist das gleich. Wenn Mr Lexington hier ist, um mit Ihnen zu sprechen, dann deshalb, weil ich mich darum bemüht habe!«

»Perrier, ich –«

»Und nehmen Sie Madame die Handschellen ab, sonst wird Ihnen die Liebelei zwischen dem Polizeidirektor und Ihrer Gattin auch nichts mehr nützen!«

»Perrier!«

»Florence, setzen Sie sich und bestellen Sie einen Kaffee, Sie können ihn brauchen. Kommen Sie, Merteuil, oder bleiben Sie hier?«

Mr Lexington? Jacks Vater war hier? Und ich saß hier fest? Das missfiel mir sehr. Irgendwie glaubte ich, ihn unbedingt sehen zu müssen. Ich lief zum Spiegel und kontrollierte meine Maske. Perfekt, niemand würde mich erkennen, niemand! Erst recht nicht Merteuil! Ich war Louise, Zimmermädchen des *Negresco* und ...

Und hatte keine Ahnung, wohin die Herren entschwunden waren. Bestimmt in einen der vielen Gesellschaftsräume des Hotels. In die ich in dieser Aufmachung nicht hineindurfte. Dennoch, ich hielt es nicht länger aus. Ich trat also ins Wohnzimmer, knickste vor dem erstaunten Brigadier und verkündete der gnädigen Frau, ich hätte meine Arbeit erledigt, und wollte das Zimmer verlassen. Ich öffnete die Tür und prallte mit voller Wucht gegen Commissaire Merteuil.

Der das erste Mal freundlich zu mir war. »Aber mein liebes Kind, Sie müssen darauf achten, wo Sie hingehen.«

Ich senkte den Blick, murmelte eine Entschuldigung. Und kam nicht hinaus, denn es drängten hintereinander weg der Brigadier, Gaston und ein hochgewachsener Herr mit kantigem Kinn in das Zimmer, gefolgt von einem Pagen mit dem Kaffee. Flink stellte der Junge das Tablett vor Flossie ab, schenkte ein, richtete Kekse und Kuchen auf einem Teller an und fragte, ob er sonst noch etwas für Madame erledigen dürfe. Sie verneinte und so verbeugte er sich, flitzte auf mich zu und wollte mich mit hinausziehen, als es laut klirrte und Flossie japste. »Ach herrje«, lamentierte sie, »der schöne Teppich! Mademoiselle, bleiben Sie doch bitte und erledigen das.«

Schon gab mir der Page einen Schubs und ich eilte an Flossies Tisch, wo ich mich daran machte, den dunklen Fleck zu bearbeiten. Unter anderen Umständen hätten die Herren wohl gewartet mit ihrer Unterhaltung, aber ich war nur ein harmloses Zimmermädchen, kaum mehr als Mobiliar. Als Gaston mir den Rücken zudrehte und dem älteren Mann einen Platz auf der anderen Seite der Suite anbot, war ich bereits vergessen. Merteuil bat Flossie dazu; übertrieben höflich tat er das. Seine Anschuldigung schien vergessen. Ich tupfte den Schwamm auf den Teppich und Zentimeter für Zentimeter arbeitete ich mich rückwärts näher an die Gesellschaft heran.

Flossie fragte, was sie für die Herren tun könne.

»Ich dachte«, so sprach Merteuil, »es würde Mr Lexington gefallen, Sie kennenzulernen, da Sie doch eine so enge Freundin seines Sohnes waren.«

Es gefiel mir nicht, wie er das sagte. Irgendwie höhnisch.

»*Damn it*, Kommissar, spielen Sie nicht rum, ich kann das nicht leiden!« Der Amerikaner war ausgesprochen schlechter Laune, die er auch nicht zügelte, als er sich Flossie zuwandte. »Mrs Smith-Babington, ich bin Jonathan Lexington senior aus Boston und wenn Sie mir was zu sagen haben über meinen Sohn, dann raus damit.«

»Wie Monsieur Merteuil sagte, ich war eine Freundin und ich bin sehr erschüttert über seinen Tod. Ich weiß nicht, wie ich darüber jemals werde hinwegkommen können.«

» *Well, young Lady*, tut mir leid, wenn Sie den Knaben vermissen, aber beantworten Sie mir doch eine Frage.«

Das klang nicht nach einem trauernden Vater. Ich robbte näher heran.

»Sicher, Mr Lexington, wenn ich kann.«

»Dann sagen Sie mir doch mal als Erstes, wer der Kerl ist, den ich mir vorhin in der Leichenhalle angeguckt habe.«

Was sagte dieser Mann?

»Bitte wie?«, fragte Flossie.

»Wie jetzt?«, entfuhr es Merteuil.

»Ah ja …«, kam es von Gaston.

»Der Kerl ist nicht mein Sohn und wenn Sie seine Freundin sind, dann werden Sie wohl wissen, was dieses Schwein vorhatte. Und wo mein Jack ist!«

»Himmel!«, platzte ich heraus.

Merteuil drehte sich um, erstaunt, misstrauisch und plötzlich sehr grimmig. »Sie? Ja, Sie sind es!«

Sollten Frauen jemals bei einer Olympiade als Läuferin teilnehmen dürfen, dann sollte ich mich melden, denn ich war so schnell auf den Beinen und in einem solchen Tempo heraus aus dem Zimmer, dass mir zumindest eine Bronzemedaille sicher sein dürfte. Ich galoppierte wie eine Wilde die Haupttreppe hinunter, raste durch das Foyer und wetzte die Promenade entlang. Wohin? Wo sollte ich hin? Was sollte ich tun? Ich sah mich um. Niemand schien mir zu folgen.

Dennoch rannte ich weiter, bis ich keine Luft mehr bekam und mit stechenden Seiten auf eine Bank fiel. Eine ältere Dame saß dort und warf mir einen erschrockenen Blick zu.

»Oh, meine Herrin hat Appetit auf Orangenmarmelade und wenn ich die nicht gleich heranhole, wirft sie mich raus!«

Das schien ihr einleuchtend und recht kühl empfahl sie, mich zu sputen. Diesem Rat kam ich nach und weiter lief ich, hinein in die Stadt. Ich wollte zu Vera, etwas Besseres fiel mir nicht ein, doch dann besann ich mich. Im *Negresco* saß Mr Lexington und erklärte, Jack sei nicht sein Sohn, während ich hier umherrannte und mir etwas einfiel, was von Bedeutung sein könnte. Schlimmer noch: Mir ging Flossies Gesicht nicht aus dem Sinn, das echtes Erstaunen und tiefes Entsetzen gezeigt hatte. Flossie brauchte mich, sie hatte niemanden sonst. Also tat ich, was getan werden musste: Ich kehrte um.

Fast war es zum Lachen, wie im Foyer zwei Brigadiere in alle Ecken schauten, mich aber – die ich als einfaches Zimmermädchen die Gästetreppe hinaufhastete – nicht beachteten. Oben angekommen steuerte ich auf Jacks Zimmer zu. Dass Merteuil darin zu hören war, hielt mich nicht ab. Im Gegenteil. Er war ein Trottel, der schlampig ermittelt hatte, und das wollte ich ihm beweisen.

Ich trat ein. Lexington und Merteuil waren über den Schreibtisch gebeugt, Gaston stand am Kleiderschrank. Würde er sofort bemerken, was ich übersehen hatte? Immer wieder hatte ich Jacks Kleidungsstücke durchsucht und dabei die Etiketten der besten Londoner Herrenschneider ignoriert; zu sehr war ich an die Namen der *Savile Row* gewöhnt, um sie bewusst wahrzunehmen. Dabei hätte ich mich wundern müssen, sie ausgerechnet in diesen grell gemusterten Kleidungsstücken nach amerikanischen Schnitten zu sehen.

Doch Gaston tat, was auch ich getan hatte: Er nahm ein Jackett heraus, klopfte es ab, tastete an ihm herum und – hängte es zurück! Ich war unglaublich verliebt in ihn, das schon, aber jetzt fühlte ich mich endlich einmal überlegen. »Gaston, Sie enttäuschen mich. Sie legen selbst so viel Wert auf Eleganz und kennen die *Savile Row* nicht?«

»Pardon?«

Ich griff ein Jackett, legte es aufs Bett und winkte die drei Männer heran. Merteuil war so verdattert, mich zu sehen, dass er meiner Aufforderung schweigend folgte. Noch war ich meiner Sache nicht sicher und so fragte ich Mr Lexington, wie sein Sohn ausgesehen habe.

Er schaute mich kühl an. Und wandte sich zu Merteuil. »Ist das üblich, dass das Personal sich in Ihre Ermittlungen einmischt?«

»Ah, Monsieur, sie ist kein Zimmermädchen. Das ist Madame Davies. Sie ist die Geliebte des Mannes, der Ihren Sohn oder vielmehr diesen Betrüger erstochen hat, der wiederum der Liebhaber von Madame Smith-Babington war, die die Ehefrau meines früheren Tatverdächtigen ist.«

»Ihres früheren Tatverdächtigen? Wen verdächtigen Sie nun?«

»Madame Davies.«

Das konnte ich so nicht stehen lassen. »Mr Lexington, ich habe niemanden umgebracht, niemanden dazu angestiftet und ich bin keinesfalls die Geliebte von irgendwem. Wenn ich erklären dürfte, was ich –«

»Genug!« Der Amerikaner sah uns alle an, als bereiteten wir ihm Übelkeit. »Ich habe viel von der Unmoral der Europäer reden hören. Es ist schlimmer, als ich dachte.«

»Monsieur –«, setzte Merteuil an, wurde jedoch unterbrochen.

»Das alles interessiert mich nicht! Ich will wissen, wo mein Sohn ist! Der echte Jonathan Lexington!«

Gaston bat ihn, Platz zu nehmen. »Mr Lexington, Sie müssen verstehen, dass wir erst dann etwas über den Verbleib Ihres Sohnes werden herausfinden können, wenn wir wissen, wer sich für ihn ausgegeben hat. Je mehr Sie uns über Ihren Sohn sagen können, umso schneller kommen wir voran.«

Mr Lexington war nicht angetan, das zeigte er deutlich. Ich lächelte ihn an und versuchte es erneut. »Wie sieht Ihr Sohn aus?«

Wie erwartet hatte er eine Fotografie bei sich. Sie zeigte einen jungen Mann, der nichts mit dem Jack gemein hatte, den wir kennengelernt hatten. Er war schmächtig, trug eine dicke Brille und schaute traurig in die Kamera. »Ein reizender junger Mann, Mr Lexington. Er ist also nach Europa gereist?«

»Reizend? Mein Sohn ist ein humorloser Schwächling, der mein Geld für Unsinn ausgibt! Aber er ist mein Sohn und ich will wissen, wo er steckt!«

»Das verstehe ich gut, Mr Lexington. Wann haben Sie zuletzt von ihm gehört?«

»Das war im Oktober. Er hat mich angerufen, um zu sagen, dass er länger bleibt. Wegen einer Mumie! Er bildete sich ein, er könnte in Ägypten an Ausgrabungen teilnehmen, wenn es ihm gelingt, irgendetwas zu entziffern! Verdammter Unsinn ist das!«

»Von wo aus hat Ihr Sohn Sie kontaktiert, Mr Lexington?«

»Aus London.«

»Wo in London?«

»Weiß ich nicht.«

»Und danach haben Sie nichts wieder von ihm gehört? Sie haben nicht versucht, ihn zu sprechen, er hat Ihnen nicht geschrieben?«

»Geschrieben hat er alle naselang, das schon. Aber Papier ist geduldig. Ich ziehe es vor, mit den Menschen zu reden.«

»Wem sagen Sie das?« Ich dachte an die Briefe in Alberts Zimmer, die angeblich ich geschrieben haben sollte. »Aber war es die Handschrift Ihres Sohnes? Haben Sie sie erkannt?«

»Sah für mich so aus.«

Ich trat an den Schrank, holte das Taschenmesser und reichte es Mr Lexington. »Ihrem Sohn gehört es vermutlich nicht? Hat er vielleicht einen Freund, zu dem MB passt?«

»Ich kenne weder das Messer noch hatte Jonathan Freunde. Verdammter Eigenbrötler war er. Worauf wollen Sie hinaus?«

»Auf nichts bis jetzt, ich habe nur eine Idee.« Ich schlug die Jacke auf, tippte auf das Etikett: »*Allyson & Sons, Savile Row.* Dort hat mein Schwiegervater schneidern lassen. Und auch sonst lässt jeder Mann meiner Bekanntschaft in dieser Straße fertigen. Das ist englische Qualität und nicht eben günstig zu nennen. Dafür hält ein solcher Anzug Jahrzehnte.«

Gaston und Merteuil sahen sich an. »Wer will denn einen Anzug Jahrzehnte tragen?«

»Echte britische Gentlemen. Allzu Neues gilt in unseren Kreisen als ordinär. Und solche Stoffe, wie Jack sie getragen hat, auch.« Mein Blick fiel auf Mr Lexington, der in einem ganz ähnlich karierten Anzug steckte. »Britische Männer sind speziell. Ihnen steht das Muster hervorragend.«

»Worauf wollen Sie hinaus?«

»Jeder Anzug in diesem Schrank stammt aus der *Savile Row*, nicht einer aus den Staaten. Und doch sieht keiner aus wie etwas, was ein Engländer trüge.«

Mr Lexington nahm das Jackett auf. »Jonathan würde darin versinken. Außerdem trägt er immer nur schwarz wie so ein verdammter Pfaffe.«

»Hat Ihr Sohn seine Rechnungen selbst bezahlt oder gingen sie an Sie, Mr Lexington? Wissen Sie, was er wo und wann gekauft hat?«

»Jonathan hat sein eigenes Konto, darum kümmere ich mich nicht. Er bekommt eine Menge Geld von mir, damit kann er machen, was er will.«

»Sind Sie nach Europa gekommen, um ihn zu suchen?«

»Nein. Ich wollte auf der Rückreise nach ihm sehen.«

»Und haben Sie ihm das mitgeteilt?«

»Ich habe ihm vor drei Wochen ein Telegramm geschickt.«

»Und hat er darauf geantwortet?«

»Das hat er verdammt noch mal nicht getan!«

Das gefiel mir nicht und ich denke, es gefiel Gaston ebenso wenig. Sogar Merteuil zog ein bekümmertes Gesicht.

»*Damn it!* Was denken Sie, ist mit Jonathan passiert? Wer ist dieser verdammte Mistkerl in der Leichenhalle?«

Weder Gaston noch Merteuil antworteten ihm und so drehte er sich zu mir. »Was denken Sie, Mrs Davies?« Sehr leise sprach Mr Lexington nun. Er stand dicht vor mir und Tränen schwammen in seinen Augen. »Was hat es mit diesen Jacketts auf sich? Hat mein Sohn einem Betrüger seine Garderobe bezahlt? Wird er erpresst oder ist er in unsaubere Geschäfte verwickelt? Ich bin niemand, der Angst vor der Wahrheit hat, Mrs Davies.«

Und doch spürte ich, dass er Angst vor dem hatte, was schlimmer wäre als ein missratener Sohn. Ein toter Sohn nämlich. Wir schwiegen. Bis ich vorschlug, im Gepäckraum nach dem Koffer zu suchen, den der falsche Jack bei sich gehabt haben musste.

Als wir nach unten gingen, nahm Merteuil mich am Arm und meinte, ich sei noch nicht vom Haken. Dabei sah er mich jedoch an, als wäre es ihm nur zu recht, mich von eben diesem Haken zu lassen. »Verraten Sie mir eines: Ihre Verkleidung – dafür hat Perrier gesorgt?«

»Ich weiß mir ganz gut selbst zu helfen, Monsieur le Commissaire.«

»Wenn ich nur wüsste, wo man bei Ihnen dran ist. Mr Smith-Babington ist sehr verliebt in Sie und –«

»Vor allem ist er ein Mann, der seine Frau schlägt und sogar versucht hat, sie zu töten in einem Anfall von Eifersucht. Ich habe keinen Respekt vor einem Mann, der seine Gefühle nicht unter Kontrolle hat und nur an seine vermeintliche Ehre denkt.«

Meine Rede gefiel Merteuil. »Die Welt wäre ein besserer Ort, wenn die Menschen in ihrer Liebe nicht wankten, nur weil sich nicht alles um sie dreht.«

»Sehr richtig, Monsieur le Commissaire.«

Nun lächelte er mir zu. Ich hätte es nicht gedacht, aber ich war auf einmal beinahe froh, dass er die Ermittlung leitete; er ließ sich doch recht leicht von manchen Argumenten überzeugen.

Wir hatten den Gepäckraum kaum betreten, als Mr Lexington sich bückte und einen großen schwarzen Koffer aufhob. »Der gehört Jonathan, ohne jeden Zweifel! Hier, J.L.B. – Jonathan Lexington, Boston!«

»Wenn ich dürfte?« Gaston nahm ihm das Stück aus der Hand, legte es auf den Boden und öffnete es. Es war leer. Bis auf ein Adressbuch, einige Briefe, einen Schreibblock und ein Scheckheft.

Er reichte letzteres Mr Lexington, der es aufschlug und durchlas. »Mein Sohn hat stets Buch geführt über seine Ausgaben. Den Scheck mit der Nummer 153 hat er im Oktober ausgestellt für einen Buchhändler. Es fehlen aber elf weitere Schecks. Dazu gibt es keine Eintragung.«

Gaston nickte. Und reichte mir den Block. »Sieht das wie Ihre Schrift aus, Elizabeth?«

Wirklich sah ich vor mir den Entwurf eines Briefes, der von meiner Hand hätte stammen können. Er begann mit *Mein über alles geliebter Alfred!* »Von mir ist er nicht.«

»Blättern Sie weiter. Ist das Alberts Schrift?«

»Ich habe nie einen Brief von ihm erhalten, ich kann es nicht sagen.«

»Auf der nächsten Seite – könnte Ihr Sohn das geschrieben haben, Mr Lexington?«

Ich gab den Block weiter. Der Amerikaner runzelte die Stirn. »Die Schrift sieht ähnlich aus, etwas unruhiger vielleicht.«

»Dann können wir wohl davon ausgehen, dass unser Jack ein hervorragender Fälscher von Handschriften war.«

Merteuil hob die Brauen. »Es sieht so aus, als wäre dieser Fall größer als gedacht. Und noch sehe ich nicht, wie unser neu erworbenes Wissen uns näher an die Auflösung heranbringt.«

»Was werden Sie tun, Monsieur le Commissaire?«, fragte ich ihn.

»Zunächst einmal werde ich den Haftbefehl gegen Sie aufheben. Wenn mich die Herrschaften entschuldigen wollen?«

Und auch ich entschuldigte mich. Mir fiel Flossie ein, um derentwillen ich doch zurückgekommen war. Sie musste sich elend fühlen, ganz allein auf ihrem

Zimmer und mit dem Wissen, einen Mann geliebt zu haben, der nicht war, was er zu sein vorgab.

Flossie saß noch immer in demselben Sessel, in dem wir sie zurückgelassen hatten. Sie weinte.

»Flossie, was kann ich für dich tun?«

Sie sah auf. Lächelte schwach, zeigte auf mein Kinn. »Du bist schief.«

»Das ist doch gleichgültig.«

»Mach es ab. Bitte. Du siehst grotesk aus.«

»Ich weiß nicht, wie das geht.«

»Lass es mich versuchen.«

Weil es ihr so wichtig war, tat ich ihr den Gefallen und folgte ihr ins Badezimmer. Sie rubbelte und zog, sie kratzte und massierte und endlich seufzte sie zufrieden auf. »So ist es besser. Nimm dir eines von meinen Kleidern, ja? Irgendeines.«

In welch eigenartiger Stimmung sie war! Ich tat, was sie wünschte, und bestellte uns bei Monsieur Guilbert ein Abendessen, was der Empfangschef zum Anlass nahm, sich nach meinem Status zu erkundigen. Ich sei zurzeit wieder als Gast des Hauses anzusehen, teilte ich ihm mit und empfing dafür seine Glückwünsche.

Ich setzte mich neben Flossie auf das Bett. »Wie geht es dir?«

»Du hast bestimmt andere Fragen an mich. Fang an.«

»Ich denke, du weißt nicht, wer Jack wirklich war?«

»Natürlich weiß ich das. Er war der einzige Mann, den ich liebte und der mich liebte. Es ist egal, ob er Jack hieß oder irgendwie anders.«

»Aber du weißt, wie er hieß?«

»Das weiß ich nicht.«

»Flossie, denkst du, es ist ein gutes Zeichen, dass er dir seinen wahren Namen nicht genannt hat?«

»Er wird Gründe dafür gehabt haben, die nichts mit mir und ihm zu tun hatten.«

»Das mag sein. Aber Flossie ...« Es fiel mir unendlich schwer, ihr zu sagen, was sie hören musste, doch ich konnte das nicht Merteuil oder Gaston überlassen. »Nun, einer der Gründe könnte darin liegen, dass der echte Jonathan Lexington womöglich nicht mehr lebt.«

»Das täte mir leid, aber ich sehe nicht, was das mit Jack zu tun haben soll.«

Sie wollte es nicht sehen, sie hielt fest an ihrer Liebe. Und auch ich wollte zu gern glauben, es könne dem echten Lexington ein Unfall widerfahren sein, der den falschen Jack in Besitz seiner Identität gebracht hatte. Ein schwacher Moment, eine günstige Gelegenheit vielleicht und dann hatte er Flossie kennengelernt, sich verliebt und kam nicht mehr aus seiner Rolle heraus. Ja, das mochte so gewesen sein. »Du hast ihn sehr geliebt, oder?«

»Ich liebe ihn noch immer. Niemand war jemals sanfter zu mir oder hat mehr für mich getan als er.«

»Eine solche Liebe muss Albert doch bemerkt haben. Denkst du nicht?«

»Nein.«

»Aber weshalb hat er ihn getötet? Kann es sein, dass Jack keine Geduld mehr hatte? Dass er ihm nachgegangen ist und um deine Freiheit gebeten hat? Er wäre naiv genug gewesen, so etwas zu tun.«

»Nein. So war er nicht. Er hatte sehr klare Vorstellungen davon, was er wollte. Und Albert sollte nicht merken, was zwischen uns ist. Ich sollte nicht in einen Skandal verwickelt werden, das war Jack wichtig.«

»War es seine Idee, mich zu holen?«

»Nein.«

»War es seine Idee, Madeleine zu umgarnen?«

»Nein.«

»Hast du sie ausgesucht?«

Flossie lächelte. »Es ging von ihr aus. Sie machte ihm schöne Augen und ich dachte, das könnten wir nutzen. Ich wusste, es würde sie nicht schmerzen. Es war ja immer auch de Luca um sie herum und dass zwischen den beiden etwas lief, war deutlich.«

»Aber nein. Madeleine ist eine Heiratsschwindlerin und de Luca ist ihr Bruder. Gaston ist ihr seit einiger Zeit auf den Fersen. Wir glauben, sie wollten Jack hereinlegen.«

Doch das kümmerte Flossie kaum. »Dann hatte sie den Falschen ausgewählt. Er wäre niemals auf sie hereingefallen. Sie war nicht sein Typ. Aber de Luca ist auf keinen Fall ihr Bruder.«

»Nicht?«

»Das wäre eine sehr ungesunde Beziehung.« Flossie nahm meine Hand, kuschelte sich an mich. »Jack war der Mann, den ich mir erträumt hatte. Es war so leicht mit ihm, ihm gefiel alles an mir.«

»Was eine so große Kunst nicht ist. Du bist hübsch, elegant und weißt zu unterhalten.«

»Ich bin egoistisch, das weiß ich wohl.«

»Nun ja, aber –«

Weiter kam ich nicht.

Die Zimmertür sprang auf, knallte gegen die Wand. Vor uns stand Albert. Ein Albert, wie ich ihn bislang nie

gesehen hatte. Der Albert, den ich erahnt hatte. Weiß
vor Wut warf er die Tür ins Schloss und raste auf uns
zu. Ich sprang auf, stellte mich ihm entgegen. Er stieß
mich zu Boden, Flossie riss er an den Haaren vom Bett.
»Du! Sitzt hier und spinnst deine Fäden, du verlogenes
Weibsstück! Aber das ist dir danebengegangen, da hast
du dich verrechnet! Und glaube nicht, dass du davon-
kommst!«

Ich rappelte mich auf, warf mich gegen ihn, tat mein
Bestes, ihn von Flossie zu trennen, die ihn wie betäubt
anstarrte. Er schleuderte sie von sich und fasste nach
mir. Hin und her schüttelte er mich, schlug mir ins Gesicht und nannte mich eine Schlampe, die nicht besser
sei als seine Hure von Ehefrau. »Das glaube mal, dass
du bezahlen wirst! Dich mache ich fertig!«

Ich wehrte mich nach Kräften, doch kam ich gegen
ihn und seine unglaubliche Raserei nicht an. Erst als
Flossie auf seinen Rücken sprang, kam ich frei. Schon
hatte er sie abgeschüttelt, schlug auch sie und trat nach
ihr. »Das habt ihr euch fein ausgedacht«, brüllte er, »du
und dein Galan! Gib es zu!«

»Lass sie los! Lass sie endlich los!« Ich schrie aus Lei-
beskräften und trommelte mit den Fäusten auf seinen
Rücken und seine Arme, ich kratzte und biss wohl gar,
aber nichts davon kümmerte ihn; er war so weit fort
von dieser Welt, dass er keinen Schmerz spürte. Ich
rannte auf den Flur und rief um Hilfe, rannte zurück
und zerrte an Alberts Haaren, ich trat nach ihm und
schlug ihn, doch das schien ihn nur zu befeuern. Seine
Hände legten sich um Flossies Hals. »Du dachtest, du
kannst mich aus dem Weg schaffen, ja? Hast gedacht,
ich könnte mich nicht wehren, was? Ich habe ganz

andere Sachen in diesem Krieg erlebt, da braucht mir so ein Jack nicht kommen! Du hast ihn geschickt, gib es zu! Ich habe Stunden und Stunden darüber gegrübelt und ich komme immer wieder zum selben Schluss: Du hast ihn geschickt! Gib es zu! Gib es endlich zu!«

Ich wusste mir nicht anders zu helfen: Ich griff nach dem silbernen Tablett und donnerte es mit Wucht gegen Alberts Schädel. Zwei Mal noch musste ich zuschlagen, bis er endlich auf die Knie ging und stumm nach vorne sackte. Ebenso stumm sank Flossie auf den Teppich. Ich stürzte zu ihr, zog sie auf meinen Schoß, fühlte hektisch nach ihrem Puls. »Flossie, bitte, schau mich an, öffne die Augen. Bitte, bitte!«

Dann war Gaston neben mir und forderte Merteuil auf, einen Arzt zu holen. »Alles ist gut. Sie lebt, sie wird wieder. Elizabeth, sieh mich an: Alles ist gut.«

Wie in so vielen Nächten zuvor kam ich während der nächsten beiden Tage erst weit nach Mitternacht in mein Bett. Es waren stundenlange Gespräche, Verhöre und Telefonate, die mich wachhielten. Und zuletzt die Rettung eines Menschenlebens. Noch einmal.

Nachdem Albert wieder zu sich gekommen war, war er nur allzu bereit, sich seine Gefühle von der Seele zu reden. Noch immer loderte eine Wut in ihm, von der Gaston hoffte, sie mache ihn unvorsichtig. Merteuil bestand auf meiner Anwesenheit, denn anfangs sprach Albert nur in meine Richtung. Ich fand es schwer zu ertragen, was er an Beleidigungen von sich gab, und hätte Gaston nicht meine Hand gehalten, ich wäre gegangen. Nun, vielleicht auch nicht, denn ich war neugierig auf das, was er zu sagen hatte:

Er habe nichts von Flossies Affäre gewusst, aber geahnt, dass sie versuchen würde, sich von ihm zu trennen. Was er nicht wollte. Bis ich erschien. Für mich hätte er Flossie freigegeben, mit mir hatte er sich das Leben so einrichten wollen, wie er es sich dachte. Geheiratet hätte er mich sogar. Als er aus Toulon zurückkehrte, da habe er darauf vertraut, dass es nur die Freundschaft mit Flossie sei, die meinem Ja im Weg stand. Weil er mir einen Antrag machen wollte, war er in mein Zimmer gekommen. Dort wartete er auf mich. Doch statt meiner kam Jack herein, der nur eines im Sinn hatte: Alberts Tod. Der aber verstand, sich zu wehren, und so war es Jack, der mit dem Messer in der Brust sein Leben verlor.

Merteuil zweifelte an seiner Behauptung und wies ihn darauf hin, dass er dann in Notwehr gehandelt und es keinen Grund gegeben habe, diese Wahrheit zu verschweigen.

»Das hätten Sie mir also geglaubt? Dass ein dahergelaufener Ami mich im Zimmer einer Frau überfällt und ermorden will? Einfach so?«

»Es ist, wie ich von Anfang an sagte: Es ist ein Verbrechen aus Liebe und Leidenschaft. Dieser Mann war der Liebhaber Ihrer Gemahlin und hatte somit ein natürliches Interesse daran, Sie loszuwerden.«

»Kapieren Sie es nicht? Ich wusste nichts von der Untreue meiner Frau! Da rennt ein Mann auf Sie zu, dem Sie zufällig im selben Hotel begegnen und der immer wieder ein paar lustige Stunden in Ihrer Gesellschaft verbringt. Und der will Ihnen jetzt ein Messer in den Leib rammen. Völlig grundlos, wie es mir scheinen musste! Ich war unter Schock! Ich konnte es mir nicht erklären, ich konnte mich nicht mal erinnern, was passiert war!«

»*Ah non*, das glaube ich Ihnen nicht länger. Sie haben gelogen.«

»Warum hätte ich das tun sollen?«

Ja, das war die Frage. Selbst wenn Albert nichts von Jacks Beziehung zu Flossie wusste, hätte er die Wahrheit sagen können und müssen. War es also nicht die Wahrheit? Hatte Jack ihn gar nicht angegriffen?

»Ich nehme an, er hat getan, was meine Frau verlangt hat. Sie wollte mein Geld und sie wollte meinen Tod!«

»Das hatten Sie so ähnlich von Madame Davies behauptet.«

»Aber so muss es gewesen sein!«

Unsinnig sei das, erklärte ich. »Wenn Flossie deinen Tod geplant hätte, dann hätte sie nicht mich kommen lassen. Mein Aufenthalt hat sie ein kleines Vermögen gekostet und Geduld noch dazu. Das hätte sie sich sparen können.«

Albert begriff sofort, welche Rolle Flossie mir zugedacht hatte, und beschimpfte mich mit Worten, die ich nie zuvor gehört hatte. Wie unflätig sie waren, ging mir auf, als Gaston aufstand und ihn mit zwei Ohrfeigen zur Besinnung brachte. Albert mäßigte sich wohl, aber sein Blick war so hasserfüllt, dass ich mich abwenden musste. Darauf hatte mich selbst Lavinia nicht vorbereitet.

»*Bon.* Weshalb also haben Sie gelogen, Monsieur Smith-Babington? Sie hätten darauf vertrauen müssen, dass wir das Motiv Ihres Angreifers herausfinden würden.«

»Ich war unter Schock.«

Er log noch immer. »Nein, du warst wütend, weil ich dir sagte, ich liebe dich nicht.«

»Mich an eine Schlampe wie dich verschwendet zu haben – wie soll mich das nicht wütend machen?«

Gaston nickte mir zu. Wir – er, Merteuil und ich – spürten deutlich, dass Albert die Wahrheit sagte, wenn er von Jacks Angriff sprach. So, wie es nun stand, würde er schnell freikommen, weil er in Notwehr den Liebhaber seiner Gattin getötet hatte. Und dann wäre er in der Lage, sich an Flossie zu rächen. Und das wollten wir drei verhindern. Dazu musste Merteuil beweisen, dass Albert aufgrund seines Charakters und der Dinge, die er getan hatte, eine Gefahr für das Leben seiner Frau war.

Weil Albert auf mich am stärksten reagierte, fragte ich, ob es ihm schwergefallen sei, Jack das Messer zu entwenden.

Spöttisch schüttelte er den Kopf. »Grundgütiger, ihr Weiber habt keine Ahnung, was man im Krieg erlebt. Ich war an vorderster Front, ich habe Dinge gesehen und getan, die du dir nicht mal vorstellen kannst. Mit mir legt sich keiner an, ich weiß mich zu wehren.«

»Klingt, als mache es dir Freude. Macht es genauso viel Freude, Flossie zu verprügeln?«

Er wäre wohl aufgesprungen, hätten die Handschellen ihn nicht daran gehindert. »Das Dreckstück darf mal ganz froh sein, dass ich sie so lange geschont habe! Sie hätte es mehr verdient als die anderen!«

Sofort hakte Merteuil nach: »Welche anderen, Monsieur?«

Albert schnaubte.

»Welche anderen, Monsieur?«

»Das habe ich nur so dahergesagt.«

Gaston atmete tief ein. »Ich denke nicht. Damals, in Paris. Du hattest die kleine Blonde mitgenommen. Eine Woche später sah ich sie noch einmal. Sie lag im Krankenhaus. Mit gebrochenen Rippen, der Körper grün und blau.«

»Und? Was soll ich damit zu tun haben? Ich nehme an, das passiert in ihrem Beruf gelegentlich.«

»Sie hat keinen Namen genannt, dafür lagen teure Pralinen an ihrem Bett. Vermutlich haben noch andere Geschenke auf sie gewartet.«

»Und?«

»Hat der Baronet dafür gesorgt, dass sie schweigt? Oder warst du es?«

»Ich habe damit nichts zu tun.«

»Das wird sich zeigen.«

Albert lachte. Und weigerte sich, auch nur eine weitere Frage zu beantworten.

Everything Will Come Right in the End

30. April 1921

Merteuil ließ den sich wehrenden Albert ins Gefängnis transportieren; immerhin habe er einen Menschen getötet und es an seiner Frau versucht. Mich fragte er, ob ich in seinem Auftrag mit der Londoner Polizei reden würde, und Gaston bat er, sich mit dem Baronet und jener Blondine zu unterhalten, während er mit Flossie sprechen wollte.

So saßen Gaston und ich im Büro des *Negresco* und telefonierten. Gelegentlich lächelten wir uns an und stellten fest, wie nett es war, gemeinsam zu arbeiten. Monsieur Guilbert ließ uns mit Kaffee und Bouillon versorgen und so ging es bis in den frühen Morgen hinein. Ich denke, ich wäre eine gute Sekretärin geworden, denn es fiel mir leicht, auch den müdesten Wachtmeister dazu zu bringen, in seine Akten zu blicken und mir mitzuteilen, ob er irgendetwas zu einem Mr Jonathan Lexington habe. Ich erwartete darauf keine positive Antwort und erhielt sie auch nicht. Dann fragte ich nach unbekannten Toten: War darunter womöglich ein junger Mann, schmächtig, blass, blond?

Es war ein Wachtmeister in Bloomsbury, der diese Frage bejahte. Anfang November habe man im *Russell Square* die vergrabene Leiche eines jungen Mannes gefunden, den niemand kannte. Sein Gesicht sei bereits in einem so schlechten Zustand gewesen, dass man der

Bevölkerung nicht habe zumuten können, sein Abbild in die Zeitung zu setzen. Trotzdem man ihn bestmöglich beschrieben habe, habe es keine hilfreichen Hinweise gegeben.

»Und Sie wissen gar nichts über ihn?«

»Nicht viel. Er war wohl Anfang zwanzig und von eher kränklicher Konstitution. Einen schwarzen Anzug trug er. Mehr haben wir nicht.«

Das passte zu dem, was Mr Lexington von seinem Sohn gesagt hatte. »Wie ist er gestorben?«

»Jemand hat ihm die Kehle durchschnitten.«

»Wie schrecklich.« Ich wollte mich schon für die Auskunft bedanken, da kam mir eine Idee: Wenn Jack der Mörder des echten Jonathan war, dann konnte es doch gut sein, dass er nicht nur aus Geldgier dessen Namen angenommen hatte. Hatte er vielleicht untertauchen müssen? »Gibt es zufällig einen jungen Mann, den Sie suchen? Groß, breitschultrig, blond? Einen Fälscher vielleicht?«

»Suchen tun wir viele. Warten Sie mal.« Ich hörte, wie der gute Mann einen Packen Akten auf den Tisch warf und darin blätterte. Drei Minuten vergingen, fünf, zehn. Dann nahm er den Hörer wieder auf. »Also, gesucht werden einige. Aber am besten passt wohl Brandon Miller.«

Himmel! BM – das waren seine Initialen auf dem silbernen Messer! »Was können Sie mir über ihn sagen? Gibt es eine Fotografie?«

»Bild habe ich keins. Soll aber stark gebaut sein, blond, groß. Hat die Kunstschule besucht und sich eine Weile als Eintänzer verdingt, also nehme ich an, dass der nicht schlecht aussah. Dann hat er als Kopist gearbeitet. O ja, guck an, hier in Bloomsbury am University College.«

»Nicht zufällig in der ägyptologischen Abteilung?«

»Ja, doch. Da hat er aber mehr kopiert, als er sollte. Hat wohl irgendwelche alten Papiere gefälscht.«

»Oder Papyri?«

»Oder so was.«

»Wann ist er damit aufgeflogen?«

»Im Oktober.«

»Und weshalb wird er gesucht?«

»Na, schon wegen der Fälschungen. Und seine Miete hat er nicht bezahlt, einer Frau schuldet er ebenfalls Geld und dann ist da noch eine Sache in einem Nachtclub, in den man ihn nicht reinlassen wollte. Da hat er den Türsteher mit einem Messer verletzt.«

»Und Sie haben keine Idee, wo er sein könnte?«

»Ist wie vom Erdboden verschluckt.«

Das konnte kein Zufall sein, es passte einfach zu perfekt. »Wie lange war der junge Mann wohl schon tot?«

»Der vom *Russell Square?* Wenigstens einen Monat.«

Als wir Albert am Nachmittag zum Verhör holten, begriff er nicht sofort, wie schlecht es für ihn stand. Er störte sich an meiner Anwesenheit, doch Merteuil bat mich, vorzutragen, was ich über Brandon Miller und den echten Jonathan Lexington herausgefunden hatte.

Brandon hatte den an Ägypten interessierten Jonathan vermutlich irgendwann im letzten Jahr am University College kennengelernt und entschieden, dessen Platz einzunehmen. Bald nach dem Mord war er Flossie in einer Galerie begegnet und vielleicht hatte er sich wirklich in sie verliebt. Sie wollte mit ihm fortgehen, was ihm gelegen kam. Wenn auch Jonathan Lexington nur wenige gesellschaftliche Kontakte gepflegt hatte, war es doch gefährlich, in London zu bleiben. Und da er auf dessen Konto keinen Zugriff mehr haben würde, sobald Lexington senior merkte, was in Europa geschehen war, musste Brandon daran gelegen sein, dass Flossie nicht als schuldiger Teil geschieden wurde. Ja, vermutlich kam er schnell zu der Überzeugung, es wäre noch vorteilhafter, wenn sie nicht als geschiedene Frau ein halbes Vermögen mitbrächte, sondern als Witwe ein ganzes. Als eine Witwe, die nicht in den Verdacht geraten durfte, am gewaltsamen Tode des störenden Gatten die Schuld zu tragen.

Als Flossie also vorschlug, eine neue Frau für Albert zu finden, schmiedete Brandon seinen eigenen Plan. An Geduld mangelte es ihm offenbar nicht und an Schauspielkunst noch viel weniger. Flossie ahnte nicht, was er vorhatte. Er war es, der ihr den Weg zum Postamt abnahm und so Alberts Namen auf den Quittungen platzieren konnte. Er schlug vor, mich auszustatten, um mich für Albert attraktiver zu machen. Seine Idee war es auch, mich als Kunsthändlerin zu inszenieren, und er brachte mich immer wieder in die Verlegenheit, sie spielen zu müssen. Alles, was er tat, zielte darauf ab, mich als Schuldige zu etablieren; man sollte glauben, ich habe Albert aus Eifersucht ermordet. Wie ich mich auch wehren würde, es würden die Indizien gegen mich sprechen, und bestimmt hätte Jack auch Flossie dazu gebracht, an meine Schuld zu glauben.

Wie auch nicht? Ich hatte treudoof an meine Aufgabe und Flossie an die Erfüllung ihres Wunsches geglaubt und alle hatten gesehen, was sie immer glauben wollten: das Entstehen eines pikanten Skandals, in deren Mittelpunkt ein etwas ungelenker Millionär, seine leichtfertige Frau und deren intrigante Schulfreundin standen. Hätte man diesen Millionär nun also tot im Zimmer der Schulfreundin gefunden, die einen halben Tag zuvor noch rasend vor Wut von einem gemeinsam einsam verbrachten Törn zurückkehrte, hätte man dazu all die Briefe und Rechnungen gefunden und meine Lüge von der gut verdienenden Geschäftsfrau zerpflückt – ich mochte nicht daran denken, wo ich nun wäre. Oder wo ich wäre, wäre ich mit Albert zurück nach Nizza gesegelt: Womöglich hätte er mich ertränkt!

Albert lehnte lächelnd in seinem Stuhl. Wenn er es auch bedauern mochte, mich nicht länger in Gefahr zu sehen, so weidete er sich doch an Flossies Unglück. Einem Gigolo in die Hände gefallen zu sein, der sich als Fälscher, Betrüger und gar Mörder herausstellte – das gefiel ihm sichtlich. Er verbarg es nicht und als ich meinen Vortrag beendet hatte, erhob er sich, reichte Merteuil die Hand und verzieh ihm die gestrige schlechte Behandlung. Gehen wollte er, einfach so.

»Ah, Monsieur Smith-Babington, so leicht ist das nicht. Monsieur Miller war ein schlechter Mann, *naturellement*, aber das macht Sie nicht zum Unschuldigen. Wollen Sie bitte noch einmal Platz nehmen?«

»Ich wüsste nicht, warum ich das tun sollte. Dieser Miller wollte mich töten, wie er es mit dem armen Lexington getan hat. Ich habe mich gewehrt, das ist alles.«

»*Eh oui*, aber Sie hatten mich angelogen. Mich, die französische Polizei.«

»Ich wusste nicht mehr, was geschehen war. Ich stand unter Schock.«

»Und dann haben Sie einen Meineid geleistet und Madame Davies beschuldigt.«

»Monsieur le Commissaire, Sie hatten mich unter Druck gesetzt und ich wusste kaum mehr, was ich sagte. Sie selbst hatten festgestellt, wie Elizabeth uns alle hinters Licht geführt hat. Bezahlt von meiner treulosen Gattin, mich zu verführen – was kann man von solch einer Frau schon erwarten?« Er drehte sich zu mir und strahlte mich genau so an wie bei unserem ersten Treffen vor einigen Wochen. »Nichts für ungut, altes Mädchen, ich trage es dir nicht länger nach; immerhin hast du dich bemüht, meinen Namen reinzuwaschen. Halte dich in Zukunft von Flossie fern, dann –«

»*Ah non!* Monsieur, Sie sind unglaublich. Seien Sie still und hören Sie Monsieur Perrier zu.«

Alberts Augen zuckten. Widerstrebend setzte er sich. Ich denke, er hatte nicht geglaubt, es würde Gaston als Freund seines Vaters gegen dessen Interesse handeln. Doch das tat er und er tat es gründlich. Wortlos legte er ihm eine Liste vor, auf der dreizehn Namen standen. Er hatte durchgearbeitet bis zum späten Vormittag, hatte telefoniert ohne Pause mit allen möglichen Personen, bis er diese Namen hatte. »Das sind die Frauen und Männer, die bereit sind, gegen dich auszusagen, weil auch dein Geld kein Schweigen auf alle Zeit kaufen kann.«

Mit starrer Miene blickte Albert auf die Liste, schob sie von sich und zuckte die Schultern. »Dann ist mir vielleicht gelegentlich die Hand ausgerutscht.«

»Du weißt immerhin sofort, um was es geht.«

»Das fällt wohl kaum in die Zuständigkeit der französischen Polizei.«

»Commissaire Merteuil ist gerne bereit, seinen britischen Kollegen zuzuarbeiten.«

»Was willst du von mir? Gut, ich habe einen Mörder erstochen, der mich umbringen wollte. *So what!* Ich habe einer Dirne einen Schlag versetzt. Das kommt vor. Ich habe mich in einem Augenblick geistiger Verwirrung an meiner untreuen Frau vergriffen, die mit ihrem Liebhaber meinen Mord geplant hat – und du erwartest jetzt was von mir? Ewige Reue? Sperrt mich meinetwegen hinter Gittern, was soll's? Jeder halbwegs gute Anwalt holt mich innerhalb weniger Wochen wieder raus.«

»Du solltest den Mordversuch an Florence nicht auf die leichte Schulter nehmen. So, wie es sich uns darstellt, wusste sie nichts von Brandons Vorhaben; sie ist sein Opfer, genau so wie du es hättest sein sollen. Wer weiß, was er mit ihr vorhatte? Und es mag sein, dass ein französischer Richter Sympathie für dich aufbrächte, wärest du ein netter Mann, der schändlich betrogen wurde. Aber sein Herz wird aufgehen für eine hübsche Frau wie Florence, die seit Jahren von dir geschlagen wurde, die du gegängelt und kleingehalten hast. Er wird glauben, was wir alle glauben: Dass du sie getötet hättest, hätte Elizabeth dich nicht abgehalten. Das dürfte für einige Jahre in einem französischen Gefängnis ausreichen.«

»Schwachsinn.« Albert schnaubte, aber seine Selbstsicherheit war verflogen. »Was soll ich also tun? Erwartest du, dass ich Flossie nicht anzeige?«

Merteuil lachte, als hätte er den besten Witz seit Jahren gehört. »Madame Smith-Babington anzeigen? Ich habe mit Madame die halbe Nacht gesprochen, ja, ich habe sie sogar von einem Nervenarzt untersuchen lassen. Sie wollte Ihren Tod niemals, Monsieur. Obwohl sie glaubte, Sie hätten Monsieur Miller mit Vorbedacht ermordet, wollte sie Sie doch vor einer Verurteilung bewahren. Ihr ist ihr Ruf in der Gesellschaft enorm wichtig und als Witwe eines Mörders wollte sie nicht leben. Nein, Monsieur, eine Anzeige gegen Madame können Sie vergessen.«

»Was soll ich tun, damit Sie mich gehen lassen?«

»Albert, wir werden dich nicht gehen lassen. Sieh, du wirst wegen Millers Tod und des Mordversuchs an Florence vor Gericht gestellt. Zwei oder drei Jahre wirst du hierbleiben. Wenn du dasselbe nicht auch in England erleben willst, wirst du Florence die gewünschte Scheidung gewähren und sie angemessen entschädigen.«

»Das glaubst du doch wohl selbst nicht! Ich –«

»Ich habe Freunde auf der Insel. Nicht zuletzt deinen Vater, dem ich mein Dossier zukommen lassen werde. Ich denke, er wird ein Auge auf dich haben. Solltest du also jemals wieder die Hand gegen irgendwen erheben ...«

Ich denke, was Gaston und Merteuil taten, war wenig gesetzestreu, und mir wäre es lieber gewesen, Albert büßen zu lassen für alles, was er getan hatte – und das mochte viel mehr sein, als was Gaston herausgefunden hatte! Aber für Flossie hätte es bedeutet, die Gattin eines Strafgefangenen zu sein, der ihr die Scheidung verweigert. Es hätte sie einiges an Anträgen und Verfahren gekostet, diese Trennung durchzusetzen – verbunden mit einer Unmenge an Klatsch und Tratsch und hämischen Zeitungsartikeln. Also hörte ich nicht hin, als die Männer ihren Handel abschlossen; so war es für Flossie am besten und bestimmt würde der Baronet seinen Sohn mit harter Hand an der Kandare halten.

Über all dem war der Nachmittag vergangen und erst, als Gaston und ich uns zum Abendessen niedersetzten, fiel mir Alice wieder ein. »Himmel, was haben Sie mit ihr getan?«

»Ah, nicht viel. Ich habe ihr meine Liebe gestanden.«

Ich hatte mich gut in der Gewalt. Weder ließ ich einen Schrei ertönen noch klirrte das Besteck auf meinen Teller. »Hat es sie erfreut?«

»Sie sagte, ich solle ihr nicht auf die Nerven fallen.«

»Und wie geht es Ihnen mit dieser Zurückweisung?«

Er lachte. »*Mon dieu*, Elizabeth, Sie sind wirklich zu leichtgläubig.«

»Und wo ist sie nun?«

»Ich nehme an, sie wartet darauf, von Merteuil die Erlaubnis zur Abreise zu erhalten.«

»Oh. Aber Sie haben sie nicht erwähnt vorhin. Was hat sie mit allem zu tun?«

»Nichts.«

»Sie tun es erneut. Sie lassen mich jedes Detail erfragen.«

»Vielleicht genieße ich das Zusammensein mit Ihnen so sehr, dass ich es verlängern mag mit jedem schäbigen Trick?«

Seine Antwort gefiel mir zwar, dennoch verlangte ich, er solle mir auf der Stelle sagen, was er von Alice erfahren habe, dass es ausgereicht hatte, sie festzusetzen.

»Ah, das war leicht. Ich habe einem Brigadier gesagt, ich hätte aus Zimmer 303 seltsame Geräusche vernommen, und wundere mich, ob Miss Alice Baxter damit etwas zu tun haben könnte. Die wollte ich nämlich gesehen haben, als sie aus diesem Zimmer kam. Der Brigadier sah nach, fand Ihr Opfer angetrunken und nach einer Krone jammernd auf dem Bett liegen. Sie lallte, eine junge Frau habe sie eingesperrt und so ist er zu Alice geeilt und hat sie festgenommen. Heute Morgen dann habe ich ihr entdeckt, wer ich bin, und habe gefragt, was sie aus Jacks Zimmer mitgenommen hat.«

»Und?«

»Sie hat nach einer Visitenkarte gesucht.«

»Weshalb?«

»Sie konnte sich nicht erinnern, wie das Restaurant hieß, in dem sie so gut gespeist hatte.«

»Deswegen bricht sie in das Zimmer eines Betrügers, Fälschers und Mörders ein?«

»Das wusste sie ja nicht. Sie wollte niemanden mit ihrer albernen Suche belästigen.«

»Hmm, für mich klingt das fischig.«

»Fischig?«

»Nun, falsch, seltsam, fremd.«

»Soll Merteuil sie deshalb einsperren?«

»Natürlich nicht. Was ist mit Madeleine und de Luca?«

Gaston stöhnte, hob die Hände. »Ah, was wohl? Ausgeflogen, was sonst? Hätte ich geahnt, wie rasant sich alles entwickelt, ich hätte Madame Lucas nicht aufgesucht. Aber immerhin, ich weiß nun, wie sie aussehen; so leicht wird Sylvie es in Zukunft nicht haben.«

»Das heißt wohl, sie ist nicht daran interessiert, das leichte Mädchen für Frankreich zu spielen?«

»Höre ich da Missfallen?«

»Der Gedanke an Agenten macht mir Angst. Wenn wir solche Menschen schon wieder benötigen, dann kann ich nicht glauben, es werde nie mehr Krieg geben.«

»Was sind das für düstere Gedanken an diesem herrlichen Abend?«

»So leicht schüttele ich nicht ab, was man mit mir vorhatte. Sehen Sie, es ist doch scheußlich, wenn Menschen so mit einem umgehen. Flossie wollte mich an einen Mann verschachern, der nicht frei herumlaufen sollte.«

»Ich denke, sie hat so weit nicht gedacht. Sie glaubte wirklich, es läge Alberts Verhalten an ihr.«

»Kein Grund, mich in diese Sache zu ziehen. Ich will ihr nichts Böses, im Gegenteil, aber das verzeihe ich ihr nicht. Ja, und dann Madeleine und de Luca. Wissen Sie, was ich denke? De Luca war in der falschen Etage. Er hätte Veras Diadem in mein Zimmer bringen sollen und nicht in die 303. Bestimmt hatte Madeleine Sorge, man könnte sie des Mordes an Jack verdächtigen, und auch sie hatte keine bessere Idee, als alles auf mich zu schieben. Sie und ihr Bruder hatten Merteuil gesagt, ich sei eifersüchtig, weil Jack sich nicht nur für mich interessiere. Wieso hat sie mich gewählt und nicht Flossie? Oder Alice? Oder Myrtle?«

Gaston lächelte. »Weil Sie viel reizvoller sind als alle anderen natürlich.«

Darauf wusste ich nicht zu antworten.

»Sie sind noch reizvoller, wenn Sie lächeln, wie Sie es jetzt tun.«

»Ja. Nun. Veras Diadem.«

»Wird ihr morgen noch übergeben werden.«

»Nein, was ich meine: Weshalb hat de Luca es gestohlen?«

»Doch wohl aus den Gründen, die Sie bereits vermuteten: Es war eine günstige Gelegenheit und vielleicht hat er sogar so weit gedacht, dass man sie noch mehr des Mordes an Jack verdächtigen würde, wenn sie sogar ihre Freundin bestehlen. Ich denke nicht, dass es gegen Sie persönlich gerichtet war.«

»Das hätte mich getröstet, wenn ich zur Guillotine gegangen wäre.«

»Ach, ich hätte Sie schon gerettet.«

»Hätten Sie das?«

»Wenn es sich zeitlich irgendwie hätte einrichten lassen, gewiss.«

»Was werden Sie als nächstes tun?«

»Ich werde morgen abreisen und Sylvie Legrand suchen. Noch einmal entkommt sie mir nicht.«

»Und dann?«

»Was dann?«

Ich nahm all meinen Mut zusammen. »Nun, vielleicht sehen wir uns eines Tages einmal wieder?«

»Ah, wenn es sich ergibt, wäre das reizend.«

»Ja, das wäre es wohl.«

»Wollen wir den Abend beim Tanz ausklingen lassen oder sind Sie zu müde?«

Das war ich nicht. Wenn ich Gaston auch niemals wiedersehen würde, so wollte ich doch die Erinnerung daran behalten, wie es war, in seinen Armen über das Parkett zu schweben.

Um ein Uhr begab ich mich auf mein Zimmer und ich denke, es war dann doch ein gütiges Schicksal, das über mir wachte; niemals hätte ich mir verziehen, wäre ich zu spät gekommen. So müde ich war, etwas zog mich zu Flossie, und so fand ich sie, wach noch, aber so benommen, dass ich sofort wusste, was sie getan haben musste. Ich hatte das im Lazarett erlebt; auch da hatte es mehr als ein Soldat versucht. Sie hatte nicht verkraftet, was wir über die Männer in ihrem Leben herausgefunden hatten; das sagte sie in ihrem Abschiedsbrief. Und wäre ich nicht noch einmal zu ihr gegangen, dann hätte das Veronal seine Wirkung getan. Wie sehr sie sich auch wehrte, ich brachte sie dazu, sich zu übergeben. Ins Krankenhaus ließ der aus seinem Bett geklingelte Merteuil sie bringen, bewacht von einem Brigadier. Als ich ging, versprach sie mir mit einem gewisperten Tingelwingel Gattatu, es nicht wieder zu versuchen.

So war es also bereits vier Uhr, als ich in mein Bett stieg. Ich dachte an Flossie und wie es sein konnte, dass sie gleich zwei Mal auf Männer hereingefallen war, die es nicht gut mit ihr meinten. Irgendwie waren sich Brandon und Albert so unähnlich nicht in ihrer äußeren Erscheinung; ja, sie waren im Grunde derselbe Typ Mann: Beide wirkten sie etwas einfältig, beide waren sie groß, muskulös und breitschultrig, beide hatten sie helle Haare und eher ausdruckslose Gesichter. Was hatte Flossie nur in ihnen gesehen? Gab es das, dass manche Menschen sich immer wieder in denselben

Typ verliebten? Gaston und Thomas beispielsweise hatten nichts miteinander gemein und –

Derselbe Typ? An was erinnerte mich das? Ich setzte mich auf. Was war es, das mir da durch den Kopf huschte? Ja, was hatte Flossie gesagt? Es wäre eine ungesunde Beziehung, wenn Madeleine und de Luca Geschwister wären. Dass etwas zwischen den beiden liefe. Aber Flossie hatte sich getäuscht in Albert und in Brandon, sollte ich da ihre Aussagen ernstnehmen?

Nun, unbedingt sollte ich das. Wenn man andere Menschen und ihre Beziehungen auch leicht durchschaute, hieß das noch lange nicht, man sei die beste Ratgeberin in den eigenen Angelegenheiten. Wenn Flossie sich auch immer von ihren Wünschen hatte leiten lassen, so wusste sie doch genau einzuschätzen, wer wie handelte. Sie hatte erkannt, dass Madeleine kein ernsthaftes Interesse an Jack gehabt hatte, und sie hatte mich richtig eingeschätzt in meinen Hoffnungen und Sehnsüchten.

Ich stand auf. Worauf wollte ich eigentlich hinaus, welche Idee formte sich da in mir? Madeleine und de Luca. Hand in Hand liefen sie vor mir, waren sich vertraut, wirkten intim. Hatte ich da geglaubt, sie seien Geschwister? Nein, das hatte ich erst, nachdem Gaston sie so bezeichnet hatte. Ich hatte angenommen, sie seien ein Pärchen, das sich lange kennt. Ich hatte dasselbe gesehen wie Flossie. Und ich hatte doch auch gesehen, dass Jack Flossie bewunderte. Ja, ich kam zu dem Schluss, dass er wirklich in sie verliebt gewesen war. Meine Intuition war so schlecht also nicht und vielleicht sollte ich ihr stärker vertrauen. Nur begriff ich noch immer nicht, was sie mir sagen wollte.

Ich zog mich an und verließ das Hotel, spazierte die Promenade entlang, setzte mich ans Meer. Wenn Madeleine und de Luca nicht Bruder und Schwester waren, dann musste das doch heißen, es war Madeleine nicht Sylvie Legrand. Was doch bedeutete, es müsste ihr Gaston nicht nachreisen? War es nur mein Egoismus, der mich so denken ließ? Oder war ich einfach klug? Nun, klüger geworden vielleicht.

Sylvie Legrand – was hatte Gaston über ihr Vorgehen gesagt? Sie ließ sich ihr gebrochenes Herz bezahlen. Sie erpresste niemanden, nein, sie litt dramatisch und drohte mit einem Skandal. Wie? Woher kam das gebrochene Herz? Dieser englische Lord, den sie wirklich hatte heiraten wollen, der hatte sie betrogen. Mit ihrer besten Freundin. Freundinnen, die einander hassten? Oder Freundinnen, die einander halfen?

Ich rannte zurück ins Hotel, hinein in den Aufzug, hinauf zu Gaston.

»*Sacre bleu!* Elizabeth!« Er schaute mich empört an. »Wen muss ich nun wieder –«

»Madeleine ist die beste Freundin! Sie haben die Rollen getauscht! Bestimmt wegen Jean! Der will natürlich nicht, dass seine Frau mit einem anderen ins Bett steigt, Geld hin oder her! Und ich wette –«

»Wovon sprechen Sie?«

»Aber Gaston, enttäuschen Sie mich nicht, ich bin sicher, Sie kennen die Menschen besser, als Sie glauben.«

»Ich habe wirklich einen schlechten Einfluss auf Sie. Sie sollten mir nicht die Dinge sagen, die ich Ihnen –«

»Sie suchen Sylvie Legrand und wenn wir uns beeilen, dann bekommen Sie sie auch! Nun ziehen Sie sich doch endlich an, nun machen Sie doch voran! Muss ich alles alleine erledigen?«

»Sie wollen sich nicht vielleicht umdrehen? Ich pflege unbekleidet zu schlafen.«

»Ach, stellen Sie sich nicht an.«

»Wie Sie wollen. Reichen Sie mir die Hosen?«

Die reichte ich ihm dann doch ziemlich schnell. Ich war wirklich prüder, als ich es sein wollte.

Endlich war er so weit und ich zerrte ihn zur Tür.

»Wohin wollen wir?«

»Sie enttäuschen mich. Ich glaube wirklich, Sie sollten nicht alleine arbeiten.«

»Ein Gedanke, den ich auch schon –«

»Unwichtig! Denken Sie nach: Liebespaare, die sich als Geschwister ausgeben. Geschwister, die sich als Liebespaar ausgeben. Männer, die sich in denselben Typ verlieben. Beste Freundinnen, die zusammenarbeiten. Sylvie Legrand und ihr gebrochenes Herz!«

»Ja. Und –«

»Himmel: Wer sieht aus wie Madeleine? Wer hat Jack immerzu schöne Augen gemacht? Und Madame Lucas – hatte sie nicht alles zugegeben, was sie wissen wollten, als sie ihr sagten, sie wüssten, es seien Madeleine und Sylvie ein und dieselbe Person?«

»Elizabeth –«

»Ihre Detektei wird eine Pleite werden, Sie sehen wirklich gar nichts! Madame Lucas hat alles zugegeben, um sie loszuwerden, bevor die echte Sylvie eintraf. Sie sollten ruhig glauben, es sei Madeleine, die hat wahrscheinlich eh nicht länger vor, den Lockvogel zu spielen, sie ist ja viel zu verliebt in ihren Jean. Sie wären ihr nachgejagt und hätten irgendwann ein braves

Hausmütterchen vorgefunden, das die betrogenen Herren als die beste Freundin ihrer Verlobten erkannt hätten! Oh, ich weiß genau, dass es so war!«

»Elizabeth –«

»Nun sagen Sie es schon!«

»Sie meinen Alice Baxter?«

»Die meine ich! Ha, sie ist keine Engländerin, sie spielt sie nur. Wir mit all unseren Vorurteilen, wir haben uns von ihrem ständigen *Blimey* und ihrer Attitüde blenden lassen. Aber wissen Sie was? Als ich sie in ihrem Zimmer überraschte, da fluchte sie auf Französisch und ich habe es nicht bemerkt! Dabei dachte ich, als ich sie das erste Mal sah, sie wirke so ungemein kosmopolitisch!«

Gaston riss die Tür auf, raste den Flur entlang und stürzte in Alice’ Zimmer. »Sie ist fort.«

»Natürlich ist sie das! Kommen Sie!«

Mit seinem Automobil flitzten wir zum ockergelben Haus, doch auch hier waren wir zu spät. Selbstverständlich waren wir das. Wir rasten zum Bahnhof und hatten wahrhaftig Glück: eine junge Brünette, zierlich und kurvig, habe vor einer halben Stunde den Zug nach Marseille bestiegen. Gaston telefonierte und schon saßen wir wieder im Wagen und fuhren Richtung Fréjus. Dort sollte der Zug in knapp zwei Stunden halten.

Lange Zeit schwiegen wir, dann fragte Gaston, was ich vorhabe mit meinem Leben.

»Ich möchte in Nizza bleiben und mein Leben mit dem Verkauf von Gemälden bestreiten.«

»Das wird nicht leicht werden. So günstig lebt es sich in Nizza nicht.«

»Vera schafft es und ich bin sehr bescheiden. Außerdem habe ich meine Witwenrente, die wird mich über Wasser halten.«

Gaston nickte. Ich dachte, er wollte etwas sagen, doch er blieb stumm und blickte konzentriert auf die Straße, bis wir in Fréjus einfuhren und vor dem Bahnhof hielten. Dort warteten schon ein Gendarm und ein älterer Herr, der auf Gaston zuging und ihn umarmte. »Der Zug fährt in etwa fünf Minuten ein; wir haben eine Viertelstunde, länger kann ich ihn nicht aufhalten. Du bist sicher, es ist Sylvie?«

Gaston schaute mich an. »Sagen wir, wir haben eine gute Chance, dass sie es ist.«

Der Ältere musterte mich von Kopf bis Fuß, dann verbeugte er sich und nahm meine Hand, küsste sie auch. »Madame, ich bin erfreut, Ihre Bekanntschaft zu machen. Paul Duval, stets zu Diensten.«

Das klang fast, als habe er bereits von mir gehört. War das gut oder schlecht? Nun, das erfuhr ich an diesem Tag noch nicht. Dafür lernte ich, Vertrauen in meine Intuition zu setzen, denn wirklich war Miss Alice Baxter die gesuchte Sylvie Legrand, die sich mit einem amüsierten Seufzer in ihr Schicksal ergab.

Allzu unzufrieden schien sie nicht zu sein; ich nehme an, es machte ihr Duval ein Angebot, das ihr zusagte. Sie fand sogar die Gelegenheit, mich beiseitezunehmen und sich dafür zu entschuldigen, wenn sie und ihre Familie mir Ungelegenheiten bereitet hätten; ich möge bitte davon überzeugt sein, sie hätte schon dafür gesorgt, bei passender Gelegenheit zu meinen Gunsten zu handeln. Ob ich ihr das glauben konnte, weiß ich bis heute nicht; ich bin nur froh, dass ich es nie hatte herausfinden müssen.

Ja, und dann endlich am späten Vormittag saßen Gaston und ich auf der Terrasse des *Negresco* und beobachteten, wie der älteste der Tattergreise vor Myrtle niederkniete und ihr einen Antrag machte. Den sie annahm. Zu gerne wäre ich hinübergegangen und hätte sie beschworen, an den armen George in Cambridge zu denken und ihr Leben oder zumindest die nächsten Jahre nicht zu verschwenden.

Doch ich blieb sitzen; ich hatte nicht vor, mich jemals wieder in die Angelegenheiten anderer einzumischen. Nun, außer in Veras Angelegenheiten. Und in Gastons, wenn ich es nur vermochte.

»Madame Davies?« Ein Page stand vor mir und reichte mir auf einem Tablett zwei Briefe. Ich bedankte mich. Kaum jemand wusste, wo ich war; wer also hatte mir geschrieben?

Der erste Brief stammte vom Rentenministerium: Man hatte mir meine Witwenpension gestrichen, da man erfahren habe, ich lebe nun im Ausland mit einem Mann zusammen, der sich von nun als zuständig für mein Auskommen betrachten dürfe. Lavinia hatte daran gedreht, daran bestand kein Zweifel!

»Schlimme Nachrichten?«

»Die schlimmsten.« Ich gab ihm das Schreiben. »Ich werde wohl hinfahren müssen, um das zu klären. Was mehr kostet, als ich in einer Woche erhalte.«

»Sie könnten –«

Doch ich hatte schon den zweiten Brief geöffnet und einen leisen Schrei ausgestoßen.

»*Mon dieu*, noch mehr Hiobsbotschaften?«

»Das kann sie nicht meinen, oder? Sie sollte sich ausruhen, sie sollte an ihre Gesundung denken!«

»Wer? Lavinia?«

»Gaston, Sie enttäuschen mich. Lavinia soll in der Hölle verrotten. Nein, Flossie. Sehen Sie nur! Meinen Sie, ich kann das annehmen?«

Er las Flossies kurze Notiz. Und nickte. »Sehr anständig von ihr und nicht mehr als recht und billig. Und wenn ich Ihnen einen Rat geben darf: Kaufen Sie davon das Haus in der *ruelle Saint-André*. Ich kenne genügend Menschen, die Ihnen für kleines Geld bei der Renovierung behilflich sein würden.«

Ich dachte nach. Ja, das würde ich machen. Mein eigenes kleines Heim in Nizza. Mein neues Leben im Süden, bescheiden und zurückgezogen. Und gelegentlich würde Gaston hier zu tun haben und wir würden uns sehen und –

»Ich bin oft hier, Elizabeth. Es wäre nett, wenn wir uns dann träfen. Und wenn Sie in den Kunsthandel einsteigen wollen, dann werden Sie oft nach Paris fahren müssen.« Vielleicht durfte ich mir doch ein wenig Hoffnung auf ihn machen? Er zwinkerte mir zu. »Es könnte sein, ich hätte dann sogar etwas für Sie zu tun.«

Hätte er das? Was immer es war, ich war auf alles gefasst. Auf fast alles. Nicht darauf, dass Myrtle zu mir kam und mich bat, mit ihr nach Devon fahren. »Du musst mir helfen. Unbedingt.«